DONGSUH MYSTERY BOOKS 72

THE VELVET CLAWS
비로드의 손톱
얼 스탠리 가드너/박순녀 옮김

동서문화사

옮긴이 박순녀(朴順女)
서울사대 영문과 졸업. 조선일보 신춘문예〈케이스워카〉이어《아이 러브 유》《로렐라이의 기억》《어떤 파리》등 많은 작품을 발표 현대문학상수상. 옮긴책 파밀라 린든 트래버스《하늘을 나는 메어리 포핀스》등이 있다.

DONGSUH MYSTERY BOOKS 72
비로드의 손톱
얼 스탠리 가드너 지음/박순녀 옮김
초판 발행/1977년 12월 1일
중판 발행/2003년 5월 1일
발행인 고정일/발행처 동서문화사
창업 1956. 12. 12. 등록 16-345(윤)
서울강남구신사동 540-22 ☎ 546-0331~6 (FAX) 545-0331
www.epascal.co.kr

*
이 책의 출판권은 동서문화사(동판)가 소유합니다.
의장권 제호권 편집권은 저작권 법에 의해 보호를 받는 출판물이므로
무단전재와 무단복제를 금합니다.

편찬·필름·제작 일체「동판」자본으로 이루어짐에 따라
출판권 소유권자「동판」에서 제조출판판매 세무일체를 전담합니다.
사업자등록번호 211-90-02201
ISBN 89-497-0157-X 04840
ISBN 89-497-0081-6 (세트)

비로드의 손톱
차례

비로드의 손톱 …… 11

얼 스탠리 가드너 …… 299

등장인물

페리 메이슨 형사변호사
델라 스트리트 그의 여비서
폴 드레이크 사립탐정
이바 글리핀이라고 하는 여자 메이슨의 의뢰자
조지 베르타 부호(富豪)
칼 글리핀 베르타의 조카
프랭크 록 협잡 신문 〈스파이시 비츠〉의 발행인
허리슨 박 정치가
바이티 부인 베르타 집안의 가정부
노마 바이티 그녀의 딸
빌 호프만 경찰부장
시드니 드럼 수사과 형사
아서 아트웃 칼 글리핀의 고문변호사
소울 스타인벡 전당포 주인, 유태인

비로드의 손톱

1

가을볕이 유리창에 뿌려지고 있다.

페리 메이슨은 커다란 책상 앞에 앉아 있다. 누군가를 기다리고 있는 모양이다. 아무 일 없을 때의 그의 얼굴은 체스 판을 내려다보고 있는 체스 내기꾼의 얼굴과도 비슷하다. 눈만이 가끔 표정을 바꾼다. 충분히 머리를 쓰고 있는 투사라는 것이, 이 인물이 주는 인상이다. 끝없는 끈기를 가지고 상대방을 옴짝달싹 못할 자리로 몰고 가, 한 대 맹렬한 펀치를 먹이는 남자.

가죽 표지로 된 책이 빈틈없이 들어찬 책장이 벽을 둘러싸고 있다. 한구석엔 커다란 금고가 있다. 페리 메이슨이 앉아 있는 회전 의자 외에 의자가 두 개, 사무실은 장식이라고는 없는 능률 위주의 이곳을 본거지로 하고 있는 인물의 인품이 속속들이 배어 있는 듯한 듬직하고 엉성한 분위기이다.

대기실로 통하는 문이 열리며, 메이슨의 비서인 델라 스트리트가 재빠르게 들어와서는 곧 문을 닫았다.

"여자 손님이 오셨습니다. 이름은 이바 글리핀 부인이라고 합니다만……."

페리 메이슨은 조용한 눈으로 비서의 얼굴을 보며 물었다.

"그럼, 본디 이름이 아닌 것 같다는 말이로군요?"

"수상쩍게 보여요."

델라는 고개를 흔들며 대답했다.

"전화번호부에 글리핀이라는 이름을 모두 살펴봤습니다만, 그 여자가 말하는 주소에 글리핀이라는 사람은 없어요. 시의 거주자 명부도 보았는데 마찬가지였어요. 글리핀이라는 성을 가진 사람은 많지만, 이바라는 이름의 글리핀 씨는 없어요. 더욱이 그 사람이 말하는 주소에 글리핀이라는 사람은 없어요."

"그 주소는?"

"그로브 스트리트 2271번지."

페리 메이슨은 메모지에 적었다.

"만나 보지."

"네."

델라 스트리트는 말했다.

"제 눈에 수상쩍게 보였다는 것만 이야기해 두고 싶었어요."

델라 스트리트는 몸매가 날씬하고 침착한 눈매를 한 27살쯤 된 젊은 여자로서, 사물을 빈틈없이 관찰하고 사람의 겉모습에 의해 생각이 좌우되지 않으며 속까지 꿰뚫어보려는 듯한 기질을 지닌 사람인 것 같은 인상을 준다.

그녀는 문가로 가 멈추어 서서, 얌전하기는 하나 자기 생각을 강조하려는 듯한 힘있는 눈빛으로 페리 메이슨을 보았다.

"일은 맡으시더라도, 누구인지쯤은 알아보시고 맡아 주셨으면 하는데요."

"무슨 예감이 드나, 델라?"
"그런 비슷한 기분이 들어요."
웃는 얼굴로 델라는 대답했다.
페리 메이슨은 머리를 끄덕였다. 얼굴 표정은 아까와 조금도 다름이 없지만 눈빛만은 신중하고 빈틈이 없어 보였다.
"알았어, 이리 들여보내요. 우선 만나 보아야지."
델라 스트리트는 방에서 나가 문을 닫았으나, 손잡이에서 손을 떼지는 않았다. 몇 초만에 그 손잡이가 다시 돌며 문이 열리고, 어떤 여자가 아주 의젓하면서도 자신 있는 태도로 들어왔다.
나이는 30살을 조금 넘었을까, 아니면 30살이 거의 다 되어 가는 정도일까. 제법 좋은 옷차림을 한, 꽤나 몸단장에 마음을 쓰는 여인인 듯한 느낌을 주었다. 그녀는 사무실 안을 재빨리 둘러보고 나서, 비로소 책상 저편에 앉아 있는 남자 쪽을 보았다.
"이리 와서 앉으십시오."
페리 메이슨은 말했다.
메이슨을 보는 여자의 얼굴에 조금 어쩔 줄 몰라하는 빛이 떠올라 있었다. 자기가 방을 들어오면 남자는 모두 자리에서 일어나, 자기는 여자이며 또한 손님이니만큼 경의를 나타내 맞아 주어야 한다고 생각하고 있는 모양이었다.
아주 짧은 한순간 그녀는 이 방 주인의 앉으라는 말을 무시하고 싶은 빛을 드러내 보였으나, 곧 마음을 돌린 듯이 책상 맞은편 의자로 걸어가 앉아서는 페리 메이슨을 보았다.
"무슨 일로 오셨습니까?"
메이슨이 용건을 물었다.
"메이슨 변호사시지요?"
"네."

조심스럽게 상대방을 확인하려고 지켜보고 있던 푸른 눈이 갑자기 부자연스럽도록 크게 떠졌다. 그러한 움직임만으로써, 여자의 얼굴은 아주 천진난만한 얼굴이 되었다.

"절 도와주세요."

여자는 말했다.

이런 일은 매일같이 있는 일이므로 조금도 놀랄 것 없다는 얼굴로 메이슨은 고개를 끄덕였다.

여자가 그대로 이야기를 이어나가지 않자 그는 말했다.

"여기 오시는 분은 모두 도움을 청합니다."

그러자 여자는 갑자기 말했다.

"당신은 도무지 이야기를 하기 쉽게 해 주시지 않는군요. 제가 의논했던 변호사들은 대부분……."

여자는 여기서 또 별안간 입을 다물어 버렸다.

페리 메이슨은 싱긋 웃어 보였다. 천천히 일어나 책상 가장자리에 손을 짚고, 윗몸을 책상 저편의 여자 쪽으로 내밀 듯이 하며 말했다.

"네, 압니다. 당신이 의논했던 변호사들은 대부분 방이 몇 개나 죽 늘어서 있는 호화로운 사무실에 있었으며, 많은 서기들이 바쁘게 방을 드나들고 있었겠지요? 당신은 터무니없이 많은 돈을 지불했지만, 그런 셈치고는 그다지 큰 효과를 보지 못했소. 당신이 방을 들어서면, 모두들 굽실거리면서 아첨하고는 엄청난 계약금을 요구하지요. 그러나 막상 도움이 필요한 일이 생겨 어떻게 해야 좋을지 모르게 되면, 그런 이들한테는 갈 마음이 나지 않지요?"

커다랗게 커졌던 눈이 얼마만큼 가늘어졌다. 2, 3초 동안 두 사람은 서로 얼굴을 마주 쳐다보았으나, 이윽고 여자 쪽에서 눈길을 떨구었다.

페리 메이슨은 천천히 힘찬 말투로 조금도 음성을 높이지 않고 이야기를 계속했다.

"당신이 말하듯이, 나는 다릅니다. 내가 일을 맡는 것은 일을 위해서 내 있는 힘을 다하여 싸우려는 것입니다. 말하자면 나의 의뢰인을 위하여 힘껏 싸우는 것이지요. 나의 사무실에는 회사 설립의 수속을 위해서 찾아오는 사람은 아무도 없고, 유산 상속 사무도 단 한 건도 다루어 본 일이 없습니다. 이 일을 시작하고 나서 거래계약서를 작성한 것도 아직 10번을 넘지 못합니다. 또한 저당 기한이 끝난 처분을 어떻게 하는지 알고자 한 일도 없습니다. 나한테 오는 손님은 내 눈매가 마음에 들어서라든가, 사무실을 잘 꾸몄기 때문이라든가, 또 모임에서 나를 알게 되어서라든가 해서 오는 사람들은 아무도 없습니다. 모두 나를 필요로 하여 나에게 오지요. 내가 무슨 일을 할 수 있는지 알고 있어서, 그 일을 시키기 위해 나에게 오는 겁니다."

그때 여자는 얼굴을 들고 메이슨을 보았다.

"그렇다면 당신은 무슨 일을 하지요?"

메이슨은 내던지듯이 무섭게 대답했다.

"싸웁니다!"

여자는 힘차게 머리를 끄덕였다.

"제가 부탁하고 싶은 것도 바로 그것이에요."

메이슨은 다시금 의자에 앉아 담배에 불을 붙였다. 두 개의 개성이 맞부딪쳐 험악한 번갯불이 달리던 것이 멎으며, 공기는 상쾌하게 개었다.

"좋습니다. 일을 시작하기 전에 꽤 시간을 낭비했군요. 땅에 발을 디디고, 당신의 요구를 이야기해 주십시오. 우선 맨 먼저, 당신은 누구이며 무슨 일로 나를 찾아왔는지 이야기해 주십시오. 그런 것부터 시작하는 게 당신도 이야기하기 쉽겠지요?"

여자는 미리 연습이라도 하고 온 듯이 빠른 목소리로 말했다.
"저에게는 남편이 있습니다. 이름은 이바 글리핀으로 그로브 스트리트 2271번지에 살고 있습니다. 그런데 지금까지 대리인으로서 일을 보아주신 변호사님들한테는 이야기하기 난처한 문제가 생겼어요. 어느 여자 친구한테, 이름은 이야기하지 말아 달래서 밝힐 수가 없습니다만, 당신 이야기를 들었습니다. 당신은 다른 변호사와는 달리 어디든지 가서서 활동하시는 분이라고 그 친구는 말했지요."
여기서 잠깐 말을 멈추었다가 그녀는 물었다.
"그것이 정말인가요?"
페리 메이슨은 머리를 끄덕였다.
"네, 대체로 사실입니다. 다른 변호사들은 대부분 사건을 조사한다든지 증거를 찾는 것 같은 일에 서기나 탐정을 씁니다. 하지만 내가 그렇게 하지 않는 까닭은 간단합니다. 내가 다루는 사건에서는, 남에게 그런 일을 믿고 맡길 수가 없으니까요. 나는 그다지 많은 사건들을 맡지 못하지만 맡을 때는 보수를 두둑이 받고 만족할 만한 결과가 되도록 노력하고 있습니다. 탐정을 쓸 때는 꼭 한 가지 사실만을 잡아내기 위해 고용하지요."
여자는 몇 번이나 계속해서 힘있게 고개를 끄덕였다. 서먹하던 사이가 풀어졌기 때문에, 이야기의 중심점으로 빨리 들어가고 싶은 모양이었다.
"어젯밤 비티웃 인에 강도가 들어왔다는 기사를 신문에서 읽으셨겠지요? 큰 홀에는 몇 사람의 손님이 있었고, 별실에도 몇 쌍 있었답니다. 그런데 한 남자가 손님들에게 권총을 들이대고 강도질을 하려다가 반대로 누구에겐가 사살되었어요."
페리 메이슨은 머리를 끄덕였다.

"그 기사라면 읽었습니다."
"저도 그때 그곳에 있었어요."
메이슨은 어깨를 으쓱해 보였다.
"누가 쏘았는지 알고 계십니까?"
여자는 한순간 눈길을 돌렸으나, 곧 다시 메이슨의 눈을 보면서 "아니오" 하고 대답했다.
메이슨은 눈을 가늘게 뜨고, 험악한 표정으로 여자를 보았다.
여자는 잠시 동안 그 응시에 맞섰으나, 곧 다시 눈길을 떨구었다.
페이 메이슨은 여자가 마치 자기에게 아무 말도 하지 않은 듯이 말없이 기다렸다.
여자는 잠깐 있다가 다시 눈을 올려뜨고 거북한 듯이 몸을 움직였다.
"제 일을 맡아 주시는 이상, 당신에게는 역시 사실대로 말하지 않으면 안 되겠군요. 전 누군지 알고 있습니다."
메이슨이 고개를 끄덕인 것은 긍정의 뜻보다 만족을 나타내는 것으로 보였다.
"계속해 주십시오" 하고 그는 말했다.
"우리는 밖으로 나가려 했지만, 나갈 수 없었어요. 입구에는 모두 감시하는 사람이 있었거든요. 남자가 사살되기 전 모두들 손을 들고 있을 때, 누군가가 경찰에 연락했던 모양이에요. 우리가 나가려고 했을 때는, 이미 경찰들이 입구를 모조리 막고 있었지요."
"'우리가'라는 것은 누구입니까?"
여자는 자기의 신발 끝을 잠깐 보고 있다가 낮은 목소리로
"허리슨 박"이라고만 대답했다.
페리 메이슨은 잠깐 사이를 두었다가
"허리슨 박이라면 바로 입후보하고 있는……."

"네, 그래요."
여자는 허리슨 박에 대해서 상대로 하여금 아무 말도 시키지 않으려는 듯이 잘라 말했다.
"두 분께서는 무엇을 하고 계셨습니까?"
"식사도 하고, 춤도 추고."
"그리고?"
"네, 그리고 나서 우리는 둘만이 있었던 별실로 돌아가, 경찰관들이 현장에 있는 목격자들의 이름을 조사하는 동안 남의 눈에 띄지 않도록 주의하고 있었어요. 사건을 담당한 경사가 허리슨과 잘 아는 사이여서 우리가 거기 있은 것을 신문사에서 알게 되면 수습할 수 없는 일이 벌어지리라는 것을 알고, 모든 조사가 끝날 때까지 우리를 별실에 있게 해 주었기 때문에 나중에 뒷문으로 몰래 빠져 나올 수 있었답니다."
"누구한테인가 들키지는 않았습니까?"
여자는 고개를 저으며 대답했다.
"그렇지는 않을 거예요."
"알았습니다. 다음 이야기를 계속해 주십시오."
여자는 눈을 치켜뜨고 메이슨을 보더니 느닷없이 물었다.
"프랭크 록을 아세요?"
메이슨은 고개를 끄덕였다.
"〈스파이시 비츠〉의 주필 말입니까?"
여자는 입을 꼭 다물고 말없이 끄덕였다.
"그 남자가 관련되었습니까?"
"우리들의 일을 알고 있어요."
"사람들에게 알리겠다고 합니까?"
여자는 머리를 끄덕였다.

페리 메이슨은 책상 위에 있는 서진(書鎭)에 손가락을 뻗쳤다. 손은 길고 끝이 갸름하여 보기 좋은 모양을 하고 있었으며, 손가락에는 충분히 일을 해 낼 수 있을 만한 힘이 어려 있었다. 일단 유사시에는 무엇이나 분쇄해 버릴 만한 힘이 있는 손이다.
"돈을 주고 달래면 되지 않습니까?" 하고 그는 말했다.
"안 돼요."
여자는 대답했다.
"저는 할 수 없어요. 당신이 해주시지 않으면……."
"왜 허리슨 박이 하지 않습니까?"
"이해 안 되세요? 허리슨 박의 입장으로는, 기혼 여성과 함께 비티웃 인에 있었다는 것은 변명할 나위가 있을지도 몰라요. 하지만 주로 폭로기사를 다루고 있는 사이비 신문에 사실을 공포하지 않는 조건으로 돈을 준다는 것은, 결코 떳떳한 일이 못 돼요. 그러니까 허리슨이 이 문제에 관여할 수 없어요. 함정에 빠져들면 큰일이거든요."
페리 메이슨은 책상 위를 손가락으로 톡톡 두드렸다.
"그래서 이 문제를 저에게 맡기고 싶으신 거로군요?"
"네, 맡아 주셨으면 고맙겠어요."
"얼마 주시겠습니까?"
여자는 메이슨 쪽으로 몸을 내밀 듯하면서 빠른 목소리로 말했다.
"저어, 말하기 거북하지만 이런 일이 있어요. 그걸 기억해 주셨으면 좋겠습니다만, 어째서 제가 그런 일을 알고 있는가는 묻지 말아주세요. 저는 당신이 프랭크 록을 매수할 수 있다고는 생각지 않아요. 그런 사람은 한 수 더 떠서 대하지 않으면 안 돼요. 프랭크 록은 마치 〈스파이시 비츠〉가 제 것인 것 같은 얼굴을 하고 있어요. 그게 어떤 신문인지는 알고 계시겠지요? 그건 남의 험을 잡아내어 협박하는 일이 전문인 신문이에요. 다른 일은 하려고 생각지도 않지요. 눈이 벌개서 그런 일들만 찾아다니고 있어요. 하지만 프랭크 록은 허수아비에 지나지 않아요. 그 뒤에 사람이 있어요. 그 남자를 손아귀에 꽉 움켜쥔 사람이 있단 말이에요. 그 사람이 그 신문의 진짜 주인이지요. 그에게는 유능한 변호사가 고용되어 있어서, 협박죄며 명예훼손죄 등의 고소에 걸리지 않도록 조심하고 있어요. 그렇기는 하지만 만일 조금이라도 말썽이 생기면 난처하니까 프랭크 록이 앞으로 내세워져 어떤 죄든 걸머지게 되어 있는 거예요."
여자는 여기서 잠시 숨을 돌렸다. 잠깐 동안 침묵이 흘렀다.
"이야기를 계속해 보십시오."
페리 메이슨이 말했다.
여자는 입술을 조금 깨물었으나, 다시 얼굴을 들고 아까와 같은 빠른 목소리로 말했다.
"그들은 허리슨이 그곳에 있었던 일을 냄새맡았어요. 하지만 함께 있던 여자가 누구인지는 몰라요. 그러나 허리슨이 그곳에 있었다는 것은 신문에 쓰고 싶으니까, 경찰에 허리슨을 참고인으로 호출하라고 요구하고 있는 거예요. 그 사살 사건에는 수상쩍은 데가 있어요. 누군가가 그 피해자를 함정에 빠뜨려 사살되도록 꾸민 다음, 여러 가지를 조사할 수 없게 만든 것이 아닌가 하는 생각이 들어요. 경찰과 지방검사는 현장에 있었던 사람을 하나 빠짐없이 엄격하게 조사할 방침인 것 같아요."
"당신은 조사를 받지 않습니까?"
여자는 이 물음에 고개를 저었다.
"네, 우리는 끌어들이지 않을 생각인 모양이에요. 제가 있었던 것은 아무도 몰라요. 아까 말했던 그 경사는 허리슨이 있었다는 것을 알지만, 그뿐이에요. 저는 다른 이름을 쓰고 있었으니까요."

"네. 그래서?"
메이슨이 물었다.
"모르시겠어요? 만일 〈스파이시 비츠〉 사람들이 당국에 항의하면, 허리슨을 불러 신문하지 않을 수 없게 돼요. 그러면 허리슨은 함께 있었던 여자가 누구인지 이야기해야만 할 입장에 놓여요. 만일 이야기하지 않으면, 이야기했을 때보다 더 난처한 입장이 될 테니까요. 하지만 실제로 우리는 아무런 잘못도 한 일이 없잖아요. 우린 그런 곳에 갈 권리가 있는걸요."
메이슨은 꽤 오랫동안 책상을 손가락으로 톡톡 두드리고 있었는데, 이윽고 여자의 얼굴을 찬찬히 보면서 말했다.
"알았습니다. 그러나 여기서 오해가 없도록 이야기를 밝혀 둡시다. 당신은 허리슨 박의 정치가로서의 이력에 누를 끼치고 싶지 않다는 생각이신 거지요?"
여자는 뜻깊게 변호사의 얼굴을 보았다.
"아니에요" 하고 여자는 말했다.
"저도 오해가 없도록 밝혀 두고 싶어요. 저는 제 몸에 피해가 돌아오지 않도록 하고 싶어요."
다시 얼마 동안 그는 손가락으로 책상을 두드리다가 겨우 입을 열었다.
"그러면 돈이 많이 들겠는데요."
여자는 핸드백을 열었다.
"준비해 가지고 왔어요."
여자는 돈을 세어 책상 가장자리에 그것을 놓았다. 메이슨은 여자가 그렇게 하는 모습을 지켜보았다.
"그건 뭡니까?" 하고 그가 물었다.
"이건 당신에게 드리는 사례금이에요."

여자는 대답했다.
"사실을 비밀에 붙이기 위해서는 얼마쯤이나 필요한지 아시게 되는 대로 그때 또 저에게 연락해 주세요."
"어떻게 연락해야 되지요?"
"〈이그재미너〉 신문의 안내 광고 개인란에 'E.G에게. 교섭이 순조로울 것 같음'이라고 한 다음, 당신의 이니셜을 써 주시지 않으시겠어요? 그러면 제가 이리로 오겠어요."
"나는 찬성하지 못하겠는데요."
메이슨이 말했다.
"전부터 그런 패거리에게 돈을 주는 건 싫었어요. 정 어쩔 수 없다면 다른 방법을 택하고 싶습니다."
"다른 방법이라시면……?"
메이슨은 어깨를 으쓱해 보이며
"지금은 알 수 없어요. 그러나 다른 방법이 발견될 경우도 있지요."
여자가 저도 모르게 그 말에 이끌리는 듯 눈을 빛내며 말했다.
"프랭크 록에 관해서 한 가지 제가 알고 있는 게 있어요. 그는 과거에 무언가 잘못한 일이 있어요. 어떤 일인지는 잘 모르지만, 아마도 전에 형무소에 한 번 들어간 일이 있는 것 같아요."
메이슨은 여자의 얼굴을 보았다.
"그에 대해서 여러 가지를 알고 계시는군요."
여자는 머리를 저으며
"아직 한 번도 만난 일은 없어요."라고 말했다.
"그렇다면 어떻게 그토록 잘 알고 있습니까?"
"거기 대해서는 묻지 말아 달라고 아까 말씀드렸을 텐데요."
다시금 메이슨은 힘있는 손가락으로 책상 가장자리를 톡톡 두드렸다.

"내가 허리슨 박의 대리인이라고 자칭해도 상관없겠습니까?"

여자는 이제까지와는 달리 힘차게 고개를 저었다.

"누구의 대리인이라고도 말씀하셔서는 곤란해요. 이를테면 아무의 이름도 겉으로 드러나게 하지 말아 달라는 거예요. 당신이라면 그런 일을 해내는 방법을 알고 계실 거예요. 저는 알지 못합니다만……."

"언제부터 일에 착수하면 되겠습니까?"

"지금 곧."

페리 메이슨은 책상 옆에 달린 단추를 눌렀다. 이어 대기실로 통하는 문이 열리며 델라 스트리트가 노트를 손에 들고 들어왔다.

여자는 얌전하게 아무렇지도 않은 초연한 태도로 의자에 몸을 젖히고 앉아 있었다. 비서 따위가 있는 앞에서는 이야기할 일이 아니라는 듯한 태도였다.

"부르셨습니까?"

델라 스트리트가 물었다.

"이 편지 말인데," 하고 메이슨은 말했다.

"이것으로 됐지만, 한 가지만 덧붙이고 싶은 게 있어. 내가 펜으로 쓸 테니까 타이프로 고쳐 쳐 줘요. 그리고 중요한 볼일이 생겨서 지금 곧 나가겠소. 사무실에 언제 돌아올지 지금은 모르겠어."

델라 스트리트가 물었다.

"어디 연락이 될 데는 없습니까?"

메이슨은 머리를 저으며 대답했다.

"내가 연락하지."

그리고 나서 방금 말한 편지를 꺼내어, 메이슨은 그 남은 자리에 무엇인가 써넣었다. 델라는 조금 망설이다가, 책상을 돌아서 메이슨의 어깨 너머로 그것을 들여다보았다.

페리 메이슨은 편지 위에 썼다.

'대기실로 돌아가, 드레이크 탐정사무소에 전화해서 폴 드레이크를 불러낼 것. 폴에게 이 여자가 사무실을 나서면 뒤를 밟도록 할 것. 다만 몰래 뒤따르고 있다는 것을 여자가 눈치채지 못하게 할 것. 나는 여자가 누구인지 알고 싶어. 중요한 일이라고 폴에게 말해 줘요.'

메이슨은 흡인지로 쓴 데를 누르고 나서, 그것을 델라 스트리트에게 내주었다.

"곧 타이프해 줘요. 나가기 전에 서명을 할 테니까."

델라는 편지를 받았다. 그러고는 "알았습니다"라고 말하고 나갔다.

페리 메이슨은 여자 쪽으로 돌아앉았다.

"이 일에 얼마쯤이나 쓰실 수 있는지 알아 두고 싶습니다."

"얼마나 있으면 알맞다고 생각하시지요?"

여자가 되물었다.

"한 푼도 알맞다고는 생각지 않습니다."

메이슨은 단호한 말투로 말했다.

"나는 협박자에게 돈을 주는 것은 싫습니다."

"알고 있어요."

여자가 말했다.

"하지만 당신은 얼마나 주면 되는지 경험으로 알고 있으실 것 아니에요?"

"〈스파이시 비츠〉는 돈을 끌어낼 수 있는 상대라고 보면, 용서없이 요구해 옵니다. 내가 지금 알아 두고 싶은 것은, 그 용서없는 선이 어디까지인가 하는 겁니다. 저쪽이 너무 터무니없는 요구를 하면 딴청을 피워 이야기를 끌어야 하니까요. 적당한 선에서 타합이 되면 쉽게 결말이 나겠지만 말입니다."
"되도록 빨리 해 주시지 않으면 난처해요."
"자꾸만 이야기가 다른 데로 흐르는군요. 얼마지요?"
"5천 달러까지라면, 낼 수 있어요."
"허리슨 박은 정치가지요? 내가 알기로는, 그는 심심풀이로 정치를 하고 있는 게 아닙니다. 개혁파로서 선거에 나서고 있으니만큼, 반대파로서는 그분을 매수할 수 있게만 되면 크게 이로운 일이 되겠지요."
"무슨 말씀을 하고 계신 거예요?"
이바 글리펀이 물었다.
"〈스파이시 비츠〉는 5천 달러쯤은 양동이 속의 한 방울 물로도 여기지 않을 거라는 이야기입니다."
"일이 급해지면, 9천 달러나 만 달러까지도 낼 수 있어요."
"지금이 바로 급한 경우이지요" 하고 메이슨은 여자에게 설명했다.
여자는 아랫입술을 깨물었다.
"만일 무슨 일이 일어나 당신에게 연락할 필요가 생겼을 경우, 신문에 광고를 내기까지 기다릴 수 없다면 어디다 연락해야 됩니까?"
여자는 재빨리 분명하게 머리를 저어 보였다.
"그것은 할 수 없어요. 그 점은 서로가 이미 양해한 걸로 해 주시면 좋겠어요. 제 주소로는 찾아오지 말아 주세요. 전화도 거시면 안 돼요. 제 남편이 누군지 알려고 해도 안 돼요."
"주인과 함께 살고 계시는군요?"
여자는 힐끗 재빠른 눈길을 메이슨에게 던졌다.

"물론이에요, 그렇지 않다면 제가 어떻게 돈을 낼 수 있겠어요."

대기실 문에 노크 소리가 나더니, 델라 스트리트가 머리와 어깨만 들이밀고 말했다.

"메이슨 소장님, 분부하신 일을 끝냈어요. 서명은 언제라도 하실 수 있어요."

페리 메이슨은 일어나서 여자를 유심히 보았다.

"좋습니다, 글리핀 부인. 힘 닿는 데까지 해보도록 하지요."

여자는 의자에서 일어나 문 쪽으로 한 발 내딛더니, 걸음을 멈추고 책상 위의 돈을 바라보았다.

"그 돈의 영수증을 써 주실 수 있을까요?"

"필요하시다면 써 드리지요."

"받아 두고 싶어요."

"좋습니다."

메이슨은 함축성있는 말투로 말했다.

"이바 글리핀 부인 앞으로 된 페리 메이슨의 서명이 있는 예약금 영수증을 당신 돈지갑에 넣어 두어도 괜찮으시다면, 나는 아무 상관없습니다."

여자는 이맛살을 찌푸렸다.

"그런 것이 아닌 걸로 해주셨으면 싶어요. 이 영수증의 보관자는 예약금으로 얼마의 금액을 당신에게 지불했다는, 그런 내용의 영수증을 써 주실 수 없을까요?"

메이슨은 떨떠름한 얼굴로 재빨리 한 손으로 돈을 집어들어, 델라 스트리트에게 그 돈을 흔들어 보였다.

"델라, 이 돈을 받아 둬요. 그리고 장부에다 글리핀 부인의 계좌를 만들어, 본장부의 그 페이지에 기입된 금액으로 부인에게 5백 달러 영수증을 만들어 드려요. 그 금액은 예약금으로 받았다고 영수증에 써넣어 줘요."
"내가 치러야 할 총액이 얼마라고 말씀해 주실 수 없을까요?"
여자가 물었다.
"그건 일의 분량에 달렸습니다."
메이슨이 대답했다.
"많은 돈이 되겠지만, 부당하게 요구하지는 않습니다. 또 그 금액은 결과에 따라 결정되지요."
여자는 끄덕이며 조금 망설였다.
"이것으로 용무는 끝난 것이겠지요?"
"비서가 영수증을 드릴 겁니다."
여자는 메이슨에게 웃음을 지어 보였다.
"안녕히 계세요."
"안녕히 가십시오."
여자는 대기실로 나가자, 문가에 멈추어서서 뒤돌아보았다.
메이슨은 여자에게 등을 돌리고, 주머니에 두 손을 찌른 채 창밖을 보고 있었다.
"여기 있습니다" 하고 델라 스트리트가 말하고 문을 닫았다.
페리 메이슨은 그로부터 약 5분 동안이나 밖의 거리를 내다보고 있었다. 이윽고 다시 한 번 대기실로 통하는 문이 열리며 델라 스트리트가 들어왔다.
"갔어요."
메이슨은 돌아섰다.
"델라는 왜 그 여자가 수상쩍다고 생각했지?"
델라 스트리트는 그의 눈을 가만히 보았다.
"그 여자는 제 생각엔 귀찮은 일을 몰고 올 것만 같아요."
메이슨은 널찍한 어깨를 움츠려 보였다.

"나에겐 그 여자가 예약금 현금 5백 달러짜리로밖에 보이지 않아. 그리고 사건을 끝내고 나면 보수로 1천 5백 달러."
젊은 여비서는 나쁜 감정을 노골적으로 드러내 보이며
"그 여자는 협잡꾼이에요. 나쁜 여자예요. 자기만이 무사하기 위해서는 누구나 속일 수 있는 좋은 집안의 장난꾸러기 여자예요."
페리 메이슨은 그렇게 말하는 그녀를 눈여겨 관찰했다.
"변호사에게 5백 달러의 예약금을 지불하는 그런 유부녀가 품행이 단정할 리가 없지. 그렇지만 그녀는 나의 의뢰인이야."
델라 스트리트는 머리를 저었다.
"그런 뜻으로 말하는 게 아니에요. 그 여자에게는 어딘가 속임수가 있어요. 지금 현재 그 여자는 소장님께 무언가 숨기고 있어요. 소장님이 알 필요가 있는 일을 말이에요. 깨끗이 털어놓으면 일을 하기 쉬울 텐데, 소장님께 감춰 두고 무언가 갑작스럽게 부닥치도록 하려는 거예요."
"일을 하기 쉽게 해주건 말건 그런 걸 내가 문제삼을 것 같아? 그 여자는 내 시간에 대해서 돈을 지불해 주는 거야. 시간만이 내가 투자하고 있는 것이니까."
델라 스트리트는 조금 생각에 잠기다가 말했다.
"시간만이 소장님이 투자하고 있는 모두라고 생각하고 계세요?"
"왜?"
"왠지는 모르지만 그 여자는 위험해요. 틀림없이 소장님이 몸을 뺄 수 없게 만들고는 소장님에게 그 일을 떠맡기고 모르는 체할 그런 수단꾼이에요. 틀림없이 그래요, 틀림없이."
메이슨은 얼굴 표정은 달리하지 않았지만, 눈이 번쩍 빛났다.
"맞아, 내가 떠맡지 않으면 안 될 짐이야. 나의 의뢰인이 나에게 충실해 줄 것을 기대할 수는 없어. 의뢰인은 돈을 지불할 뿐이야.

그뿐이지."

델라는 걱정스러운 눈으로 그의 얼굴을 보았다. 그 표정에는 걱정과 부드러움이 함께 있었다.

"소장님은 지금 아무리 나쁜 의뢰인일지라도 그 사람에게 충실하지 않으면 안 된다고 말씀하시는 거지요?"

"물론, 그게 내 의무니까."

"직업에 대한?"

"아니."

조용히 생각하면서 그는 대답했다.

"내 자신에 대한 의무지. 나는 돈으로 고용되는 투사야. 의뢰인을 위해 싸우는 게 일이지. 나에게 사건을 의뢰하는 사람은 대부분 정직하지 못해. 그러니까 의뢰인이 되는 거지. 모두가 제가 파놓은 함정에 빠져서 괴로워하는 사람들이야. 그러한 사람들을 고통으로부터 건져내는 게 내 직업이야. 그러니까 의뢰인에게는 정직하게 대하지 않으면 안 돼. 저쪽이 나에게 정직하게 대해 주기를 기대하기는 어렵지만 말야."

"그건 불공평해요!"

델라가 분개해서 소리쳤다.

"물론, 그렇지. 하지만 그게 장사야."

메이슨은 웃음을 띠었다.

델라는 어깨를 으쓱했다.

"드레이크 탐정께 그 여자가 여기를 나가면 곧바로 몰래 뒤따르라고 전했어요" 하고 그녀는 자기 임무로 돌아가 말했다.

"틀림없이 기다리고 있다가 실수없이 하겠다고 말했어요."

"폴 드레이크에게 직접 말했겠지?"

"네, 물론이에요. 그렇지 않다면 모든 일이 다 잘 되었다고 대답할 수 없지요."

"알았어. 그 예약금 가운데 3백 달러는 예금하고, 2백 달러는 내가 가지고 나갈 테니 줘. 그 여자의 정체는 이제 곧 알게 될 테고, 그렇게만 되면 문제는 이미 해결된 거나 다름없어."

델라 스트리트는 대기실로 돌아가, 2백 달러를 가지고 돌아와서는 그것을 페리 메이슨에게 건네주었다.

메이슨은 웃는 얼굴로 그녀에게 말했다.

"델라, 델라는 세상 여자들에게 이상한 생각을 갖고 있지만, 그래도 쓸모있는 아가씨야."

델라는 그의 앞으로 빙글 돌아서서

"전 그 여자가 싫어요! 그 여자가 걷는 땅까지도 싫어요! 하지만 그것이 문제가 아니에요. 좋고 싫고는 문제가 아니에요. 어쩐지 불길한 예감이 들어요."

메이슨은 두 다리를 크게 벌리고 서서 두 손을 주머니에 찌른 채 델라를 보았다.

"왜 그 여자가 싫지?"

조용히 흥미있는 듯이 물었다.

"그 여자의 모든 게 싫어요!"

델라 스트리트가 말했다.

"저는 무엇을 손에 넣으려면 일을 하지 않으면 안 돼요. 일하지 않고 손에 넣은 것은 지금껏 하나도 없었어요. 그리고 아무리 일해도 아무것도 얻지 못한 일도 여러 번 있었지요. 그 여자는 이 세상에 태어나서 지금껏 한 번도 일해서 돈을 번 일이 없는 타입이에요! 자기가 손에 넣은 것은 무엇 하나 남에게 준 일이 없는 사람이에요. 자기 몸조차 쓰지 않는 사람이에요."

페리 메이슨은 생각에 잠기면서 입을 다물었다.

"단 한번 그 여자를 보고, 옷차림이 맘에 들지 않아서 그런 심술을 부리는 건가, 델라?"

"아니에요, 옷차림은 맘에 들었어요. 마치 백만 달러가 걸어다니는 것 같은 의상이었어요. 그만한 옷차림을 하려면 누구에겐가 꽤 많은 돈을 쓰게 했을 거예요. 그 여자가 의상을 위해 자기 돈을 지불하지 않은 것만은 확실해요. 지나치게 소중한 다룸을 받고, 지나치게 훌륭한 옷차림을 해 받고, 지나치게 어린아이 같은 얼굴을 하고 있어요, 그 여자는. 상대에게 호감을 얻으려고 애쓸 때의, 그 눈을 둥글게 해 보이는 기교를 알아보셨어요? 그 어린아이 같은 눈길을, 틀림없이 거울 앞에서 연습했을 거예요."

메이슨은 갑자기 깊은 수수께끼에 잠긴 듯한 눈으로 비서의 얼굴을 보았다.

"의뢰인이 모두 델라같이 충실하면 법률사무소 같은 게 있을 필요가 없어, 델라. 그것을 잊지 않도록 해요. 델라는 의뢰인이 오면 친절하게 대하지 않으면 안 돼. 델라는 그들과 달라. 델라의 집안은 본디 유복했지. 그러나 지금은 돈이 없게 되었어. 델라는 일터에 나왔어. 하지만 그렇게 하지 않는 여자도 이 세상에는 많아."

델라의 눈에 우수가 어렸다.

"그런 여자는 어떻게 하지요? 무엇을 할 수 있어요?"

"남자하고 결혼할 수도 있지."

잠시 사이를 두었다가 그는 대답했다.

"그리고 다음에는 다른 남자와 함께 비티웃 인에 가서, 난처한 일을 당하게 되어 변호사에게 도움을 청할 수도 있지."

데라는 메이슨으로부터 눈을 돌리고, 대기실 쪽을 향해 서 있었다. 그 눈은 불타오르고 있었다.

"제가 의뢰인에 관해 이야기하니까, 소장님은 제 일을 이야기하시는군요."

그리고는 문을 지나 대기실로 가버렸다.

페리 메이슨은 문 있는 데까지 걸어가, 거기에서 데라 스트리트가 자기 책상 앞으로 가서 의자에 앉아 타이프라이터에 종이를 한 장 끼우고 있는 것을 보고 있었다. 그리고 메이슨이 서 있는 동안 대기실 문이 열리며, 키가 크고 어깨가 처졌으며 긴 목에 머리가 앞으로 내밀어진 남자가 들어왔다. 조금 튀어나온 젖은 눈으로 델라 스트리트를 보며, 그의 언제나 흐릿한 유머가 담긴 눈으로 그녀에게 미소를 지어 보이고 나서 메이슨을 향해 말했다.

"어이, 페리."

메이슨은 대답했다.

"이리 들어오게, 폴. 뭘 좀 알아냈나?"

"음, 다녀왔네."

메이슨은 문 안으로 탐정을 맞아들이고는 문을 닫았다.

"어떻게 됐지?"

폴 드레이크는 얼마 전까지 여자가 앉아 있던 자리에 앉아, 한 발을 다른 한쪽 의자에 올려놓고 담배에 불을 붙였다.

"그 여자는 머리가 꽤 잘 돌던데."

"왜? 뒤따르는걸 눈치챘나?"

"그렇지는 않을 거야. 난 엘리베이터 옆에 서 있었어. 이 사무소에서 그 여자가 나오는 게 보이는 위치였지. 여자가 나왔기 때문에 내가 먼저 엘리베이터로 들어갔어. 여자는 이 사무실에서 누가 나오지 않나 보려고 뒤쪽만 보고 있더군. 자네가 여자아이한테 뒤를 밟게 하는 게 아닌가 싶어 그랬을 거야. 엘리베이터가 현관에 닿았을 때에야 마음을 놓는 얼굴이더군.

여자는 모퉁이까지 걸어갔지. 나는 그 여자와의 사이에 대여섯 명의 통행인을 두고 뒤에서 따라갔어. 여자는 길을 가로질러서 저기 백화점으로 들어가더군. 마치 뚜렷한 목적이 있는 것처럼 가게 안을 줄곧 걸어갔어. 그리고는 부인 휴게실로 들어가 버린 거야.
 거기 들어갔을 때의 거동이 좀 수상했기 때문에, 이건 미행을 떼버릴 작정인 게로구나 하는 생각이 문득 들어서 점원 하나를 붙잡고, 부인 휴게실의 문이 다른 데도 또 있느냐고 물었어. 그런데 세 군데나 있다는 게 아니겠나. 하나는 미용실로 가는 길, 하나는 메니큐어실로 가는 길, 다른 하나는 카페로 가는 길이야."
"어느 길로 나왔나?"
메이슨이 물었다.
"미용실이야, 내가 그리로 가기 15초 전에 나와 버렸어. 휴게실에 들어간 것은 이쪽 눈을 속이기 위해서였지. 미용실 정문 앞에 차를 세워 놓고, 운전사한테 대기하고 있도록 시켰던 모양이야. 내가 알 수 있었던 것은 거기까지네. 차는 커다란 링컨이었는데, 그런 게 무슨 소용 있겠나?"
"글쎄, 별로."
하고 메이슨이 대답했다.
"나도 그렇게 생각했네."
빙그레 웃으며 드레이크는 말했다.

2

 프랭크 록은 추해 보이는 적갈색 피부를 가진 남자로서, 홈스펀 양복을 입고 있었다. 그 피부 빛은 야외 스포츠로 단련하여 햇볕에 그을은 것이 아니라, 너무 지나치게 니코틴을 빨아들여 그에 절은 느낌이었다. 눈은 고요한 갈색인 밀크 초콜릿 빛으로, 광채라고는 전혀 없었다. 죽은 사람의 눈, 생기가 없어진 눈이다. 코는 크고, 입가에는 긴장감이 없었다. 언뜻 보아서는 아주 온화하고 무난한 인간으로 보인다.

"그런가, 이야기가 있으면 여기서 말해 보게."
하고 그는 말했다.

페리 메이슨은 머리를 저었다.

"안 돼. 이 방에는 온갖 종류의 도청기가 모두 장치되어 있을 거야. 내가 말하는 것이 자네한테밖에 들리지 않는다는 것을 확실히 알 수 있는 곳으로 가 이야기하세."

"어딘데?"

프랭크 록이 물었다.

"내 사무실로 와 주어도 돼."

메이슨의 말투는 그다지 기대하고 있지 않은 열의없는 목소리였다. 프랭크 록은 웃음을 터뜨렸다. 쇠줄을 가는 듯한 음험한 웃음소리다.

"그렇다면 이번에는 내가 거절할 차례로군."

"그래, 알았네."

"모자를 쓰고 함께 나가세. 어딘가 우리 두 사람의 마음에 드는 곳이 있겠지."

"그게 무슨 말인가?"

록의 눈이 갑자기 경계의 빛을 띠었다.

"호텔이라도 찾아보지."

메이슨이 말했다.

"자네가 이미 물색해 놓은 호텔?"

"아니, 택시를 타고 적당히 거리를 달리세. 그래도 믿을 수 없다고 생각되면, 자네가 마음대로 호텔을 정하게."

프랭크 록은 잠깐 망설이더니 말했다.

"잠깐 기다려 주게. 내가 나가도 지장이 없는지, 보고 오지 않으면 안 되겠어. 하다가 만 일이 있으니 말야."

"알았네."

메이슨은 대답하고 자리에 앉았다.

프랭크 록은 의자에서 뛰어올라 방을 나갔다. 문을 열어 놓은 채였다. 바깥쪽 방에서 바쁜 듯한 타이프 소리며, 낮은 말소리가 들려 왔다. 페리 메이슨은 느릿느릿 담배를 피워 물었다. 얼굴에는 그 특유의, 한 가지 일에 생각을 집중시키고 있는 표정이 떠올랐다.

그는 10분 가까이 기다렸다. 마침내 프랭크 록이 모자를 쓰고 나왔다.

"자, 나가세."

두 사나이는 함께 건물을 나와 택시를 잡았다.

"상점 거리를 한바퀴 돌아주게." 페리 메이슨이 말했다.

록은 전혀 아무런 표정이 없어 보이는 그 초콜릿 빛 눈으로 변호사를 보았다.

"이렇게 하고 있어도 이야기할 수는 있잖나."

메이슨이 머리를 저었다.

"아니, 큰소리로 말하지 않으면 들리지 않는 장소에서는 말하고 싶지 않네."

록은 히죽 웃었다.

"나는 언제나 큰소리만 듣고 살아서 버릇이 되어 있는걸."

메이슨은 웃지 않았다.

"내가 소리치는 것은, 정말로 화가 났을 때일세."

록은 지루한 듯 담배에 불을 붙였다. 그리고 나서

"그래?"

하고 아무렇지도 않게 말했다.

차가 왼쪽으로 돌았다.
"저기 호텔이 있군."
록이 이를 드러내 보이며 웃었다.
"알고 있어."
"자네가 찾아냈으니, 난 마음에 들지 않아. 그리고 너무 가까워. 내가 호텔을 찾아내지."
"좋아, 어서 찾게. 단 운전사에게 어디로 가라고는 하지 말게. 아무렇게나 달리다가 눈에 띄는 호텔로 들어가는 게 좋아."
록은 웃음을 지었다.
"몹시 신경을 쓰는군, 서로가."
페리 메이슨은 머리를 끄덕였다.
록이 칸막이 유리창을 두드렸다.
"여기서 내리겠어, 그 호텔 앞이야."
택시 운전사는 조금 이상한 듯이 록의 얼굴을 뒤돌아보고는 차를 세웠다. 메이슨이 50센트 은돈을 건네주고, 둘은 싸구려 호텔의 로비로 들어섰다.
"파러(parlor)로 가면 어떤가."
록이 물었다.
"좋지."
두 사람은 로비를 가로질러 엘리베이터를 타고 2층으로 가서 매니큐어실 앞을 지나, 받침재떨이를 사이에 두고 마주 놓여진 의자에 앉았다.
"자, 이제 됐어."
하고 록이 말했다.
"자네는 변호사 페리 메이슨. 누군가의 의뢰를 받고 나에게 무슨 이야기를 하러 왔겠지? 말해 보게!"

메이슨이 말했다.
"어떤 일을 자네 신문에 내자 말았으면 하네."
"흔히 있는 이야기지. 뭘 내지 말라는 건가?"
"음, 그보다 먼저 이야기할 게 있네. 자넨 정면으로 돈 이야길 끄집어낼 생각이 있는가?"
록은 강하게 머리를 저었다.
"우리는 사이비 신문이 아닐세. 다만 때때로 광고주의 편의를 보아 줄 때는 있지만."
"아, 그런가. 그런 건가!"
"그런 거라네."
"무얼 광고하면 되는가?"
메이슨이 물었다.
록은 어깨를 으쓱해 보였다.
"무엇이든 좋아. 광고하고 싶은 마음이 없으면 아무것도 내지 않아도 좋아. 신문은 자네한테 스페이스를 파네. 그뿐인 거야."
"알았어."
"그런데, 자네의 사건은?"
"어젯밤 비티웃 인에서 살인 사건이 있었지. 아니, 총격 사건이 있었어. 살인인지 뭔지는 알 수 없어. 총에 맞은 남자는 그 가게를 털러 왔었다더군."
프랭크 록은 광채 없는 밀크 초콜릿 빛 눈을 변호사에게 보냈다.
"그래서?"
메이슨이 이야기를 계속했다.
"이 사건은 뭔가 복잡한 게 있는 모양이야. 이를테면 지방 검사가 조사에 나섰어."
록이 말했다.

"자넨 아직 아무것도 이야기 안 했지 않나."
"지금 이야기하고 있는 걸세."
"좋아, 계속하게."
"어떤 사람이 나에게 말한 바에 의하면, 지방 검사에게 제출된 목격자의 리스트가 불완전하다는 소리가 있다는 거야."
록이 메이슨을 보았다.
"자넨 누구의 대리인인가?"
"자네 신문의 광고주가 될 사람이네."
"알았어, 이야기를 계속하게, 뒤를 듣지."
"뒷이야기는 자네도 알고 있네."
"알고 있다 할지라도 알고 있다고는 말하지 않아. 나는 광고 지면을 파는 일 말고는 아무것도 하지 않으니까. 자네 쪽에서 모두 털어놓지 않으면 안 돼. 자네 쪽에서 나를 찾아오지 않았나. 나는 한치도 움직일 수가 없다네."
"알았네."
메이슨이 말했다.
"자네 신문의 광고주로서, 나는 아까 말한 살인사건에 너무 깊이 말려들고 싶지 않네. 이를테면 현장에 있었는지도 모르지만 지방 검사에게 제출된 리스트에는 들어 있지 않은 사람의 이름을 밝히고 싶지 않다는 걸세. 특히 마음에 들지 않는 것은, 자네네 신문이 어느 저명인사의 이름을 들어 그 사람도 목격자인데 리스트에서 왜 이름이 빠져 있으며, 또한 왜 그는 증인으로 소환되어 조사를 받지 않느냐고 써 대는 거야. 그리고 이것도 광고주로서 말하는 것인데, 나는 이 목격자에게 동반자가 있었다든가 또는 그 동반자가 누구인지에 대해서 억측을 하여 써 대는 것을 일체 좋아하지 않네. 그럼 이에 대해 내가 지불할 광고료는 얼마나 되겠는가?"

"알았네. 그처럼 신문의 편집방침에 꼬치꼬치 지시를 내릴 참이라면, 상당한 광고료를 내지 않으면 안 되겠지. 이 이야기는 계약서를 작성해서 다루지 않으면 안 될 거야. 내가 자네와 광고 계약을 체결하여, 일정한 기간 동안 계속해서 그 지면을 자네에게 파는 식으로 말일세. 이 계약에는 자네가 약속을 어겼을 경우의 손해 배상 조항을 넣어야겠어. 그러면 자네가 광고를 전혀 내고 싶지 않게 될 경우에는, 자네가 그 손해 배상금을 지불해 주면 되는 거야."
페리 메이슨이 말했다.
"내가 계약을 파기하면 곧 그 돈을 지불해야 되는 건가?"
"그렇지."
"그리고 계약서가 작성된 그 순간에 그것을 파기해도 되는가?"
"아니."
록이 말했다.
"그건 안 되지. 하루나 이틀은 기다려 줘야 하네."
"내가 기다리고 있는 동안 아무런 행동도 취하지 않겠지, 물론."
메이슨이 말했다.
"물론."
메이슨은 담뱃갑을 꺼내어 길고 나긋한 손가락으로 담배를 한 대 뽑아 불을 붙여 물고, 조금도 호감이 담기지 않은 차가운 눈으로 록의 얼굴을 찬찬히 보았다.
"자."
그는 말했다.
"내가 말하러 온 것은 모두 말했네. 이번에는 자네 차례일세."
록은 의자에서 일어나 몇 걸음 왔다갔다했다. 목을 앞으로 길게 뽑고, 초콜릿 빛의 눈을 쉴새없이 깜박이며 그는 말했다.
"잘 생각하지 않으면 안 되겠네, 이 이야기는."

메이슨은 시계를 보았다.
"좋아, 생각할 시간을 10분 주겠네."
"아니야, 잘 생각하려면 시간이 좀 필요해."
록이 말했다.
"그렇게 걸리지 않아."
"걸려야 해."
"10분이면 충분하네."
메이슨은 좀처럼 동의하지 않았다.
"이야기를 갖고 온 건 자네 쪽이야. 내 쪽에서 꺼낸 건 아니야."
"어리석은 소리 말게. 내가 어떤 의뢰인을 대리하여 왔다는 걸 잊지 말게. 자네 쪽에서야말로 나에게 어떤 제안을 하지 않으면 안 되지. 그것을 나는 의뢰인에게 전달할 방법을 연구해야만 하는데, 그 의뢰인에게 연락을 취하기란 쉬운 일이 아니야."
록은 눈을 치켜떴다.
"그런가, 정말?"
"그렇다네."
"응, 그렇다면 10분 동안 생각할 수 있을지도 몰라. 그러나 신문사에 전화를 걸지 않으면 안 되네."
"좋아. 어서 걸고 오게. 여기서 기다릴 테니."
록은 곧 엘리베이터로 가서 아래층으로 내려갔다. 메이슨은 2층 난간 있는 데로 슬그머니 가서, 록이 로비를 걸어가는 것을 보았다. 록은 전화 박스로 가지 않고 호텔을 나가 버렸다.
메이슨은 엘리베이터로 가서 단추를 눌러 로비로 내려와, 곧바로 현관을 나서서 길 저쪽으로 건너갔다. 그는 어떤 건물의 입구에 가 멈추어서서, 담배를 피우면서 반대쪽 건물을 지켜보고 있었다.
3, 4분 뒤, 록은 어느 약국에서 나와 호텔로 들어갔다.

메이슨은 길을 가로질러 록의 몇 걸음 뒤에서 호텔로 들어와, 전화 박스가 나란히 있는 데까지 뒤따라 걸어왔다. 그리고 메이슨은 한 전화 박스로 들어가, 문을 열어 놓은 채 머리를 내밀고 소리쳤다.
 "어이, 록."
 록은 뒤돌아보았다. 초콜릿 빛 눈이 갑자기 크게 뜨여지며 메이슨을 보았다.
 "나중에 생각이 났는데."
 메이슨이 설명했다.
 "전화를 걸어 의뢰인과 연락이 되는지 어떤지 확인해 보는 것이 좋을 것 같아서 말이야. 그러면 곧 자네한테 대답할 수 있을 테니까. 그런데 전화가 통하지 않는군. 아무도 나오지 않아. 그래서 동전을 되돌려 받으려고 기다리고 있는 중일세."
 록은 머리를 끄덕였다. 그러나 눈에서는 의심하는 빛이 사라지지 않고 있었다.
 "동전 같은 건 못 받으면 어떤가. 우리들의 시간이 그보다 더 귀중해."
 "자네한테는 그럴지도 모르지."
 메이슨은 그렇게 말하고는 전화통 앞으로 돌아갔다. 두세 번 수화기를 잘가닥거리고는, 쳇 하고 혀를 차면서 어깨를 으쓱해 보이며 전화 박스에서 나왔다. 두 사람은 어깨를 나란히 하고 엘리베이터를 타고 2층에 올라가 아까 앉았던 의자에 마주 앉았다.
 "그래서?"
 메이슨이 물었다.
 "잘 생각해 보았는데……."
 프랭크 록은 망설이고 있었다.
 "생각해 보았으리라 짐작했네."

메이슨은 그다지 열의없이 말했다.

"자네가 아무의 이름도 밝히지 않고 꺼낸 말은, 보기에 따라서는 굉장히 귀중한 정치적인 뜻이 있는 것 같군."

"그렇지. 그러나 동시에 누구의 이름을 밝히지 않고 다른 견해로 본다면, 그런 뜻은 없다고도 말할 수 있지. 그러나 이런 식으로 거간꾼과 거간꾼이 하는 식의 짓을 해봐야 별수없어. 대체 얼마나 필요한가?"

"광고 계약에, 그 계약을 위반할 경우 손해 배상금으로 2만 달러를 지불한다는 약속을 넣어 주어야겠네."

"자네, 제 정신으로 하는 소린가?"

메이슨이 소리쳤다.

프랭크 록이 어깨를 움츠려 보였다.

"광고를 사고 싶다고 제의해 온 건 자네 쪽이네. 우리 쪽에서는 그렇게 해서라도 자네한테 팔 생각인지 아닌지, 아직 알 수 없지만 말야."

메이슨은 자리에서 일어났다.

"자네의 말로 보아 전혀 아무것도 팔 의사가 없는 것 같군."

이렇게 말해 버리고 엘리베이터 쪽으로 걸음을 내딛는데, 프랭크 록이 뒤쫓아와서 말을 던졌다.

"다시 언젠가 자네가 광고를 사고 싶어질 때가 있겠지. 우리 광고료에는 꽤 융통성이 있으니까, 그리 알게."

"그렇다면 깎을 수도 있다는 소리인가?"

"아니, 이 이야기에서는 더 비싸질지도 모른다는 소리야."

"허어."

메이슨은 간단히 받았다.

그리고 나서 별안간 멈추어서서 방향을 홱 바꾸더니, 그는 차가운

적의를 담은 눈으로 록을 노려보았다.

"여보게, 이쪽에선 모든 일을 다 알고서 하고 있는 일이야. 도망칠 궁리를 해보았자 쓸데없다는 것을 여기서 분명히 말해두겠네!"

"무엇에서 도망친다는 건가?"

"무엇으로부터 도망치려 해도 쓸데없다는 것은 그쪽에서 더 잘 알 거야. 협잡꾼! 겁도 없이 이곳에서 사이비 신문 따위를 내놓아, 세상 사람들을 괴롭혀 왔지. 이번만은 상대를 잘못 만났다는 것을 분명히 말해 두겠어."

록은 어느 정도 침착성을 되찾고 어깨를 으쓱해 보였다.

"옳아, 전에도 그와 비슷한 말을 하려던 자가 있었지."

"나는 하려고 하고 있는 게 아냐."

메이슨이 되받았다.

"해준다고 했어."

"그래, 자네가 한 말은 분명히 들었어. 뭐 큰소리까지 칠 건 없네."

"알았어. 그렇다면 내가 한 말의 뜻은 알았을 테지. 기억해 두게! 당장 지금부터 나는 너희들의 꼬리를 잡으러 뛰어들 테니까."

록은 히죽 웃었다.

"마음대로 해보게. 그전에 미안하지만 거기 엘리베이터의 단추를 빨리 누르든가 아니면 옆으로 비켜서서 나한테 누르게 해주게."

메이슨은 뒤돌아보고 단추를 눌렀다. 두 사람은 말없이 밑으로 내려가 현관 쪽으로 걸어갔다.

거리에 나서자, 록은 웃는 얼굴이 되어 그 갈색 눈으로 메이슨을 보았다.

"아무튼 기분 나빠하지 말게."

메이슨은 상대방에게 등을 돌리고 말했다.

"천만에, 아무도 그렇게 생각지는 않아."

3

페리 메이슨은 자기 차 속에 앉아서, 다 피운 담배 꽁초로 새 담배를 붙여 물었다. 얼굴에는 참을성 있는 의지의 집중으로 생긴 주름을 잡고, 눈을 번쩍이고 있었다. 그 모습은 코너에서 공이 울리기를 기다리는 권투선수를 연상케 한다. 그러나 그의 얼굴에는 신경의 흥분은 조금도 보이지 않는다. 긴장된 신경을 나타내 보이는 것은 오직 하나, 이미 1시간 남짓 연달아 담배에 불을 붙여대고 있는 일 뿐이었다.

길 반대쪽에 〈스파이시 비츠〉의 편집국이 있는 빌딩이 있다.

메이슨이 한 갑의 담배에서 남은 마지막 한 개비를 반쯤 피우고 났을 즈음, 프랭크 록이 빌딩에서 나왔다.

록은 무언가 굉장히 초조한 듯이 기계적으로 사방을 둘러보았는데, 별로 무슨 특정한 것을 찾고 있는 것은 아닌 듯, 다만 습관적으로 그러한 탐색적인 눈길을 사방에 보내고 있는 것 같았다. 그 모습은 새벽녘까지 먹이를 찾아 돌아다니다가 아침 햇살에 놀라서 뒤꽁무니를 빼고 굴로 도망치려는 여우와도 비슷했다.

페리 메이슨은 담배를 던져버리고, 차를 움직이기 시작했다. 가벼운 쿠페는 길가에서 미끄러져 나와 차의 물결 속으로 들어갔다.

록은 모퉁이까지 오자 바른쪽으로 돌아 택시를 불렀다. 메이슨은 그 택시 뒤에 바짝 붙어 차를 몰며, 차가 얼마쯤 뜸해지면 조금 뒤로 처져 뒤를 밟았다.

블록 중간쯤에서 프랭크 록은 차를 내려 요금을 치르고, 건물과 건물 사이의 통로로 들어가 거기에 있는 문을 노크했다. 문이 하나 소리없이 열렸다. 한 사나이가 인사를 하고 아첨섞인 웃음을 짓는 것을 메이슨은 보았다. 록이 안으로 들어가자 사나이는 바로 문을 닫았다.

페리 메이슨은 조금 떨어진 곳에 차를 세우고, 새 담뱃갑을 꺼내어 셀로판 종이를 뜯고 다시 담배 한 개비를 꺼내 피우기 시작했다.

프랭크 록은 그 술 암시장(이 이야기는 금주법이 폐지된 1933년 이전을 배경으로 하고 있다)에 45분쯤 있었다. 거기에서 나오자 다시 재빠르게 사방을 둘러보고 아까 그 모퉁이까지 걸어갔다. 알코올 덕택에 어느 정도 자신이 생긴 몸짓으로 얼마쯤 어깨를 펴고 있었다.

페리 메이슨은 택시를 세워 올라타는 동안, 꼼짝도 하지 않고 지켜보고 있었다. 그 택시 뒤를 쫓아가자, 록은 어떤 호텔 앞에서 차를 내렸다. 메이슨은 차를 세워 두고 호텔의 로비에 들어가 조심스럽게 사방을 둘러보았다. 록의 모습은 보이지 않았다.

로비를 한 바퀴 둘러보니 상업 관계의 손님이 많은 듯했으며, 세일즈맨이나 업계의 모임을 위해 여행 온 손님의 전용 호텔 같았다. 전화 박스가 즐비하게 서 있고, 교환원이 데스크에 자리잡고 앉아 있었다. 로비에도 꽤 많은 사람이 있었다.

페리 메이슨은 천천히 주의깊게 로비를 두루 살피며 걸어서 거기에 있는 사람을 모조리 보았다. 그리고는 프런트에 다가가 종업원에게 물었다.

"잠깐 묻겠는데, 프랭크 록이 여기 묵고 있지 않나?"

종업원은 카드가 들어 있는 숙박부를 보더니 말했다.

"존 록이라는 분은 계십니다만."

"아니, 프랭크 록이라고 하네."

"계시지 않습니다. 미안합니다."

"그런가"라고 대답하고, 메이슨은 그곳을 떠났다.

로비를 가로질러 식당에 들어가 안을 기웃거렸다. 몇 사람이 식사를 하고 있었으나, 그 속에도 록의 모습은 보이지 않았다. 지하에는

비로드의 손톱

이발관이 있었다. 메이슨은 계단을 내려가 유리창 너머로 안을 들여다보았다.

록이 끝에서 세 번째 의자에, 얼굴을 타월로 덮어쓰고 앉아 있었다. 메이슨은 홈스펀 양복과 암갈색의 구두로 그라는 것을 알았다.

메이슨은 고개를 끄덕이고 계단을 올라 로비로 돌아왔다. 그는 전화 교환대의 여자에게로 걸어갔다.

"전화 박스에서 호출하는 전화는 모두 아가씨가 취급하고 있소?"

여자는 끄덕였다.

"그렇다면 아가씨한테 어렵지 않게 20달러 버는 방법을 가르쳐 줄까?"

여자는 깜짝 놀란 얼굴로 말했다.

"농담을 하시면 안 돼요."

메이슨은 머리를 저었다.

"이봐요, 나는 전화 번호를 하나 알고 싶소. 그뿐이야."

"그러시다면?"

"이렇게 되는 거지. 내가 지금부터 어떤 사나이를 불러낼 거요. 그 사나이는 지금 당장은 전화를 받고 싶지 않다고 하겠지만 나중에는 받을 거야. 그는 지금 아래 이발관에 있소. 그 사나이는 나와 이야기하고 난 뒤에 어느 번호를 불러낼 거요. 내가 알고 싶은 것은 그 번호요."

"하지만 여기서 꼭 전화를 건다고는 단정할 수 없잖아요?"

"그렇다고 해도 아가씨는 자기가 할 바를 다했으니까, 역시 20달러를 받을 수 있지."

"그런 것을 일러 드리면 안 되게 되어 있어요."

"그러니까 아가씨는 20달러 버는 거요"라고 메디슨은 싱글벙글 웃어 보이면서 말했다.

"그것과 그 전화 이야기를 좀 들어 달라는 것."
"어머나, 전 전화의 내용을 엿듣거나 그것을 이야기해 드릴 수는 없어요."
"아니, 이야기해 주지 않아도 돼. 내가 그 이야기 내용을 아가씨한테 말할 테니까. 말하자면 그 번호가 과연 내가 알고 싶었던 번호인지 아닌지 확인하기 위해서요. 아가씨는 그 사나이가 그런 말을 했는지 안 했는지 대답해 주기만 하면 되오."

그녀는 망설이며, 지금까지 주고받은 이야기를 누군가가 우연히 옆에 와서 듣지나 않았는가 염려스러운 듯이 몰래 사방을 둘러보았다.

페리 메이슨은 주머니에서 10달러 지폐를 두 장 꺼내어 그것을 접어서 소리없이 손가락에 감았다.

여자의 눈은 그 지폐에 낚여 움직이지 않게 되었다.
"알았어요" 하고 여자는 마침내 말했다.
메이슨은 20달러를 건네주었다.
"그 사나이의 이름은 록이라 하오. 2분쯤 있다가 내가 불러 달랄 테니, 그 사나이한테 보이를 보내 줘요. 그러면 록은 어떤 사람을 불러내어, 어떠한 이름의 여자에 관해서 정보를 얻기 위해 4백 달러를 지불해도 좋으냐고 물을 거요. 그리고 그 상대방 사람은 지불해도 좋다고 말할 것이오. 알겠소?"
여자는 머뭇거리며 머리를 끄덕여 보였다.
"외부 전화는 모두 아가씨를 통해 걸려 오겠지?"
메이슨이 물었다.
"아니에요. 13호 교환대라고 하지 않으면 안 돼요."
아가씨는 대답했다.
"알았어, 그러면 나는 13번 교환대라고 말하겠소."
그는 히죽 웃어 보이고 밖으로 나갔다.

비로드의 손톱 47

다음 거리에 공중전화가 있는 약국이 있었다. 그는 호텔의 번호를 대고, 13호 교환대라고 말했다.

그 여자의 목소리가 들리자 그는 말했다.

"됐어. 프랭크 록을 불러 줘요. 보이를 보내서 반드시 아가씨 교환대의 전화를 쓰도록 말해야 하오. 틀림없이 지금은 받을 수 없다고 하겠지만, 나는 끊지 않고 기다리고 있겠소. 그 사나이는 지금 이발소에 있소. 그러나 보이에게는 그렇게 말하지 말고 이발소에 알아봐 달라고만 말해요."

"알았습니다" 하고 여자가 말했다.

2분쯤 수화기를 귀에 대고 있자, 아가씨의 목소리가 말했다.

"그쪽의 번호를 대주시면, 이쪽에서 전화를 거시겠답니다."

"거 잘 됐군." 메이슨은 말했다.

"번호는 허리슨 23850이오. 보이에게는 그 전화를 걸 때 아가씨 교환대를 쓰도록 일러줘요."

"네, 그것은 제게 맡겨 주세요."

"그럼, 지금 말한 번호의 스미스라는 남자를 부르도록 록에게 말해줘요."

"무슨 스미스 씨라고 할까요?"

"아니, 스미스라고만 하면 되오. 그것과 번호, 그뿐이오."

"알았습니다. 모두 잘 알았어요" 하고 아가씨가 말했다.

메이슨은 전화를 끊었다.

10분쯤 기다렸을 때 전화 벨이 울렸다.

그는 날카롭고도 조급한 목소리로 전화를 받았다. 들려 온 것은 경계하면서 지껄이는 듯한 록의 목소리였다.

"여보세요, 잘 들어 주시오."

메이슨은 날카로운 소리로 말했다.

"오해가 있으면 안 되니까 확인합니다. 당신은 〈스파이시 비츠〉사의 프랭크 록 씨입니까?"
"그런데 당신은 누구요? 어떻게 내가 있는 곳을 알았소?"
"댁이 신문사를 나가고 나서 2분쯤 뒤에 내가 당신을 찾아갔어요. 웨스터 스트리트의 술 암시장이 아니면, 거기 호텔에 있을 거라고 말해 주더군요."
"그런 걸 신문사의 누가 알고 있던가?"
"누군지는 모르겠지만, 경비실에 있던 사람이 가르쳐 주었어요. 그뿐입니다."
"아무튼 무슨 용건이오?"
"잘 들어 주십시오. 당신이 일에 관해서 전화로 이야기하는 건 싫어하는 줄 알고 있습니다만, 이건 무척 급한 용건이라서요. 당신들은 심심풀이로 장사하고 있는 건 아니겠지요? 그런 건 누구나 알고 있는 일이라, 나도 알고 있소. 나 역시 심심풀이로 장사를 하고 있는 건 아니니까 말입니다."
"이봐요, 이봐."
록의 목소리가 점점 더 경계적이 되었다.
"당신이 누구인지 나는 모르겠소. 할 이야기가 있거든 직접 만나러 와 주지 않겠소? 당신은 지금 이 호텔에서 얼마쯤 떨어진 곳에 있소?"
메이슨이 말했다.
"호텔 근처에 있는 게 아닙니다. 아무튼 들어 보십시오. 나는 당신에게 있어 귀중한 정보를 갖고 있습니다. 전화로는 말할 수 없는 용건이오. 그리고 또한 당신이 필요하지 않다면 다른 데로 가서 말하겠습니다. 그러니까 당신이 알고 싶은지 알고 싶지 않은지, 들려주기만 하면 되오. 당신은 어젯밤에 허리슨 박과 함께 있었던 여자의 이름을 알고 싶은 생각이 없으십니까?"
 확실히 얼마 동안 전화의 목소리가 끊어졌다.
 "유명한 사람에 관한 〈스파이시 비츠(짜릿한 맛이 나는 안주감)〉를 취급하는 게 우리 신문사의 장사요" 하고 록이 말했다.
 "그러니까 뉴스로서의 가치가 있는 정보라면, 언제든지 기꺼이 받겠소."
 "시치미 떼지 마십시오. 간밤의 일을 알고 있으면서 말입니다. 나도 알고 있소. 리스트가 제출되었지만, 그 리스트에 허리슨 박의 이름은 없습니다. 함께 있었던 여자의 이름도 없지요. 그 여자가 누구인지 똑똑히 알 수 있는 정보가 있다면, 어떻습니까? 천 달러는 되겠지요?"
 "아니, 안 되지."
 딱 잘라 록이 대답했다.
 "그렇다면 좋습니다. 그러면,"
 조금 당황하는 목소리로
 "5백은 되겠지요?"
 "안 돼."
 "아니, 여보십시오."
 메이슨은 울 듯한 목소리를 꾸미며
 "그렇다면 분명히 말하지요. 4백 달러 내면 가르쳐 드리겠습니다. 절대로 이것은 최저 가격이오. 350달러 낸다는 상대가 달리 있으니 말입니다. 당신이 있는 곳을 찾느라고 꽤 애를 먹었소. 그러니까 당신도 특종을 잡으려면 4백 달러는 내지 않으면 안 됩니다."
 "4백 달러면 큰돈이오."
 "내가 갖고 있는 정보는 좀처럼 없는 특종이오."
 "사게 된다면 정보만으로는 안 되오."

록이 말했다.

"명예훼손으로라도 맞서왔을 때 발뺌을 할 수 없게 만들 증거가 필요하오."

"좋습니다."

메이슨이 대답했다.

"내가 증거를 줄 테니, 당신은 4백 달러 내십시오."

록은 몇 초 동안 생각하고 있더니

"아무튼 잠깐 생각해 볼 수 있도록 해주시오. 나중에 다시 한 번 전화해서 그때 대답하지요."

"나는 지금 거신 전화 번호의 장소에서 기다리고 있겠습니다. 여기로 다시 한 번 걸어 주십시오."

메이슨은 아이스크림 카운터의 걸상에 앉아서 플레인소다를 마셨다. 조급한 기색도 어떠한 감정의 움직임도 보이지 않는다. 눈은 깊이 생각에 잠겨 있었다. 태도는 냉정했다.

5, 6분 지난 뒤 다시 전화벨이 울렸다. 메이슨은 나와서 울 듯한 목소리로 받았다.

"스미스입니다."

록의 목소리가 전선을 타고 들려 왔다.

"알았소. 증거를 손아귀에 쥘 수만 있다면, 아까 말한 그 값으로 합의합시다."

"네, 네."

메이슨이 말했다.

"내일 오전 중에 신문사에 계셔 주십시오. 제 쪽에서 연락하겠습니다. 그러나 이제 이렇게 되고 나서 변경을 하면 안 됩니다. 저로서는 350달러 쪽을 거절하는 거니까요."

"여보시오, 잠깐 기다려 주시오. 우리 쪽에서는 오늘밤에 당신을 만나서 바로 곧 끝을 내고 싶은데."

이렇게 말하는 록의 목소리는 흥분으로 얼마쯤 떨려 나왔다.

"그건 안 됩니다. 정보는 오늘밤으로라도 가르쳐 드릴 수 있지만, 증거는 내일까지 기다려야 합니다."

"그렇다면, 여보시오."

록은 물고 늘어졌다.

"정보만은 오늘밤에 알려 주고 내일 증거를 가져왔을 때 돈을 지불하면 어떻소."

메이슨은 놀리는 듯한 웃음소리를 냈다.

"글쎄요. 그건 이쪽에서 응할 수 없는데요."

록은 신경질적이 되었다.

"아, 그런가, 그렇다면 마음대로 하시오."

메이슨은 소리내어 웃으며

"고마웠습니다. 마음대로 하게 해주십시오."

라고 말하고는 전화를 끊어버렸다.

그는 자기 차로 돌아가, 차 안에 20분쯤 앉아 있었다. 마침내 프랭크 록이 젊은 여자를 하나 데리고 호텔을 나왔다. 얼굴을 깨끗이 면도하고 마사지도 한 듯, 혈색이 나쁜 갈색 살갗이 조금 부드러운 빛을 띠고 있었다. 참으로 처세에 능란하고 솜씨 있게 향락하는 법도 터득하고 있는 듯한, 꽤 잘난 체하는 사나이의 태도였다.

함께 나온 젊은 여자는 그 얼굴 생김새로 보아 21살이나 22살보다 더 많아 보이지는 않았다. 몸의 곡선을 돋보이게 하는 옷차림을 하고, 무표정한 얼굴에 값비싼 의상, 조금 짙은 화장을 한 미인으로 마치 한여름에 피어난 화려한 꽃송이 같았다.

페리 메이슨은 두 사람이 택시를 잡을 때까지 기다렸다가 호텔로 들어가, 그 전화 교환대 쪽으로 다가갔다.

교환원 아가씨는 마음이 꺼림칙한 듯한 눈을 들어, 사람 눈을 피하면서 옷깃 밑에 손을 넣어 종이 한 장을 빼냈다.

종이에는 전화번호가 적혀 있었다. 프라이버그 629803.

페리 메이슨은 아가씨에게 고개를 끄덕여 보이고 나서, 종이를 호주머니에 집어넣었다.

"전화 내용은 정보에 돈을 낸다든가 뭐 그런 거였나?"

"전화 내용을 말씀드릴 수는 없어요."

"알고 있소. 하지만 그런 내용이 아니었다는 것은 말해 줘도 되지 않소?"

"글쎄요."

"그럼 됐어, 달리 이야기하고 싶은 것은?"

"없어요!"

"그것만 들으면 됐소."

메이슨은 아가씨에게 말하고 히죽 웃음 지었다.

4

페리 메이슨은 시경 본부의 수사과로 들어갔다.

"드럼 있습니까?"

하고 그는 물었다.

형사 하나가 머리를 끄덕이면서, 엄지손가락으로 안쪽 문을 가리켰다.

페리 메이슨은 안으로 들어갔다.

"시드니 드럼."

하고 구석 자리에서 담배를 피우고 있는 사나이에게 말하자, 어떤 사람이 소리쳤다.

"이봐, 드럼, 누가 찾아왔네."

문이 열리고 시드니 드럼이 나와 페리 메이슨의 모습을 보더니, 기분 좋게 웃는 얼굴이 되었다.

"여어, 페리!"

드럼은 키다리에 뺨이 푹 꺼지고 눈빛이 엷은 여윈 사나이다. 시경 본부에 있기보다는 이마에 푸른 아이새도우를 바르고 귀에 펜을 꽂고서 높은 의자에 앉아 장부라도 기입하고 있는 편이 훨씬 이 사나이한테 어울릴 듯한데, 그래서 그가 탐정으로서 뛰어난지도 모른다.

메이슨은 밖에 나가자는 신호로 목을 쓱 돌리며 말했다.

"잠깐 이야기 할 것이 있네, 시드니."

"알았어" 하고 드럼은 대답했다.

"곧 나오지."

메이슨은 고개를 끄덕이고 복도로 나가 기다렸다. 시드니 드럼은 10분쯤 있다가 나왔다.

"무슨 일인가?"

"어떤 증인을 쫓고 있는데, 이 사건은 자네한테도 도움이 될지 몰라. 일이 어떻게 되어갈지는 아직 모르지만 말이야. 아무튼 지금 어떤 의뢰인을 위해 조사하고 있는 일이 있는데, 그 일로 해서 전화 번호 하나를 알고 싶네."

"어떤 번호?"

"프라이버그 629803이야. 그것이 만일 내가 생각하고 있는 사람이라면 마치 콘도르(독수리)처럼 머리가 좋은 녀석임이 틀림없을 테니, 전화 번호를 잘못 알고 걸었다고 변명해도 좀처럼 통하지 않을 녀석일 거야. 모르긴 해도 전화 번호부엔 올라 있지 않겠지. 전화국의 서류 같은 게 아니면 도저히 알아낼 수 없어. 그러니 내 생각엔 이런 것쯤은 자네가 직접 나서서 해주면 쉽게 될 것 같은데."

드럼이 말했다.

"이봐, 자네는 너무 뻔뻔스러워!"

페리 메이슨은 성난 얼굴이 되며

"나는 어떤 의뢰인을 위해서 일하고 있다고 말했네. 그 일 속에는 자네에게 줄 25달러도 포함되어 있어. 25달러면 전화국까지 한 번 수고해 주어도 될 것 같은데."

드럼의 얼굴에 웃음이 넘쳐흘렀다.

"왜 그 말을 하지 않았나? 모자를 쓰고 올 테니 잠깐 기다려 주게. 자네 차로 갈까, 내 차를 타고 갈까?"

"제각기 가는 게 좋겠네."

메이슨이 대답했다.

"자넨 자네 차로 가게, 난 내 차로 가겠어. 나는 이리로 되돌아오지 못하게 될지도 몰라."

"알았네, 그쪽에서 만나세."

메이슨은 밖으로 나와 자기 차에 올라 전화국 본청이 있는 곳으로 달렸다. 드럼은 경찰차로 먼저 와 있었다.

"내 생각에 자료를 찾을 때 자네와 함께 있지 않는 게 좋을 것 같아, 혼자 가서 조사해 왔네."

"누구던가?"

"조지 베르타──주소는 엘므웃 556번지. 자네가 생각했던 대로 전화 번호부엔 없었네. 물샐틈없이 철저히 감추고 있어. 안내에서는 이 번호에 대한 정보는 고사하고, 이 번호조차 가르쳐 줘서는 안 되게 되어 있어. 그러니까 어디서 알아 왔는지는 묻지 말게."

"아, 좋아."

10달러 2장과 5달러 1장을 호주머니에서 꺼내며 메이슨은 대답했다.

드럼의 손가락이 3장의 지폐 위에 덮쳐졌다.

"나쁘지 않은데. 간밤에 포커에서 털린 판이라 더 좋구먼. 또다시 이런 인심좋은 의뢰인이 있거든 와 주게."
"아마 당분간은 이 의뢰인과 지내게 될 거야."
"그거 좋군!"
드럼이 말했다.

메이슨은 자기 차로 돌아갔다. 스타터에 발을 걸고 엘므웃 드라이브를 향해 발동을 걸 때의 그의 얼굴은 몹시 긴장되어 있었다.

엘므웃 드라이브는 이 시에서의 고급 주택 지구에 있다. 큰길에서 좀 들어가 서 있는 집들은 모두 얼마간의 잔디를 앞에 깔고, 손질이 잘된 나무 울타리며 정원수로 둘러싸여 있다. 메이슨은 556호 앞에서 차를 세웠다. 조금 언덕진 꼭대기에 자리한 거만스러운 저택으로서, 양쪽으로 약 2백 피트 안에는 다른 집이 없고 언덕의 경치는 이 집의 당당한 구조를 돋보이게 해주고 있었다.

메이슨은 차를 문 앞에까지 몰고 가지 않고 길에 세워놓고 현관까지 걸어갔다. 현관에 불이 켜 있었다. 날씨가 무더운 저녁무렵이라 그 불 둘레에는 수많은 벌레가 무리지어 우유빛 유리 전구에 날개를 부딪고 있었다.

두 번째로 벨을 울렸을 때, 문이 열리면서 유니폼을 입은 하인 버틀러가 얼굴을 내밀었다.

페리 메이슨은 안주머니에서 명함을 꺼내어 그에게 건네며 말했다.
"베르타 씨와 미리 약속은 하지 않았지만, 만나 줄 거요."
버틀러는 명함을 한 번 보고는 곧 그를 안내했다.
"올라오십시오, 이리로."
페리 메이슨이 응접실로 들어가자 버틀러가 의자를 권했다. 그리고 버틀러의 이층으로 올라가는 발소리가 들리고, 이어서 이층에서 말소리가 들려 왔다. 이윽고 다시 버틀러가 내려오는 소리가 들렸다.

버틀러가 방에 들어와서 말했다.
"죄송합니다만, 주인께서는 선생님을 모르시는 모양입니다. 만나러 오신 용무를 저에게 전해 주실 수는 없겠는지요?"
메이슨은 하인의 눈을 보면서 짤막하게 말했다.
"말할 수 없네."
버틀러는 메이슨이 그 뒤에 무슨 말을 덧붙일 줄 알고 잠깐 기다리고 있었으나, 아무 말도 하지 않자 다시 이층으로 올라갔다.
이번에는 3, 4분 걸렸다. 돌아왔을 때 그의 얼굴은 조각된 탈 같았다.
"이리 오십시오. 베르타 씨께서 만나시겠답니다."
메이슨은 버틀러의 뒤를 따라 계단을 올라가 거실로 안내되었다. 거실은 가운데 복도에서 들어가게 되어 있으며, 이 저택의 한쪽 공간을 모두 차지하고 나란히 있는 방 가운데 하나인 모양이었다. 방의 장식은 쾌적함을 우선으로 하여 양식의 통일 같은 것에는 마음을 쓰지 않은 것 같았다. 의자는 모두 묵직해서 앉는 느낌이 좋았다. 방의 장식 디자인에 신경을 쓴 흔적은 그다지 없고, 여성적인 부드러운 취미가 엿보이는 곳이라곤 조금도 없었다. 이 방은 완전히 남자의 냄새로 가득차 있었다.
방 안의 문이 하나 열리고, 커다란 사나이가 문 앞에 서 있는 것이 보였다.
페리 메이슨은 이 남자의 뒤를 한 번 훑어봄으로써 지금 그가 나타난 방의 모양을 대강 알 수 있었다. 그곳은 벽에 책장이 있는 것으로 보아 서재인 모양이었다. 한구석에 커다란 책상과 회전의자가 있고, 그 저쪽 편에 타일을 박은 욕실이 언뜻 보였다.
남자는 거실로 들어와 서재의 문을 닫았다.
쳐다보아야 될 만큼 몸집이 큰 이 사나이의 얼굴에는 살이 많고 기

비로드의 손톱 57

름이 흐르고 있다. 눈 밑은 살이 쪄서 부풀어 있었다. 가슴에도 살이 많고 어깨도 넓었다. 그러나 허리는 비교적 가늘었다. 메이슨은 그 다리에는 군살이 없을 거라고 생각했다. 무엇보다도 눈에 띄는 것은 금강석같이 단단하고 아주 차가운 눈이었다.

 1, 2초 동안 사나이는 문 가까이에 서서 메이슨을 보고 있었다. 그리고 나서 앞으로 걸어나왔는데, 그 걸음걸이로 미루어 보아 그 큰 몸무게를 쉽사리 옮길 힘이 있는 다리의 소유자라는 것은 분명했다.

 서로 마주 서자 어깨 넓이만은 뒤지지 않았지만, 키는 메이슨이 이 사나이보다 4인치는 충분히 작았다.

 "베르타 씨지요?"

 사나이는 고개를 끄덕이면서 두 다리를 벌리고 선 채, 메이슨을 유심히 쳐다보았다.

 "무슨 용무요?"

 단도직입적으로 그는 시작했다.

 "폐를 끼쳐서 죄송합니다. 그러나 어떤 용건이 있어 꼭 이야기하고 싶습니다."

 "무슨 용건이오?"

 "〈스파이시 비츠〉가 공표한다고 협박하고 있는 어떤 일에 대해서입니다. 공표하지 말아 주십사 하는 거지요."

 금강석같이 단단한 두 눈의 표정은 조금도 달라지지 않았다. 그 눈은 깜박거리지도 않고 페리 메이슨을 보고 있었다.

 "그런 일을 가지고 왜 이리로 왔소?"

 "그 일로 내가 만나고 싶은 사람은 당신이기 때문입니다."

 "하지만 나는 아무 상관이 없소."

 "아니, 당신이 틀림없다고 나는 생각하고 있습니다."

 "아니오, 〈스파이시 비츠〉 같은 신문은 난 전혀 모르오. 가끔 읽은 적은 있지만, 내게 말하라면 그건 비열한 사이비 신문이오!"
메이슨의 눈이 험악해졌다. 그의 허리 윗몸이 조금 앞으로 기울었다.
"그런 건 아무래도 좋습니다. 나는 당신에게 물으러 온 게 아니라 그것을 말하러 왔으니까요."
"무엇을 말하러?"
"나는 변호사요. 〈스파이시 비츠〉지가 돈을 긁어내려는 어떤 사람을 대리하고 있다는 걸 말하러 왔소. 나에게 요구한 금액은 지불할 마음이 없다는 것, 뿐만 아니라 동전 한 닢 줄 생각이 없다는 것을 말하러 온 거요. 당신 신문의 광고 지면을 한 줄도 살 마음이 없으며, 또 내 의뢰인에 대해서 한 줄의 기사도 못 쓰게 할 생각이오. 이것을 귀에 똑똑히 담아 두라, 이 말이오!"
베르타는 비웃었다.
"엉터리 변호사가 이 집 대문을 두드린 것은 처음이오. 나한테는 좋은 참고가 됐어. 하인에게 발로 차서 내쫓으라고 했어야 하는 건데…… 당신은 분명 주정뱅이가 아니면 미치광이겠지. 아니면 그 둘 모두이든가. 내 눈에는 그 둘 다인 것 같이 보이는군. 이제 그만 가 보시지. 아니면 경찰을 부를까?"
"아니, 가겠소."
메이슨이 말했다.
"말하고 싶은 걸 다 했으니까. 당신은 이 일의 배후에 숨어 있고 대신 록을 시켜 그 사나이를 로봇으로 표면에 내세워 일을 진행시키려 하고 있소. 당신은 가만히 앉아서 거금을 주워들이는 거지. 남을 등쳐서 돈을 빼앗는 거야. 썩 잘 되어 있어. 그것이 당신 돈벌이의 석유 구덩이 같은 거로군."
베르타는 메이슨을 쏘아볼 뿐 아무 말도 하지 않았다.

"내가 누군지, 내 요구가 무엇인지, 당신이 알고 있는지 어떤지는 모르지만, 그것은 록에게 연락해 보면 곧 알 수 있을 거요. 그러니 알겠소? 만일 〈스파이시 비츠〉가 내 의뢰인에 대해서 무엇을 공표하기만 하면 그 사이비 신문의 진짜 소유주가 누군지 그 가면을 훌렁 벗겨 버릴 거요. 알겠소?"
"좋아."
베르타가 말했다.
"당신의 공갈협박은 그것뿐인가? 그렇다면 이번에는 이쪽에서 들려 주지. 나는 당신이 누군지도 모르며, 한 푼의 돈도 줄 생각이 없소. 그 따위 짓을 하며 돌아다니는 걸 보니, 당신의 평판은 틀림없이 한 점의 티도 없이 깨끗하겠지. 그런데 그게 뜻밖에도 그렇지 않을 경우가 있단 말이야. 아무튼 남의 울타리에 흙을 던지기 전에 자신의 울타리부터 조심하는 게 좋을걸."
메이슨은 망설임없이 끄덕이며 받았다.
"물론, 그건 이미 각오한 바요."
"그렇다면 각오한 대로 되겠지. 그러나 내가 이렇게 말했다고 해서 〈스파이시 비츠〉와의 관계를 인정한 거라고 생각한다면 큰 오산이야. 나는 그 따위 신문에 대해서는 하나도 아는 바가 없고, 알려고도 하지 않소. 그만 가 보시지……."
메이슨은 문 밖으로 나왔다.
문 앞에 하인 버틀러가 서 있다가 베르타에게 말했다.
"사장님, 사모님께서 지금 외출하시려고 하는데, 그전에 꼭 만나 뵙고 싶으시답니다."
베르타는 문 앞으로 걸어갔다.
"알았어. 버틀러, 이 사람을 잘 봐 둬. 다시 한 번 우리 집에 오거든 번쩍 들어서 내던져 버려. 필요하면 경찰을 부르고."

메이슨은 버틀러를 돌아보며 말했다.

"경찰은 두 사람을 부르는 게 안전해, 버틀러. 하나로는 당해 내지 못할는지도 모르니까."

그는 두 사나이가 자기 뒤에서 바짝 따라오는 것을 느끼며 계단을 내려왔다.

아래층 홀에 이르렀을 때, 문 가까이의 한구석에서 여자의 모습이 나타나며 가까이 다가왔다.

"조지, 방해가 되지 않나요? 하지만……" 하고 여자는 말했다.

그녀의 눈이 페리 메이슨의 눈과 딱 마주쳤다.

그것은 낮에 이바 글리핀이라는 이름으로 메이슨의 사무실에 찾아온 바로 그 여자였다.

순간 그녀의 얼굴에서 핏기가 가셨다. 너무나도 갑작스러운 놀라움으로 파란 눈이 어두워졌다. 그러나 다음 순간 그녀는 필사적으로 얼굴의 표정을 무너뜨리지 않으려고 애를 썼다. 그러면서 그 파란 눈을 메이슨의 사무실에서도 해보였던 것처럼 어린아이 같은 천진난만함을 담고 크게 떠 보였다.

메이슨의 얼굴에는 아무런 움직임도 나타나지 않았다. 아주 침착하고 태평스럽게 그는 여자의 얼굴을 쳐다보았다.

"음, 그래서 무슨 볼일이 있소?"

베르타가 물었다.

"아니, 별것 아니에요."

두려움에 떠는 가느다란 목소리로 그녀는 말했다.

"당신이 바쁘신 줄 몰랐기 때문에…… 방해해서 미안해요."

베르타가 말했다.

"이 사람에게 마음쓸 것 없소. 터무니없는 구실로 온 엉터리 변호사야. 지금 돌아가는 길이지."

메이슨은 빙글 돌아서 베르타에게 말했다.
"여보시오, 다시 한 번 말해 두겠는데……."
하인이 그의 팔을 움켜잡았다.
"손님, 이쪽으로……."
메이슨은 그 힘있는 어깨를 프로 권투선수의 스윙처럼 멋지게 한 번 휘둘렀다. 하인은 복도를 날아 벽에 쾅 부딪쳐 거기 걸려 있던 그림 액자의 모양이 비뚤어졌다. 페리 메이슨은 똑바로 조지 베르타의 거대한 몸집을 향해 크게 걸음을 떼었다.
"나는 당신에게 기회를 줄 생각이었는데, 이것으로 마음이 달라졌소. 내 의뢰인에 대해서나 또 나에 대해서 한마디라도 기사를 냈다가는 그 즉시 20년쯤 콩밥을 먹을 줄 아시오. 이봐, 잘 들었겠지?"
금강석같이 단단한 눈동자가, 곤봉을 치켜든 인간의 얼굴을 노려보는 뱀의 눈처럼 사악한 빛을 띠며 메이슨을 노려보았다. 조지 베르타의 오른손은 윗옷 주머니 속에 들어 있었다.
"그래, 멎어야 할 때 멎은 것은 잘한 짓이야. 내 몸에 조금이라도 손을 댔단 봐라, 네놈의 심장을 꿰뚫어 줄 테니! 이것이 정당방위라는 건 본 증인도 있고, 그렇지 않다 하더라도 너 같은 놈을 다루는 데는 이것 말고 어떤 방법이 또 있는지 나는 몰라!"
"흠, 그렇게 협박해서 나를 누르려고 해도 소용없을걸. 내가 알고 있는 사실은 나 말고 다른 몇몇 사람도 알고 있어. 내가 누구의 집에 무슨 일로 왔다는 것도 알고 있지."
베르타의 입이 일그러졌다.
"귀찮은 녀석이로군, 언제까지나 같은 말만 되풀이하다니. 서푼짜리 가치도 없는 공갈은 이제 그만둬. 바보 같은 엉터리 변호사 따위가 나를 손아귀에 넣을 수 있다고 생각하거나, 또는 내가 조금이라도 겁을 먹고 있다고 여긴다면 나를 잘못 봤지. 자, 나갈테냐, 안 나갈 테냐!"
메이슨은 현관 쪽으로 돌아섰다.
"좋아, 나가지. 할 말은 다 했으니까."
조지 베르타가 이죽거리며 비웃는 말이 현관을 나가려는 메이슨의 귀에 들려 왔다.
"적어도 두 번은 들었지. 세 번 들은 구절도 있고."

5

이바 베르타가 페리 메이슨의 사무실에 앉아서, 손수건으로 얼굴을 가리고 훌쩍훌쩍 흐느껴 울고 있었다.
페리 메이슨은 윗옷을 벗은 채 책상 앞에 앉아 아무런 동정도 느끼지 않는 빈틈없는 눈으로 여자를 지켜보고 있었다.
"그런 일은 하시지 않았더라면 좋았을걸……."
코를 훌쩍거리면서 여자가 말했다.
"그렇게 되리라는 걸 내가 어떻게 알 수 있었겠습니까?"
"그는 참으로 냉혹한 사람이에요."
메이슨은 고개를 끄덕였다.
"나도 누구 못지않게 냉혹합니다."
"왜 〈이그재미너〉에 광고를 내주시지 않았어요?"
"저쪽 요구가 너무 어마어마했기 때문입니다. 그들은 나를 아마 산타클로스쯤으로 착각한 모양입니다."
"이것이 큰 사건이라는 걸 알고 있기 때문이에요."
여자는 우는 목소리로 덧붙였다.
"정말 영향이 크거든요."
메이슨은 대답하지 않았다.

여자는 다시 말없이 훌쩍거리고 있더니, 이윽고 눈을 들고 말로 형용할 수 없을 만큼 괴로운 얼굴로 페리 메이슨을 쳐다보았다.
"그 사람을 협박하는 일 같은 건 하지 말았어야 해요. 집에 오신 것은 정말 잘못이었어요. 협박 같은 데 쉽게 넘어갈 사람이 아니에요. 어떤 궁지에 몰려도 있는 힘을 다해 반드시 빠져나오고야 말아요. 절대로 자기의 약점을 드러내지 않고, 상대방에 대해 눈곱만큼의 용서도 없어요."
"그럼, 주인께서는 어떤 방법으로 맞서올까요?"
"당신을 파멸시킬 거예요."
여자는 흐느꼈다.
"당신이 관계하는 재판 사건에 일일이 말썽을 피울 거예요. 배심원을 매수했다든가, 위증을 유도했다든가, 또는 직업도덕에 위배했다고 꼬투리를 잡아 고발할 거예요. 당신은 이 거리에 있을 수 없게 되고 말아요."
"만일 나에 대해서 신문에 내기만 하면 그 즉시 명예훼손죄로 고소하겠소."
메이슨도 만만치 않은 어조로 말했다.
"내 이름을 한 번 낼 때마다 고소하겠소."
여자는 뺨에 눈물을 흘리면서 머리를 저었다.
"그렇게는 할 수 없어요. 그 사람은 아주 교활해요. 그 사람 옆에는 일을 어떻게 하면 되고 어떤 일은 할 수 없는지, 일일이 조언해 주는 변호사가 붙어 있어요. 그는 틀림없이 당신의 사건을 담당하는 형사들을 뒤에서 위협할 거예요. 판사에게는 당신에게 불리하도록 판결을 내리게 할 거예요. 자기는 뒤에 숨어 당신이 움직이는 곳곳에서 암투를 벌일 거예요."
페리 메이슨은 책상 가장자리를 툭툭 두드렸다.

"왜 그런 시시한 짓을……" 하고 그는 말했다.
"정말이지, 어떻게 하려고 그곳에 가셨어요? 어째서 신문에 광고를 내주시지 않고……."
여자는 계속 우는 소리를 했다.
메이슨은 일어섰다.
"자, 이제 다 됐습니까. 이제 그 말은 잘 알아들었습니다. 내가 그리로 간 것은 가는 것이 좋을 거라고 생각했기 때문이오. 그 사이 비 신문은 나를 웃음거리로 만들려고 했소. 그러나 나는 누구한테도 웃음거리가 되어 줄 수 없는 사람이오. 당신 주인이 얼마나 냉혹한지는 모르지만, 그런 점에서는 나도 그에 지지 않습니다. 나 역시 한 번도 손을 들어 본 일이 없는 사람이오. 또 상대방에 대해서도 용서가 없지요."
강한 비난의 눈길로 그는 여자를 위에서 노려보았다.
"당신이 처음 여기 찾아왔을 때 숨김없이 모두 이야기해 주었으면, 이런 일은 일어나지 않았을 겁니다. 거짓말로 시작했기 때문에 어디까지나 거짓말을 하지 않으면 안 되었소. 이렇게 귀찮은 결과가 된 책임은 당신에게 있는 거요. 따라서 그 책임은 당신 어깨에 지워지는 것이지, 내 어깨에 지워질 것은 아닙니다."
"나를 괴롭히지 말아 주세요, 메이슨 씨."
그녀는 애원했다.
"지금의 저에게는 당신밖에 의지할 사람이 없어요. 이렇게 곤경에 빠져 있는 저를 어떻게든 도와 주시지 않으면……."
그는 다시 의자에 앉았다.
"그렇다면 이제부터 나한테 거짓말을 해서는 안 됩니다."
여자는 자기의 무릎을 내려다보며 장갑을 낀 손가락으로 드레스 자락을 바로잡고 주름을 만지작거렸다.

비로드의 손톱

"이제부터 어떻게 하면 될까요?"

"우선 맨 처음에 해야 할 일은 처음부터 다시 시작하여 깨끗이 하는 겁니다."

"그렇지만 이젠 모든 걸 알고 계시지 않아요?"

"그럼 그것으로 좋으니까, 내가 알고 있는 것들에 대해 이야기해 주십시오. 틀림이 없는지 어떤지 서로 확인합시다."

여자는 눈썹을 모았다.

"무슨 말씀이신지 모르겠어요."

"자, 이야기하십시오."

메이슨은 재촉했다.

"처음부터 있는 그대로 모조리 이야기하는 겁니다."

이바는 가늘고 약한 목소리로 이야기를 꺼냈다. 끊임없이 다리 위의 드레스 주름을 만지작거리면서, 메이슨을 보지 않고 이야기를 계속했다.

"조지 베르타와 〈스파이시 비츠〉의 관계는 지금까지 아무도 모르고 있었어요. 누구도 그런 일은 상상도 못할 만큼 뒤에 잘 숨어 있었으니까요. 사원들 가운데도 프랭크 록 말고는 아무도 모르고 있었어요. 그리고 조지는 록을 마음대로 조종하고 있었어요. 무슨 큰 약점을 쥐고 있나 봐요. 어떤 일인지는 모르지만, 어쩌면 살인 사건일지도 몰라요.

아무튼 알 만한 사람들도 의심조차 하지 않았어요. 모두들 조지가 증권으로 돈을 벌었다고 생각하고 있어요. 지금으로부터 7개월 전에 저는 조지 베르타와 결혼했어요. 그 사람의 두 번째 아내지요. 저는 아마도 그분의 인품과 재산에 눈이 어두워졌던 모양이에요. 하지만 우리 두 사람 사이는 어쩐지 잘 돼 나가지 못했어요. 특히 이 두 달 동안은 두 사람이 팽팽하게 맞서고 있어요. 저는 이

혼소송을 제기하려고 생각하고 있고, 남편도 그걸 눈치채고 있으리라고 생각해요."

여기까지 말하고 난 그녀는 한숨 돌리고 페리 메이슨을 보았으나, 그의 눈에는 조금도 동정하는 빛은 보이지 않았다.

"저는 허리슨 박과 가까워졌어요. 두어 달쯤 전에 알게 되었어요. 그러나 단순히 우정이지 그 이상은 아니에요. 그런데 마침 둘이서 같이 있을 때, 그 살인 사건이 일어난 거예요. 물론 허리슨 박에 관련되어 제 이름이 드러나는 일이 있으면, 그는 정치가로서는 파멸이에요. 조지는 저를 고소하여 상대가 허리슨 박이라고 밝힐 게 뻔해요. 그래서 저는 무슨 수를 써서라도 그런 일은 없었던 것으로 해야 하는 거예요."

"주인께서는 알지 못하게 지나칠 수도 있었을 텐데요."

메이슨이 꼬집었다.

"지방 검사는 신사입니다. 박이 지방 검사에게 사정 이야기를 털어놓으면 지방 검사는 당신의 증언이 꼭 필요할 것 같지 않은 이상, 당신을 부르지 않고도 처리할 수 있을지 모릅니다."

"그것은 당신이 그 사람들의 수법을 모르고 있기 때문이에요. 저도 뭐 잘 알고 있는 건 아니지만, 아무튼 스파이가 여기저기에 깔려 있어요. 그들은 갖가지 정보를 사들여 가십으로 퍼뜨려요. 누군가가 유명해져서 세상의 주의를 끌게 되면, 그 사람의 정보를 수집하기 위해서 어떠한 수고도 아끼지 않아요. 허리슨 박은 정계에서 이름있는 사람인데다 이번에 재선에 출마했어요. 그 사람들은 허리슨 박을 싫어하고 있고, 허리슨 박도 그건 알고 있어요. 저는 남편이 프랭크 록에게 전화를 거는 것을 듣고, 그들이 허리슨 박의 정보를 쫓고 있는 것을 알았어요. 그래서 저는 당신을 찾아왔던 거예요. 함께 있었던 여자가 누구인지 조금이라도 눈치채기 전에 그 사람들을 매수하려고 했던 거지요."

"박과 당신 사이의 우정이 비밀스러운 것이 아니라면, 왜 주인한테 스스로 먼저 이야기하여 사정을 설명하지 않는 겁니까. 아무튼 이 경우는 베르타 씨가 먼지를 털고 있으면 자신의 이름이 나오게 돼 있는 게 아닙니까?"

이바는 세차게 고개를 저었다.

"당신은 사정을 조금도 몰라요. 제 남편의 성격을 조금도 이해하지 못하고 있어요. 지난밤 당신의 그 태도로서도 알 수 있어요. 남편은 잔인하고 무정한 사나이예요. 남에게 지기를 죽기보다 싫어해요. 게다가 얼마나 욕심꾸러기인지 몰라요. 만일 제가 이혼 소송을 제기하게 되면, 위자료 말고도 변호사 비용이라든지 소송비용 등으로 많은 돈을 저에게서 끌어낼 수 있다는 것을 알고 있어요. 그렇기 때문에 무슨 약점을 잡으려고 그것만 생각하고 있는 거예요. 제 꼬리를 잡은데다 법정에서 허리슨 박의 이름까지 폭로할 수 있다면, 남편으로서는 더 바랄 것이 없는 거지요."

페리 메이슨은 이마를 찌푸리고 생각에 잠겼다.

"그 녀석들이 그렇게 엄청난 돈을 요구해 온 데엔 무슨 꿍꿍이속이 있을 것 같은데요" 하고 그는 덧붙였다.

"내 생각엔 정치 관계의 공갈 치고는 너무 비싼 것 같거든요. 당신은 베르타 씨나 프랭크 록이 자기들이 노리고 있는 인물의 정체를 눈치채고 있다고 생각되지 않습니까?"

"아니에요."

그녀는 잘라 말했다.

잠시 동안 두 사람 다 말이 없었다.

"그럼 어떻게 할까요? 요구해온 대로 지불할까요?"

"이젠 금액같은 게 문제되지 않아요. 조지는 교섭만 하다가 끊어

버릴 거예요. 정면으로 맞붙어 싸울 작정일 거예요. 당신한테 질 수는 없다고 생각하고 있을 거예요. 만일 지면 당신한테 철저하게 당할 테니까요. 그것이 바로 그 사람의 수법이에요. 그는 또 다른 사람들도 모두 그렇게 하고 있다고 생각하고 있어요. 그러니까 누구에게든 질 수 없는 거지요. 진다는 것은 그 사람 성질로서는 참을 수 없는 일이니까요."
메이슨은 냉랭하게 끄덕였다.
"좋습니다. 저쪽이 싸우고 싶다면 나도 기꺼이 링 위에 나서지요. 이제 내가 우선 해야 할 일은 〈스파이시 비츠〉가 내 이름을 기사에 낸 그날 소송을 제기하는 일입니다. 그리고 프랭크 록의 구술서를 만들어, 그 신문의 진짜 소유주 이름을 그 녀석 입으로 밝히게 하지요. 만약 그렇게 하지 않으면 녀석을 위증죄로 재고발하는 겁니다. 그 신문이 정체를 드러내면 좋아할 사람이 적지 않을 겁니다."
"역시 아직도 이해를 못하시는군요."
여자는 빠른 말투로 설득하듯이 말을 이었다.
"그 사람들이 싸우는 방법을 당신은 아직도 모르고 계세요. 그리고 조지라는 인물에 대해서도 아직 모르고 있어요. 명예훼손의 고소가 공판에 이르기까지 꽤 날짜가 걸리지요. 조지는 그동안 빈틈없이 움직일 거예요. 그리고 또한 당신은 제가 당신의 의뢰인이라는 것을 잊으시면 안 돼요. 저는 당신이 보호해 주지 않으면 안 돼요. 그런 소송을 일으키고 있는 동안 저는 파멸해 버리게 돼요. 그 허리슨 박의 사건을 가지고 지금이라도 저를 파국에 몰아넣으려 하고 있으니까요."
메이슨은 다시 책상을 톡톡 두드리고는 말했다.
"그런데 아까 당신은 주인께서 프랭크 록을 조종하는 데 있어 무슨 약점을 잡고 있는 모양이라고 하셨지요? 그 약점이라는 것을 당신은 알고 있으리라고 생각되는데 어떤 겁니까? 만일 그것을 나에게 알려 주신다면, 그것이 프랭크 록에게 일격을 가할 수 있는 것인지 어떤지 알 수 있을 텐데 말입니다."
메이슨의 얼굴을 되돌아본 여자의 얼굴은 파리해졌다. 그녀는 말했다.
"당신은 지금 올바른 정신으로 그런 말씀을 하시는 거예요? 정말 일을 벌이실 생각이세요? 그렇게 되면 어떤 일이 벌어지는지 아세요? 살해되고 말 거예요…… 그런 일은 절대로 이번이 처음은 아니거든요. 그들은 갱이나 살인 청부업자들과 비밀리에 손을 잡고 있어요."
메이슨은 여자의 눈에서 눈길을 떼지 않고 말했다.
"당신이 프랭크 록에 대해서 알고 있는 것은 무엇입니까?"
여자는 몸을 떨면서 눈길을 떨구었다. 잠깐 있다가 지친 목소리로 "아무것도……" 하고 말했다.
메이슨은 초조해졌다.
"당신은 여기 올 때마다 거짓말을 하는군요. 당신은 여태까지 사람을 속이는 일만 해 온 순진한 체하는 거짓말쟁이오. 아마 미인이기 때문에 그런 짓을 해 올 수 있었겠지요. 당신은 자기를 사랑한 남자를 속속들이 속였을 뿐 아니라, 자기가 사랑하는 남자까지 감쪽같이 속여 왔소. 게다가 지금 나를 속이려 이렇게 애먹이고 있지 않소?"
여자는 타는 듯한 분노의 눈으로 메이슨을 노려보았다. 그 분노가 자연스럽게 터진 것인지 지어 낸 것인지 모르지만.
"당신에게 그런 말을 할 권리는 없을 텐데!"
"권리? 당치도 않은 소리, 없으면 어떻습니까?"

1, 2초 동안 두 사람의 눈싸움은 계속되었다.
"아마도 남부에서 있었던 일 같아요."
마침내 여자가 가냘픈 소리로 말했다.
"어떤 일입니까?"
"록이 무슨 성가신 일에 손을 댄 모양이에요. 그것이 어떤 일인지는 몰라요. 알고 있는 것은 어떤 사건이 있었다는 것과, 남부에서의 일이라는 것뿐이에요. 사건에는 어떤 여자가 얽혀 있어요. 아니, 일의 시초가 그 여자 때문에 일어난 것으로서, 그 종말이 어떻게 되었는지는 나도 몰라요. 살인 사건이 있었는지도 모르지요. 하지만 잘 모르겠어요. 다만 무슨 곡절이 있는 모양으로, 조지가 그 일 때문에 오늘날까지 계속 록의 약점을 잡고 있다는 것만 알고 있어요. 조지가 남을 조종하는 수단은 늘 그런 거예요. 그뿐이에요. 뭔가 남의 약점을 잡고 그것을 무기로 삼아 자기 마음대로 조종하는 거지요."
메이슨은 여자를 보면서 물었다.
"당신도 그 수법으로 조종당하고 있습니까?"
"그 수법으로 조종하려고 했어요."
"그 수법으로 당신과 결혼했습니까?"
"글쎄요."
여자는 대답했다.
"아니, 아니에요."
메이슨은 차갑게 웃었다.
"그런 건 아무래도 별상관없지 않아요?"
"그럴지도 모르지만 또 아주 다를지도 모르지요. 나는 더 많은 돈이 필요한데요."
여자는 핸드백을 열었다.

"많이 갖고 있지는 않아요. 3백 달러쯤은 드릴 수 있습니다만……."
메이슨은 머리를 내저었다.
"당좌예금은 가지고 계시겠지요? 나는 자금이 더 필요합니다. 이 사건으로 뛰어다니려면 비용이 들어요. 지금 나는 당신을 위해서만이 아니라 나를 위해서도 싸우고 있어요."
"수표로는 드릴 수 없어요. 당좌예금의 계좌를 갖고 있지 않거든요. 남편이 갖지 못하게 해요. 이것도 남편이 남을 자기 마음대로 조종하는 또 하나의 수단이지요. 돈을 가지고 멋대로 지배해요. 저는 남편에게서 현금으로 타든가, 다른 방법으로 손에 넣든가 하지 않으면 안 돼요."
"다른 방법이라고 하면?"
여자는 대답하지 않았다.
여자는 핸드백에서 지폐 뭉치를 꺼냈다.
"여기 5백 달러 있어요. 이것밖에는 이제 한 푼도 없어요."
"좋습니다."
메이슨은 말했다.
"25달러만 남겨두고 나머지는 모두 주십시오."
그는 책상 옆의 단추를 눌렀다. 대기실의 문이 열리고 델라 스트리트의 모습이 나타났다. 무슨 일이냐고 그녀의 눈이 메이슨에게 묻고 있었다.
"이분에게 드릴 영수증을 또 하나 써 줘요."
메이슨이 말했다.
"지난번과 같은 방법으로 본대장과 맞도록 해요. 금액은 475달러, 중도금이지."
이바 베르타는 메이슨에게 돈을 밀어보냈다. 그는 그것을 손으로 집어 델라 스트리트에게 건넸다.

마치 두 마리의 개가 길가에서 서로 발을 내디디고 빙글빙글 돌 때처럼 두 여자는 노골적으로 적의를 보이고 있었다.

델라 스트리트는 쌀쌀하게 턱을 앞으로 쑥 내민 채 그 돈을 받아 대기실로 돌아갔다.

"돌아가실 때 지금 그 사람에게 영수증을 받아가십시오. 그리고 당신과의 연락은 어떻게 할까요?"

여자는 기다리고 있었다는 듯이 바로 대답했다.

"좋은 수가 있어요. 집으로 전화해 주세요. 제 심부름하는 하녀를 불러서 세탁소라고 해 주시지 않겠어요? 제가 부탁했던 드레스가 보이지 않는다고 전해 달라면 돼요. 미리 일러 둘 테니, 그 전갈은 하녀에게서 전달될 거예요. 그러면 제가 전화를 드리겠어요."

메이슨은 웃기 시작했다.

"좋은 수를 알고 있군요. 자주 그 방법을 쓰시겠지요?"

여자는 그를 쳐다보았다. 그 푸른 눈에는 눈물이 글썽해서 커다란 눈을 한 순진한 소녀의 표정 같았다.

"그게 무슨 뜻인지 저는 전혀 알 수가 없는데요."

"이제부터는 애써 그런 소녀 같은 눈매를 하는 것은 그만두십시오. 나에게만은 통하지 않으니까. 이젠 서로가 잘 알게 되었다고 생각됩니다. 당신은 곤경에 빠져 있고, 나는 당신을 그 곤경으로부터 구하려고 애를 쓰고 있습니다."

여자는 천천히 의자에서 일어나 그의 눈을 쳐다보았다. 그러다가 갑자기 그녀는 자기의 두 손을 그의 어깨에 올려놓았다.

"당신 덕분에 뭔가 자신이 생겼어요. 저의 남편에게 당당히 맞서는 사람은 당신이 처음이에요. 당신에게 꼭 매달려 있으면 도와 주실 것 같은 생각이 들어요."

여자는 얼굴을 뒤로 젖히고 자기 입술을 남자의 입술에 가까이 하고는, 눈으로는 그윽히 그의 눈을 바라보았다. 몸은 몹시 가까이 다가와 있었다.

메이슨은 그 길고도 힘센 손가락으로 여자의 두 팔꿈치를 잡고, 여자의 몸을 떼어놓았다.

"도와 드리겠습니다."

그는 말했다.

"당신이 돈을 지불해 주시는 한 말입니다."

여자는 몸을 틀며 다시 남자를 정면에서 똑바로 바라보았다.

"당신은 그토록 돈에 대해서밖에 생각지 않는 분인가요?"

"이 승부의 경우만은 그렇습니다."

"저는 정말 당신 말고는 믿을 사람이 없어요."

여자는 울음 섞인 목소리로 계속했다.

"이 세상에서 오직 한 분, 당신뿐이에요. 당신만이 저의 파멸을 막아 줄 오직 하나의 방패예요."

메이슨은 거리낌없이 대답했다.

"그것이 내 일입니다. 나는 그것 때문에 여기 이러고 있습니다."

이 이야기를 하면서 그는 여자와 함께 대기실로 통하는 문께로 가고 있었다. 그가 오른손을 손잡이에 댔을 때, 여자는 몸을 틀어 그로부터 떨어졌다.

"알았어요, 고맙습니다."

그 말투는 차가울 만큼 형식적인 것이었다. 그리고는 그냥 문을 나가 대기실로 들어가 버렸다.

그 뒤에서 페리 메이슨은 문을 닫았다. 책상으로 가서 수화기를 들고 델라 스트리트의 목소리가 들리자

"바깥으로 이어줘, 델라."

드레이크 탐정 사무실의 번호를 대고, 폴 드레이크를 불러내었다.
"이봐, 폴, 나 페리인데 일이 생겼어. 급히 해 주어야겠어. 그 〈스파이시 비츠〉의 프랭크 록 말인데, 그 사람 여자 관계가 대단한 작자야. 호일라이트 호텔에 젊은 여자를 하나 잡아두고, 둘이서 놀아나고 있어. 여자는 그 호텔에 살고 있고, 프랭크는 가끔 그 지하층 이발소에서 멋을 부리고 나서는 여자와 함께 외출하는 거야. 그 남자는 남부나 어딘가에서 흘러 들어왔어. 어딘지 그건 몰라. 그곳을 떠난 이유는 아마 무슨 사건에 연루되었기 때문인가 봐. 모르긴 해도 프랭크 록이란 이름도 본이름이 아닐 거야. 그 남자에 관해서 가능한 한 모든 정보 수집을 부탁하네. 될 수 있는 대로 많은 사람을 써서 빠른 시일내에 해 주게. 돈은 얼마쯤 들까?"
"2백 달러."
폴 드레이크의 목소리가 말했다.
"그리고 이번 주말에 다시 2백 달러가 있어야 될 거야. 일이 그때까지 계속된다면 말일세."
"그건 좀 의뢰인에게 전달할 수 없는 금액인걸."
메이슨이 말했다.
"그럼, 모두 해서 325달러로 하지. 그리고 나서 경비의 보고를 들은 뒤에, 자네가 적당하게 말해주면 되겠지."
"알겠네, 그럼 착수해 주게."
"잠깐 기다려, 페리. 그렇지 않아도 지금 자네한테 전화를 걸려던 참이었어. 이 건물 정면에 커다란 링컨이 주차해 있는데, 운전사는 운전대에 앉아 기다리고 있거든. 아무래도 그건 전번의 자네의 수수께끼 여자친구가 나를 따돌리는 데 썼던 그 차인 것 같아. 어때, 미행해 볼까? 지금 여기 올라오기 전에 차 번호는 적어 두었는데 말이야."

"아니, 괜찮아."

메이슨이 대답했다.

"그쪽은 알게 됐어. 내가 여자를 낚아 왔네. 그 여자 일은 잊고 프랭크 록에 착수해 주게."

"알겠어" 하고 드레이크는 대답하고 전화를 끊었다.

페리 메이슨은 수화기를 놓았다.

델라 스트리트가 문 앞에 서 있다.

"갔나?"

델라 스트리트는 끄덕였다.

"그 여자는 소장님을 난처하게 만들 거예요."

그녀가 말했다.

"델라는 지난번에도 그런 말을 했지?"

"네, 했어요. 그렇지만 다시 한 번 하는 거예요."

"왜?"

"저는 그 여자의 태도가 마음에 들지 않아요. 또 일하는 여자들에 대한 그 여자의 태도가 싫어요. 부인 티를 내가며, 아주 거만해요."

"그런 여자는 많지 않아, 델라?"

"네, 알고 있어요. 하지만 그 여자는 달라요. 정직이라는 것이 무엇인지 모르는 여자예요. 엉터리와 속임수가 좋아 못 견디는 여자예요. 자기에게 이롭다고 생각하면 그 자리에서 소장님의 적이 될 여자예요."

페리 메이슨의 얼굴은 진지하게 생각에 잠겨 있었다.

"그런 일을 하면 그 여자에게 이롭지는 않아."

무엇에 몰두해 있는 것처럼 그는 건성으로 말했다.

델라 스트리트는 잠시 동안 그를 쳐다보고 있었으나, 이윽고 조용히 문을 닫고 그를 혼자 있게 했다.

6

허리슨 박은 그야말로 명사다운 면모를 갖춘 키가 큰 사나이였다. 워싱턴 의회에서의 그의 성적은 별다른 것이 아니었으나, '민중의 벗'이라고 자칭하는 몇몇 인기전술의 정치가와 함께 새 법안을 제출하고 있었다. 그 법안이 결코 상원을 통과하지 못할 것이며, 가령 통과한다 하더라도 바로 대통령의 거부권으로 묵살된다는 것을 알면서도 어쨌든 하원에서만은 통과시키겠다는 목적으로 일을 해 오고 있었다.

그는 이번 상원의원 선거에서 유권자 가운데 실력을 행사할 수 있는 계층을 끌어들이기 위해, 마음속으로 보수파라는 인상을 주게끔 빈틈없는 운동을 하려고 했다. 더구나 그것을 일반 유권자의 지지를 잃지 않고, '민중의 벗'이라는 명성에 상처를 입히지 않을 방법으로 하려고 말이다.

그는 방심할 수 없는 상대를 꿰뚫어보려는 듯이 페리 메이슨을 보면서 말했다.

"그러나 나는 당신이 무슨 말을 하고 있는지 전혀 알 수가 없는데요."

"그래요?"

메이슨이 말했다.

"아무래도 깨끗이 솔직하게 말할 필요가 있다면, 달갑지 않은 말이지만 해 드리지요. 나는 어젯밤 비티웃 인에서 있었던 소동, 그곳에 당신이 어떤 유부녀와 함께 갔던 일에 대해 이야기하고 있는 겁니다."

허리슨 박은 마치 주먹으로 한 대 얻어맞은 것처럼 비틀거렸다. 허덕이듯이 한숨 돌리고 나서 이번에는 나무로 만든 가면같은 표정을 지으려고 했다.

"무엇을 오해하고 계신 모양이군요."

굵고 잘 어울리는 목소리로 그는 말했다.

"게다가 오늘 오후는 특별히 바쁘기 때문에 이만 돌아가 주실 수 없겠습니까?"

페리 메이슨의 표정에는 혐오와 분노가 뒤섞여 있었다. 한 걸음 그의 책상 쪽으로 내딛고, 상대의 얼굴을 위에서 뚫어지게 내려다보았다.

"당신은 지금 곤경에 처해 있소."

느릿한 말투로 그는 말했다.

"그러니 이 같은 아무 쓸데없는 연극은 한시라도 빨리 그만두는 것이 좋소. 그것이 이 곤경에서 빨리 빠져나오는 길이오."

"그러나 나는 당신에 대해서 아무것도 모르고 있소. 소개장이나 그 밖의 믿을 만한 재료는 아무것도 가져오지 않았으니까."

"이것은 알고 있다는 것밖에는 아무런 믿을 만한 재료 따위가 필요 없는 경우입니다. 나는 알고 있소. 나는 그날 밤 당신과 같이 갔던 부인을 대리하고 있소. 〈스파이시 비츠〉는 모든 것을 폭로하여, 검시신문 때나 대배심에 당신을 출두시켜, 당신이 목격했던 사실과 당신과 함께 있던 부인의 이름을 증언하도록 요구하려 하고 있습니다."

(검시신문은 사인, 그밖의 것을 검시관이 조사하기 위한 신문이며 대배심은 기소장을 심사하여 기소할 것인가 안 할 것인가를 결정하기 위한 법정인데, 배심원의 수가 2명에서 23명으로, 용의자의 유죄 또는 무죄를 결정하는 이른바 제1심의 재판보다 수효가 많기 때문에 이런 이름이 붙여졌다.)

허리슨 박의 얼굴은 병자처럼 잿빛으로 바뀌었다. 그는 팔에도 어깨에도 힘이 빠져 지탱할 것이 필요한 듯, 책상 위로 온몸을 엎드렸다.

"뭐라고요?"

"들으신 대롭니다."

"그러나 나는 조금도 알지 못했소. 그 사람한테서도 아무 이야기가 없었소. 말하자면 이 이야기는 지금 처음 듣는 겁니다. 여기엔 반드시 무엇인가 잘못이 있겠지요."

"그렇다면 다시 한 번 잘 생각해 봐 주십시오. 하나도 잘못된 게 없다는 걸 아시게 될테니까요."

"어째서 이 이야기를 당신으로부터 듣게 되었는지 그 까닭을 알 수가 없군요."

"그것은 말입니다."

메이슨이 말했다.

"그 부인이 당신을 가까이 하고 싶지 않았기 때문이겠지요. 그 부인은 자기 일만으로도 머리가 가득 찼거든요. 그녀는 살고 싶어서 지금 필사적이오. 나도 힘 닿는 데까지 하고 있습니다만, 그러기 위해서는 돈이 필요합니다. 그 부인은 아마 당신에게 동정을 구하는 따위의 그런 여자는 아닐 거요. 그래서 내가 요구하는 겁니다."

"돈이 필요합니까?"

박이 물었다.

"농담하면 곤란해요. 내가 지금 돈을 요구하고 있는 줄 아시오?"

하나씩 하나씩 만만찮은 사실들이 의식 속으로 파고들어옴에 따라, 허리슨 박도 지금 자기가 처해 있는 입장이 얼마나 무서운지 겨우 깨달아지는 모양이었다.

"이런!"

그는 중얼거렸다.

"나는 파멸이다!"
페리 메이슨은 잠자코 있었다.
"그 〈스파이시 비츠〉는 매수할 수 있을 거요."
정치가는 말을 계속했다.
"어떤 방법을 쓰는지 그건 잘 모르지만, 듣자하니 그쪽의 광고지면을 사는 거래를 해서, 계약대로 하지 않으면 손해배상을 치르도록 하는 그런 조항을 만든다더군요. 당신은 법률가니까 그런데 대해서는 잘 알고 계실 테고, 또 그러한 일은 늘 다루는 일이 아닙니까?"
"그 〈스파이시 비츠〉는 이미 매수가 안됩니다. 첫째, 터무니없이 엄청난 금액을 요구하고 있소. 그리고 둘째로 그들은 지금 날뛰고 있소. 상대편도 용서가 없는 대신 이쪽도 용서할 수가 없는 상태가 되어 있습니다."
허리슨 박은 몸을 일으켰다.
"여보시오, 당신이 뭔가 잘못 알고 있는 것 아니오? 그 신문이 그런 태도를 취할 까닭이 아무리 생각해도 없단 말이오."
메이슨이 그 얼굴에 대고 빙긋 웃어 보였다.
"없다고 생각됩니까?"
"그렇소."
"그럼 말해 드리지요. 그 신문의 흑막이 되어 있는 실력자, 말하자면 신문의 진짜 소유주는 조지 베르타입니다. 그런데 공교롭게도 당신과 함께 돌아다녔던 부인은 베르타의 아내이며, 더욱이 지금 베르타에 대해서 이혼 소송을 제기하려고 생각 중에 있습니다. 이것을 잘 생각해 보십시오."
박의 얼굴은 빠테(유리 같은 것을 붙일 때 쓰는 가루) 같은 빛이 되었다.

"그런 일이 있을 턱이 없소."
그는 말했다.
"베르타는 그런 종류의 일에 말려들 사람이 아니오. 그는 신사요."
"신사인지는 모르지만, 아무튼 신문은 그 사람의 것입니다."
"도저히 알 수 없는 일이군!"
"사실이니 어쩔 수 없지요. 나는 당신에게 사실을 가르쳐주고 있는 겁니다. 필요 없으면 마음대로 하십시오. 파멸하는 것은 내가 아니라 당신이니까. 당신이 이 길에서 벗어날 수 있는 길은 오직 진지하게 승부를 겨루어서, 남의 충고를 받아들이는 것일 거요. 나는 그 충고를 준비해 가지고 왔습니다."
허리슨 박은 괴로운 듯이 두 손의 손가락을 마주 비틀면서 말했다.
"당신의 요구를 분명히 말해 주십시오!"
"그들을 처치할 방법은 하나밖에 없다고 나는 생각합니다. 그것은 진지하게 승부를 겨루는 일이지요. 그들은 협박꾼이니까 나도 협박으로 맞설 생각이오. 나는 지금 어떤 정보를 잡았으며 그것을 뒤쫓고 있습니다. 그 일을 하려면 돈이 들어요. 그 부인께서 있는 돈을 모두 털어놓았다고 하여 나도 내 돈을 거기에 처넣을 생각은 조금도 없습니다."
"그래서?"
"저 탁상시계의 바늘이 한바퀴 돌 때마다 나는 내 시간을 이 사건에 쏟고 있는 셈이지요. 그 밖의 몇 사람도 저마다 시간을 쏟고 있습니다. 비용은 마구 나갑니다. 내 생각으로는 당신이 그 비용 가운데 얼마를 낸다고 해서 안 된다는 법은 없을 것 같소."
허리슨 박은 눈을 깜박거렸다.
"그 비용은 얼마쯤 된다고 생각합니까?"
"지금 필요한 것은 1500달러입니다만, 당신이 곤경에서 빠져 나오기까지는 좀더 들 것으로 생각됩니다."
박은 혀끝으로 입술을 축이고 나서 말했다.
"내게 생각할 시간을 주십시오. 내가 얼마쯤의 돈을 낸다고 해도 그것을 손에 넣기까지는 준비가 필요합니다. 내일 아침, 다시 한 번 와 주실 수 없겠습니까? 그때 대답을 드리겠습니다."
"일은 급합니다. 지금부터 내일 아침까지라 해도 다리 밑으로는 엄청난 양의 물이 흘러가 버리듯이."
"그럼 두 시간 뒤에 다시 와 주십시오."
박이 말했다.
메이슨은 상대방의 얼굴을 힐끗 보고는 눙치듯이 말했다.
"알겠습니다. 당신은 지금 하고자 하는 일이 있을 테지요? 내 신원을 조사하는 일. 당신이 조사할 일은 내가 말해 드리지요. 나는 변호사요. 법정변호 전문가, 특히 형사 사건에 손을 많이 대고 있소. 법률 관계의 일을 보고 있는 사람들은 저마다 나름대로의 특기를 내세우고 있지요. 내 특기는 곤경에 처해 있는 사람들을 구하는 일이오. 모든 종류의 어려움에 처해 있는 사람들이 나에게 옵니다. 나는 그들을 구해내 줍니다. 내가 손을 대는 대부분의 사건은 법정에 나가지 않습니다.

만일 당신이 여느 가정이나 회사의 고문 변호사에게 나에 대하여 문의하면, 대개는 괜히 일거리를 만드는 엉터리 변호사라고 할 겁니다. 지방검사국의 직원이나 그런 사람에게 물어 보면, 적으로 돌리면 귀찮은 녀석이나 자세한 것은 모르겠다고 하겠지요. 은행에 문의하면 글쎄, 아무것도 모른다고 할걸요."

박은 무슨 말을 하려다가, 생각을 달리 한 모양으로 입을 다물었다.
"자, 이 정도 말하면, 당신이 내 신원을 조사할 시간을 많이 절약

할 수 있을 겁니다. 그리고 이바 베르타에게 전화를 하면, 그녀는 내가 당신에게 온 것을 화낼 겁니다. 그녀는 자기 혼자서 이 문제를 해결하고 싶은 거지요. 아니면 당신의 일은 그녀 머리에 떠오르지 않았든가 어느 쪽인지 나는 모르겠군요. 그녀에게 전화를 걸 때는 하녀에게 드레스나 뭐 그런 것의 전갈을 부탁하는 거겠지요? 그러면 바로 그녀한테서 전화가 걸려오고……."
허리슨 박은 놀랐다.
"어떻게 그것을 알았소?"
"그것이 연락을 받는 그녀의 방법입니다. 나는 드레스지만 당신은 뭡니까?"
"구두를 배달한다든가 안 한다는 겁니다."
박은 덩달아 말했다.
"몸의 장신구 종류로 혼동을 피한 것은 잘한 생각이로군. 그러나 나는 별로 그 하녀를 믿지 못하겠는데요."
박은 겨우 경계의 빛을 버린 듯 말했다.
"하녀는 아무것도 모릅니다. 전갈을 전할 뿐, 암호는 이바만 알고 있지요. 나는 다른 사람에게도 그런 암호를 쓰고 있는 줄은 몰랐군."
페리 메이슨이 웃기 시작했다.
"나이를 헛먹었지."
"정말은……" 하고 허리슨 박은 위엄을 갖추며 말했다.
"베르타 부인이 한 시간 조금 못되어 전화를 걸어 왔었소. 아주 난처한 일이 생겨서 곧 1천 달러를 만들어야 한다는 거였지요. 그 일 때문에 나에게 도움을 청한 거요. 그 돈의 쓰임에 대해서는 말하지 않았지만……."
메이슨이 휙 하고 휘파람을 불었다.

"그렇게 되면 이야기가 달라지는군요. 나는 그녀가 당신에게 돈을 할당할 마음이 없는 줄 알고 걱정했었는데……이 문제로 당신이 책임을 져야 한다는 것은 당연하오. 내가 그녀를 위해 뛰는 것은 당신을 위해서도 뛰는 겁니다. 더구나 그것은 돈이 드는 진지한 승부입니다."
박이 끄덕였다.
"30분 있다가 와 주십시오. 대답을 하겠으니……."
메이슨은 문 쪽으로 걸어갔다.
"좋습니다. 그럼 30분으로 합시다. 그리고 돈은 현금으로 주는 게 좋습니다. 당신의 은행 계좌에서 수표가 나가 내가 하고 있는 일이나 내 의뢰사건에 대해 혹시 신문에라도 나게 되면, 당신을 위해 좋지 않을 테니 말입니다."
박은 의자를 뒤로 밀고, 정치가답게 상대방의 마음을 끄는 몸짓으로 조금 손을 내밀었다. 페리 메이슨은 그 손을 보지 않았다. 아니, 보았다 하더라도 그것을 인정하려 하지 않고 문쪽으로 걸어갔다.
"30분입니다" 하고 문 앞에서 말하고, 소리내어 문을 닫았다.
그가 자기 차의 손잡이에 손을 가져갔을 때, 어떤 남자가 메이슨의 어깨를 두드렸다.
메이슨이 뒤돌아 보았다.
눈길이 곱지 않은 몸집이 커다란 사나이가 서 있었다.
"메이슨 씨, 인터뷰를 하고 싶습니다만……."
"인터뷰? 당신은 누구시오?"
"〈스파이시 비츠〉의 기자 크란돌입니다. 저희 신문사에서는 언제나 유명인의 움직임에 주의하고 있지요, 메이슨 씨. 그래서 선생께서 허리슨 박과 어떤 이야기를 했는지 거기에 대해서 인터뷰를 하고 싶습니다."

천천히 조심스럽게 페리 메이슨은 자동차 손잡이로부터 손을 떼고, 몸까지 돌아서면서 상대방 사나이를 관찰했다.

"그래, 자네들은 이런 전술을 쓰는 거로군?"

크란돌은 노골적으로 이리저리 메이슨을 훑어보고 있었다.

"인상쓸 것 없지 않소. 그런다고 그다지 돈이 들어오는 것도 아닐 텐데……."

"안 들어오면 어쩔 거야?"

메이슨은 얼른 거리를 재고 나서 이를 드러내어 웃고 있는 입가에 왼쪽 주먹을 정면으로 올려붙였다.

크란돌의 머리가 젖혀졌다. 두어 발짝 비틀거리면서 뒤로 물러나더니 옥수수자루처럼 풀썩 쓰러졌다.

지나가던 사람들이 걸음을 멈추고 이 광경에 놀라 모여들었다.

메이슨은 사람들에게 눈도 돌리지 않고 차문을 열었다. 안으로 들어가 문을 탕 닫고 스타터를 밟아 차의 물결 속으로 사라졌다.

근처의 약국에서 그는 허리슨 박을 전화로 불러냈다.

박이 전화에 나오자

"나는 메이슨입니다. 밖에 나오지 않는 게 좋겠습니다. 그리고 누구에게 신변 보호를 부탁하십시오. 아까 말한 신문이 주먹깨나 쓰는 녀석들을 당신에게 따라붙여 무슨 짓을 할지 모릅니다. 힘으로 당신을 귀찮게 하려 하고 있어요. 되도록 심한 방해를 놓으면 자기들이 이롭다는 속셈이지요. 나한테 보낼 돈이 되거든 사람을 시켜 사무실로 보내 주십시오. 믿을 수 있는 사람을 골라야 합니다. 그리고 꾸러미 속의 것도 가르쳐 주어서는 안 됩니다. 서류나 뭐 그런 것처럼 보이도록 봉투에 넣어 봉해 보내십시오."

허리슨 박이 무슨 말을 하려고 했다.

페리 메이슨은 거칠게 수화기를 내려놓고 전화 박스를 나와 차로 돌아갔다.

7

폭풍우가 남서쪽에서 몰아쳐 오고 있었다. 납빛의 구름이 천천히 밤하늘에 밀리면서 줄기차게 빗방울이 땅을 때렸다.

바람은 페리 메이슨이 살고 있는 아파트에도 무섭게 들이쳤다. 겨우 반 인치 정도밖에 열려 있지 않은 유리창 하나에서 들이치는 바람만으로도 커튼이 펄럭펄럭 귀찮게 날렸다.

전화벨이 울렸다. 메이슨은 침대에서 일어나 앉아 어둠 속에서 겨우 수화기를 찾아 귀에 댔다.

"여보세요!"

이바 베르타의 공포에 질린 목소리가 빠른 말투로 전선을 타고 들려 왔다.

"아, 됐어요. 당신이 계셔서! 곧 차를 타고 와 주세요! 전 이바 베르타예요."

페리 메이슨은 아직 잠에서 덜 깨어 있었다.

"어디로요? 무슨 일입니까?"

"큰일났어요. 집으로 오면 안 돼요. 전 지금 집에 있는 게 아니에요."

"어디 있습니까?"

"그리스월드 애비뉴의 약국에 와 있어요. 이 애비뉴에 들어서면 약국의 불빛이 보일 거예요. 제가 가게 앞에 서 있겠어요."

페리 메이슨은 겨우 머리가 움직이게 되었다.

"알겠습니다."

그는 말했다.

"전에도 한밤중에 전화로 깨워서, 곧 차를 타고 와 달라는 말을 들은 적이 있지요. 오늘밤의 일에 수상한 데가 없는지 확인하고 싶소."

여자가 전화의 저쪽에서 큰소리로 하는 말이 들려 왔다.

"조심성이 대단하시군요. 싫어요! 곧 이리로 와 주세요. 정말 큰일이 일어나서 어쩔줄 모르고 있어요. 제 목소리는 알지 않아요."

메이슨은 조용히 대답했다.

"네, 잘 알고 있습니다. 당신이 처음 내 사무소에 찾아왔을 때는 어떤 이름을 썼었지요?"

"글리핀이에요!"

금속성이다.

"좋아요, 그럼 가겠소."

재빨리 옷을 입고 권총을 뒷주머니에 넣었다. 레인코트를 입고 이마까지 내리덮는 챙 달린 모자를 쓰고, 불을 끄고 아파트를 나왔다. 차는 차고에 있다. 시동을 걸어 아직 채 온기가 돌기도 전에 빗속으로 달려나갔다.

모퉁이를 돌 때, 차는 백파이어를 해서 고통스러운 소리를 냈다. 메이슨은 조절 장치를 모두 열고, 악셀을 밟았다. 비는 앞 유리창을 사정없이 두들겼다. 찻길에서 튀어 오른 빗발의 튀김이 헤드라이트에 비쳐 덩어리로 번쩍거리고 있었다.

메이슨은 네거리를 지날 때도 다른 차를 무시하고 계속 속도를 올렸다. 오른쪽으로 돌아 그리스월드 애비뉴에 들어가서 약 1마일 반이나 달리자 불빛에 주의를 하기 시작했다.

약국 앞에 서 있는 그녀의 모습이 보였다. 외투는 입고 있었으나 모자도 쓰지 않은 채 머리가 비에 흠뻑 젖은 것도 전혀 개의치 않는 것 같았다. 크고 둥근 눈이 겁에 질려 있었다.

페리 메이슨은 차를 길가에 가까이 대어 세웠다.

"와 주시지 않는 줄 알았어요."
메이슨이 그녀를 위해 문을 열었을 때, 그녀는 말했다.
차에 올라탄 뒤에 보니 그녀는 이브닝 드레스에 수놓은 비단 구두를 신고 남자 외투를 걸치고 있었다. 온몸이 흠뻑 젖어서, 차 바닥에 물이 뚝뚝 떨어졌다.
"무슨 일입니까?"
메이슨이 거듭 물었다.
"남편이 살해됐어요."
메이슨이 탁 하고 차 안의 불을 켰다.
"불 켜지 마세요!"
여자는 우는 소리로 말했다.
"말해 주시오."
"차를 몰아 주시지 않겠어요?"
"사실을 이야기해 주지 않으면 몰 수 없습니다."
마치 아무것도 아닌 이야기처럼 가볍게 대답했다.
"경찰이 닿기 전에 가 있지 않으면 안 돼요."
"왜?"
"그냥 그런 거예요."
메이슨이 머리를 흔들었다.
"안 됩니다. 무슨 일인지 정확하게 알기 전에는 경찰과 이야기할 수가 없소."
"아, 무서워요. 어쩌면 좋지요?"
여자는 떨리는 목소리로 말했다.
"죽인 것은 누구입니까?"
"몰라요."
"그럼 당신이 알고 있는 것은 무엇입니까?"

"그 불 좀 꺼 주지 않겠어요?"
"당신이 무슨 일이 일어났는지를 이야기해 주면 끄겠습니다."
"왜 켜 놓지 않으면 안 되나요?"
"당신의 얼굴이 잘 보이도록 말입니다."
말투는 부드러웠지만 태도는 차갑고 엄격했다.
여자는 거친 한숨을 쉬었다.
"무슨 일이 일어났는지 나는 잘 몰라요. 누군가가 남편을 협박하고 있는 것 같았어요. 이층에서 둘이 다투는 소리가 들렸어요. 몹시 성난 목소리였지요. 전 무슨 일인가 들으려고 계단 있는 데까지 갔더랬어요."
"무슨 소리를 하는지, 들렸습니까?"
"아니오, 소리와 말투뿐이었어요. 둘이 서로 욕하고 있는 것이 들렸어요. 가끔 말이 분명히 들려 왔지만, 남편은 다툴 때면 늘 그렇듯 미친 사람처럼 차갑고 빈정대는 투로 말하고 있었어요. 또 한 남자는 목소리가 높긴 했지만 소리치고 있지는 않았어요. 남편이 뭔가 말하는 것을 그 남자가 몇 번이나 막는 것 같았어요."
"그리고 어떻게 됐습니까?"
"그리고 나서 무슨 소리를 하고 있는지 듣고 싶어서, 계단을 몰래 올라가 보았어요."
여기서 그녀는 잠시 말을 멈추었다.
"알겠습니다. 이야길 계속해 주십시오. 그리고 나서 어떻게 됐습니까?"
"그리고 권총 소리가 나고 사람이 넘어지는 소리가 들렸어요."
"한 방뿐입니까?"
"네, 한 방뿐, 그리고 사람이 넘어지는 소리, 아, 무서워요! 온 집안이 무너지는 것 같았어요."

"다음을 계속하시오. 그리고 당신은 어떻게 했습니까?"
"저는 도망쳤어요. 무서워서요."
"어느 쪽으로 도망쳤습니까?"
"제 방으로."
"누가 당신을 보았습니까?"
"아무도 보지 못했을 거예요."
"그리고 어떻게 했지요?"
"잠깐 동안 가만히 있었어요."
"무슨 소리가 들리지 않았습니까?"
"네, 권총을 쏜 남자가 계단을 뛰어내려와 집 밖으로 달아나는 소리가 들렸어요."
"알았습니다."
메이슨은 계속해서 캐물었다.
"그리고 어떻게 되었습니까?"
"전 아무래도 조지를 보러 가지 않으면 안 되겠다고, 어떻게 손을 쓸 수 있을지 없을지 보러 가지 않으면 안 되겠다고 생각했어요. 마음을 굳게 먹고 남편의 서재로 갔습니다. 남편은 거기에 있었어요. 목욕을 하고 있었던 모양으로, 몸에 목욕 가운을 두르고 있었어요. 그 차림으로…… 넘어져…… 죽어 있었어요."
"어디에 넘어져서?"
메이슨이 사정없이 뒤쫓았다.
"아, 그렇게 자세한 것까지는 묻지 마세요. 전…… 잘 말할 수가 없어요. 욕실 가까이였어요. 탕에서 막 나오는 참이었나 봐요. 말다툼을 하고 있었을 때는 아마 욕실 문께에 서 있었던 게 틀림없어요."
"죽었다는 것을 어떻게 알 수 있었습니까?"

"보면 알아요. 그래요, 죽어 있었다고 생각돼요. 어머, 잘 모르겠어요. 빨리 가서 구해 주세요. 만일 죽지 않았다면 아무 걱정 없어요. 귀찮은 일도 없고…… 정말 죽어 버렸다면, 우린…… 큰일이에요."
"왜요?"
"왜라니요, 하나에서 열까지 공개되고 말 거예요. 모르시겠어요? 프랭크 록은 허리슨 박에 대해서 모조리 알고 있으니까, 박이 남편을 죽였다고 생각할 것은 뻔해요. 그러면 그는 제 이름을 댈 거고 …… 무슨 일이 일어날지 짐작할 수도 없어요. 혐의는 저에게도 돌아올 수 있겠지요."
메이슨은 말했다.
"뭐 그건 문제가 아닙니다. 록이 박의 일을 알고 있는 것은 사실입니다. 그러나 록은 그다지 똑똑지 못한 인간으로 간판에 지나지 않아요. 기둥 노릇을 하던 당신 남편이 없어지면, 그 사람은 혼자 서 있을 수가 없소. 당신 남편을 노리고 있었던 사람이 허리슨 박뿐이라고 생각할 이유는 조금도 없어요."
"네, 그렇지만 허리슨 박에게는 동기가 있어요. 다른 누구보다도 강한 동기가……다른 사람들은 그 신문 경영자가 누구인지 몰라요. 그러나 허리슨 박은 알고 있었어요. 당신이 말해 주었잖아요."
"흠, 그렇다면 허리슨 박이 그것을 당신에게 말했군요?"
"네, 말했어요. 당신은 왜 그 사람한테 갔지요?"
"그 사람을 혼자 편하게 둘 수 없었기 때문입니다. 그 사람은 남에게 굉장한 폐를 끼치고 있어요. 그래서 나는 그것에 대해서 대가를 치르게 할 참이었소. 당신 한 사람에게만 모든 돈을 내게 할 수는 없었소."
"그렇지만 그건 제가 결정할 일이라고 생각하지 않으세요?"

"난 그렇게 생각지 않습니다."

그녀는 입술을 깨물고, 뭐가 말을 하려다가 무슨 생각을 했는지 그만두었다.

"자, 이제부터 내가 하는 말을 잘 듣고, 머리에 넣어 둬요. 주인이 죽었다면 여러 가지 조사가 있을 겁니다. 당신은 정신을 똑바로 차리고 있지 않으면 안 됩니다. 그 집에 있었던 사람이 누구인지 짐작되는 게 없습니까?"

"잘 모르겠어요. 다만 그 남자의 목소리로 미루어 상상할 뿐이에요."

"그건 좋아요, 참고가 될 테니까. 무슨 이야기를 하고 있었는지는 들리지 않았다고 했지요."

"네, 들리지 않았어요. 그렇지만 소리는 들렸어요. 그 말투는 알 수 있었어요. 남편의 목소리는 잘 들렸고, 또 한 남자의 목소리도……."

"그 남자의 목소리를 전에 들은 일이 있습니까?"

"네."

"누군지 알고 있습니까?"

"네."

"흠, 그런 수수께끼 같은 대답은 그만두십시오. 그게 누구였지요? 나는 당신 변호사요. 나에게는 말하지 않으면 안 됩니다."

그녀는 문득 얼굴을 메이슨에게 돌리고 말했다.

"당신은 알고 있어요."

"내가 알고 있다고?"

"네."

"잠깐, 마음을 가라앉혀 주십시오. 당신이나 나, 우리 둘 가운데 누군가가 정신이 어떻게 돼 있소. 그것이 누군지를 내가 어떻게 안

단 말입니까?"
"그렇지만."
여자는 잠깐 사이를 두었다가 말했다.
"그건 당신이었는걸요!"
메이슨의 눈이 차갑고 험하게 불끈 뜨여졌다.
"나였다고요?"
"네, 당신이었어요! 정말이지 전 말하고 싶지 않았어요! 내가 알고 있다고 당신에게 알리고 싶지 않았어요. 당신의 비밀을 지켜 줄 생각이었단 말이에요! 그렇지만 다른 사람에게는 결코, 절대, 절대로 누구에게도 말하지 않겠어요! 이건 당신과 나만의 비밀로 접어 두겠어요."
메이슨은 지그시 입술을 깨물면서 여자를 쳐다보았다.
"과연 당신이라는 사람은 그런 여자였습니까?"
여자는 그의 눈길을 마주 받으며 천천히 고개를 끄덕였다.
"그래요, 메이슨 씨. 저를 믿어도 틀림없어요. 절대로 당신을 배반하지 않겠어요."
메이슨은 깊이 숨을 들이마시고 다시 숨을 내쉬었다.
"이런 제기랄! 그게 무슨 도움이 되느냐고!"
잠시 침묵이 흘렀다. 이윽고 페리 메이슨은 아주 무표정한 소리로 물었다.
"차가 달려가는 소리를 들었습니까, 그 뒤로?"
그녀는 잠깐 망설이다가 대답했다.
"네, 들은 것 같아요. 그렇지만 비바람이 세게 불고 나뭇가지가 부딪치는 소리가 시끄럽게 들려 와서…… 그렇지만 모터 소리를 들었다고 생각돼요."
"자, 그러면."

메이슨은 말을 하기 시작했다.
"당신은 지금 몹시 신경이 약해져 있어요. 만일 이대로 형사들 앞에 나가서 아까 같은 이야기를 하게 되면, 당신은 아주 난처한 입장에 빠지게 됩니다. 차라리 의사의 진찰을 받아 신경이 완전히 못쓰게 되어서 면회며 신문에 응하는 것이 무리라고 말하게 하든가, 아니면 더 이치에 닿는 이야기로 만들어 놓든가 어느 쪽을 택해야 할 필요가 있습니다. 자, 당신은 모터 소리를 들었든가, 듣지 않았든가 둘 중에 하나일 것입니다. 들었습니까, 듣지 않았습니까?"
"들었습니다, 확실히" 하고 대답하는 목소리는 도전적이었다.
"알았소, 그쪽이 좋지. 그럼 집 안에는 몇 사람이나 있습니까?"
"어떤 사람이오?"
"하인이라든지, 그밖에 모두…… 요컨대 그 집에 누구누구가 있느냐는 겁니다. 그 모두에 대해서 알고 싶군요."
"저, 하인 버틀러가 있어요."
"흠, 나도 만났소. 그 사람에 관해서는 알고 있지. 그리고 또? 가정부는 어떤 사람입니까?"
"바이티 부인이라는 여자예요. 지금 그 여자의 딸도 와 있어요. 그 아이가 온 지는 아직 며칠 되지 않지만……"
"알겠소, 남자는 어떻습니까? 남자 쪽을 모두 이야기해 주십시오. 하인 버틀러뿐입니까?"
"아니오, 칼 글리핀이 있어요."
"글리핀?"
그녀는 얼굴을 붉혔다.
"네."
"처음 내 사무실에 왔을 때, 글리핀이라는 이름을 쓴 일과 관계있는 거겠지요?"

"아니오, 별로. 다만 얼른 머리에 떠오른 성을 댄 것뿐이에요. 그런 이상한 얘기는 그만둬 주세요."

그는 빙그레 웃고 "그다지 이상한 이야길 한 것 같지는 않은데, 당신 쪽에서 이상하게 머리를 쓴 게 아닙니까?"

그녀는 갑자기 수다스러워졌다.

"칼 글리핀은 남편의 조카예요. 칼은 밤엔 거의 집에 없어요. 아주 엉망인 생활을 하고 있나 봐요. 이를테면 건달이지요. 늘 술에 취해 들어오는 모양인데 전 거기에 대해선 잘 몰라요. 그렇지만 칼이 남편과 아주 친한 것은 알고 있어요. 조지는 살아 있는 사람 가운데서는 누구보다도 칼에게 애정 비슷한 감정을 갖고 있었어요. 제 남편이 좀 이상한 사람이라는 것은 당신이 알아 두셔야 해요. 그 사람은 아무도 진심으로 사랑하지는 않아요. 남을 자기 것으로 만들어 마음대로 지배하며 억누르는 것을 좋아하지요. 그러나 누구도 사랑하지는 못해요. 친구는 한 사람도 없고, 완전히 자기 자신만을 의지하고 있어요."

"음, 그런 것은 다 알고 있소."

메이슨이 말했다.

"내가 흥미를 가지고 있는 것은 당신 남편의 성격이 아닙니다. 칼 글리핀에 대해서 더 들려 주십시오. 오늘 밤엔 집에 있었습니까?"

"아니오, 저녁 무렵에 일찍 나갔어요. 저녁 식사에도 오지 않았을 거예요. 아마도 칼은 오후 골프 클럽에 가서 골프를 한 게 아닌가 싶은데, 비는 몇 시쯤부터 왔지요?"

"6시 전후입니다. 왜 묻지요?"

"맞아요, 그래서 전 기억하고 있어요. 오후엔 날이 좋았으니까 칼은 골프를 치고 있었을 거예요. 칼한테서 전화가 왔는데, 저녁은 골프 클럽에서 먹겠으니 늦기 전엔 오지 못할 거라고 말했다고 조지가 말했었거든요."
"돌아오지 않았다는 건 확실합니까?"
"확실해요."
"이층 방에서 들은 남자의 목소리가 칼 글리핀이 아니었던 것도 확실합니까?"
그녀는 잠시 망설인 뒤 겁없이 말했다.
"아니오, 그건 당신의 목소리였어요."
메이슨은 불쾌한 듯이 입속에서 무엇인가 중얼거렸다. 이바 베르타는 서둘러 말을 이었다.
"저 이를테면 당신 목소리같이 들렸다는 거예요. 그 목소리는 당신처럼 조용한 말투로 자기 마음대로 이야기를 끌고 가는 투였어요. 목소리가 커져도 침착성을 잃지 않는 것도 당신과 꼭 같았어요. 그렇지만 전 결코 누구에게도, 온 세상의 누구에게도 이 일은 이야기하지 않겠어요. 비록 고문을 받는다 하더라도 당신의 이름을 대지는 않겠어요."
그녀는 그 푸른 눈을 일부러 둥글게 하고, 특유의 천진스러운 표정으로 메이슨의 얼굴을 보았다.
페리 메이슨은 여자의 얼굴을 보더니 어깨를 으쓱해 보였다.
"알았습니다. 그 이야기는 나중에 다시 합시다. 우선 당신이 제정신으로 돌아오지 않으면 안 되겠군요. 그럼 당신의 주인과 그 또 한 사람의 남자는 당신 일로 싸우고 있던가요?"
"어머, 전 몰라요. 알지 못해요! 두 사람이 무슨 이야기를 하고 있었는지 제가 모른다고 말씀드린 거, 기억하지 못하세요? 저는 지금 빨리 그곳으로 되돌아가지 않으면 안 된다는 생각밖에 없어요. 만일 누군가 다른 사람이 시체를 발견하고, 제가 집에 있지 않으면 일이 어떻게 되는 거지요?"

"그건 알고 있습니다."
메이슨이 대답했다.
"그러나 지금까지 이러고 있었는데, 1, 2분이 더 늦는다고 별 큰 차이는 없겠지요. 떠나기 전에 한 가지 더 알아 두고 싶은 것이 있습니다."
"뭐지요?"
그는 손을 내밀어 여자의 얼굴을 천장의 불빛으로 가득 비쳐질 정도까지 뒤로 젖혔다. 그리고 나서 천천히 위협조로 물었다.
"권총이 발사됐을 때, 이층 방에 주인과 함께 있었던 남자는 허리슨 박이었습니까?"
그녀는 소스라치게 놀라며 소리쳤다.
"당치도 않은! 아니에요!"
"허리슨 박이 오늘 밤 그 집에 왔습니까?"
"아니오."
"오늘 밤 아니면 오늘 오후에 당신에게 전화를 했겠지요?"
"아니오."
여자는 대답했다.
"전 허리슨 박에 대한 일은 아무것도 몰라요. 비티웃 인에 갔던 밤 이후로 그 사람과는 만나지도 못했고, 아무 연락도 못 들었어요. 또 듣고 싶지도 않아요. 그 사람은 다만 나를 난처하게 만들었을 뿐, 그밖에 나와 아무 관계도 없어요."
메이슨이 차갑게 말했다.
"그렇다면, 당신 주인과 〈스파이시 비츠〉의 관계에 대해서 내가 허리슨 박에게 말한 일을 당신이 어떻게 알았지요?"
이바는 그에게 응시당하고 있는 눈을 내리뜨고, 그의 두 손에 눌리어져 있는 목을 풀려고 뒤틀었다.

비로드의 손톱

"자, 대답하시오."
메이슨은 용서없이 따져물었다.
"박은 오늘 밤 당신 집에 왔을 때, 그 이야기를 하던가요?"
"아니오."
여자는 힘이 빠진 목소리로 중얼거렸다.
"오늘 오후 전화를 걸어 왔을 때 이야기했지요."
"그럼 오후에 전화를 걸어 오긴 했군요?"
"네."
"내가 박의 사무실로 간 뒤, 얼마쯤 있다가인지 알고 있습니까?"
"바로 뒤였다고 생각돼요."
"사람을 시켜 나에게 돈을 보내기 전이었습니까?"
"네."
"왜 그 말을 빨리 하지 않았습니까? 왜 아무 연락도 없었다고 말했습니까?"
"잊었어요. 아까는 전화가 걸려 왔다고 이야기했지요. 당신에게 거짓말을 할 생각이었다면, 처음부터 전화가 걸려 온 것은 이야기하지 않았을 거예요."
"그때는 권총이 발사됐을 때 주인과 함께 그 방에 있었던 남자가 허리슨 박이 아닌가 의심받을지도 모른다는 것을 생각지 못했기 때문에 그렇게 말한 겁니까?"
"그렇지 않아요."
메이슨은 천천히 머리를 저으며 "정말로 곤란한 거짓말쟁이로군, 당신은," 하고 법관처럼 감정이 하나도 담기지 않은 소리로 말했다.
"당신은 진실을 말할 수 없는 사람이오. 누구와도 공정하게 대하지 못해요, 자기 자신에게조차도. 지금도 당신은 나에게 거짓말을 하고 있소. 당신은 그 방에 있었던 남자가 누군지 알고 있소."

여자는 머리를 저었다.
"아니오, 몰라요, 아니에요, 아니에요! 저는 누군지 몰라요. 그걸 모르시겠어요? 그건 당신이었다고 생각돼요! 때문에 저는 집에서 당신에게 전화를 걸지 않았어요. 이 약국까지 달려와 전화를 걸었던 거예요. 여기까지는 거의 1마일이나 되거든요."
"왜 그런 짓을 했습니까?"
"당신에게 집에 돌아갈 시간을 드리기 위해서였어요. 모르시겠어요? 만일 신문을 받으면 제가 당신에게 전화를 걸었을 때, 당신은 아파트에 있었다고 말할 수 있지 않아요. 당신의 목소리라는 것을 알고 있으면서 댁에 전화를 걸었다가, 정말 당신이 집에 없으면 그야말로 무서운 일이 돼요."
"당신은 내 목소리라고 생각한 게 아니오."
메이슨은 조용히 말했다.
"나는 그렇게 들은 것으로 알았어요."
여자는 항의했다.
"그 일에 대해서는 알고말고가 없소. 나는 한두 시간 동안 침대 속에 있었으니까. 그러나 나는 알리바이를 입증할 수가 없소. 만일 경찰에게 내가 당신 집에 있었던 것이 아닌가 하는 혐의를 받게 되면 그 혐의를 풀기는 참으로 어렵겠지. 당신은 그 점을 생각했던 거요."
여자는 그를 쳐다보다가 갑자기 그의 목에 팔을 감았다.
"오, 페리. 그런 얼굴로 절 보지 마세요. 저는 틀림없이 당신 말을 하지 않아요. 당신은 저 못지않게 이 사건에 깊이 얽혀 버렸어요. 당신은 절 구하기 위해서 그런 짓을 했잖아요! 우리는 같은 운명에 놓였어요. 전 당신 편이 될 거고, 당신은 제 편이 되셔야 하는 거예요, 네?"

메이슨은 여자를 밀어내며 그 젖은 두 팔에 손을 걸어 포옹을 풀었다. 그리고 다시 한번 그녀의 눈을 들여다 보기 위해 그녀의 얼굴을 돌려 놓았다.
"이 사건에 우리가 관계하고 있는 일 따위는 조금도 없소. 당신은 내 의뢰인이니까, 내가 당신 곁에 붙어 있는 것뿐이오. 알겠소?"
"네," 하고 여자가 대답했다.
"당신이 입고 있는 외투는 누구 것이오?"
"칼 거예요. 복도에 있었어요. 처음에 빗속으로 그냥 뛰쳐나왔다가 그대로 가다간 물에 빠진 것처럼 된다는 걸 알았어요. 복도에 외투가 있기에 그것을 입었어요."
"알았소. 내가 차를 몰고 가는 동안 잘 생각해 두시오. 경찰이 벌써 와 있는지 어쩐지는 모르지만, 누구 다른 사람이 총소리를 듣지 않았는지 모르겠소?"
"아니오, 아무도 듣지 않았다고 생각해요."
"좋습니다, 만일 경찰이 도착하기 전에 우리가 사건을 조사할 기회가 있게 된다면, 당신은 약국에 달려가서 나에게 전화를 했다는 일은 잊으셔야 합니다. 집에서 나에게 전화를 하고 그 뒤에 나를 맞기 위해 언덕을 달려왔다고 말하시오. 그것이 당신이 젖은 이유입니다. 무서워서 집 안에 가만히 있을 수 없었다고 하시오. 알았습니까?"
"네."
여자는 가냘픈 소리로 대답했다.
페리 메이슨은 차 안의 불을 끄고 천천히 클러치를 밟아 기어를 넣고 빗속으로 차를 몰았다. 여자는 그에게 다가와 왼팔을 그의 목에 감고 오른팔은 그의 다리 위에 놓았다.
"아, 전 무서워요. 정말 외로워요."

"가만 있어요."
메이슨이 말했다.
"그리고 생각하시오!"
거칠게 차의 속도를 올려 엘므드 거리로 들어와 겨우 그 커다란 저택이 서 있는 언덕을 오르기 시작했을 때, 기어를 이단으로 고쳐 넣었다. 차는 찻길로 들어와 현관 앞에 섰다.
"잘 들어 보시오."
여자를 부축하면서 메이슨은 낮은 목소리로 말했다.
"집 안은 조용한 모양이오. 아무도 총소리를 듣지 못했소. 경찰도 아직 오지 않았소. 머리를 쓰지 않으면 안 됩니다. 만일 당신이 나에게 거짓말을 하고 있었다면, 이제부터 당신은 무서운 곤경에 빠지는 결과가 될 겁니다."
"저는 거짓말을 하고 있지 않아요. 사실대로 말했어요. 하느님께 맹세코……."
"알았소."
말하자마자 메이슨은 현관으로 달려갔다.
"문은 걸지 않았어요. 제가 열어 두었어요."
여자가 말했다.
"직접 안으로 들어갈 수 있어요."
그렇게 말하고 여자는 메이슨을 먼저 들어가게 하려고, 자기는 뒤로 물러섰다.
페리 메이슨은 문을 열어 보았다.
"안돼, 잠겨 있소. 빗장이 걸려 있는데, 열쇠를 갖고 있소?"
여자는 멍해서 그를 보았다.
"아니오, 열쇠는 제 핸드백 속에 있어요."
"백은 어디 있지요?"

여자는 분명치 못한 눈길로 메이슨을 보고 있었다. 그녀가 멍해 있는 것은 공포로 움직일 수가 없었기 때문이었다.

"어쩌면 좋아!"

여자는 말했다.

"전 핸드백을 그 방에…… 남편 시체 옆에 놓고 온 모양이에요!"

"이층에 올라갔을 때 갖고 갔습니까?"

"네, 갖고 올라간 것만은 틀림없어요. 그런데 거기다 떨어뜨린 모양이에요. 밖으로 뛰쳐나왔을 때 갖고 있었던 기억이 없는걸요."

"아무튼 집 안에 들어가지 않으면 안 되겠는데……."

메이슨은 말했다.

"다른 데 열려 있는 문은 없습니까?"

여자는 머리를 내저었으나 다시 재빨리 말했다.

"있어요, 하인들이 드나드는 뒷문이. 그 문 열쇠는 차고 기둥 밑에 걸려 있어요. 그걸로 문을 열면 그쪽으로 안에 들어갈 수 있어요."

"갑시다."

두 사람은 현관 계단을 내려와 그 집을 빙 둘러서 나 있는 자갈 깐 찻길을 돌았다. 집 안은 어디나 모두 어둡고, 아무 소리도 없었다. 바람은 정원수들을 윙윙 울렸고 비는 건물의 바깥벽을 두들겨대고 있었지만, 어두운 저택 안에서는 아무 소리도 들려 오지 않았다.

"소리를 내지 말아요."

메이슨은 여자에게 주의를 시켰다.

"하인들이 모르게 안으로 들어가고 싶으니까. 아무도 눈을 뜬 사람이 없다면, 집 안의 동정을 살피고 나서 1, 2분 조사하고 싶은 게 있어서 말이오."

그녀는 머리를 끄덕이며 차고 추녀 밑을 손으로 더듬어 열쇠를 찾아서 뒷문을 열었다.

"됐소."

그는 말했다.

"소리내지 말고 안으로 들어가서 현관문을 열고 나를 들어가게 해 주시오. 나는 밖에서 이 문에 쇠를 잠그고, 열쇠를 아까대로 해 놓을 테니까."

여자는 끄덕이고 집 안의 어둠 속으로 사라졌다. 메이슨은 쇠를 잠그고 그 열쇠를 본래 대로 해 놓았다. 그리고는 지금 온 길을 다시 돌아서 현관으로 갔다.

8

현관에 이르러 포치에 서서 한 2, 3분쯤 지났을 때, 이바 베르타의 발소리와 열쇠를 돌리는 소리가 들렸다. 문을 열고 여자는 페리 메이슨을 향해 조금 웃어 보였다.

입구의 홀에는 전등이 하나 켜 있었다. 밤에 켜 두는 전등불로 둘레를 희미하게 비쳐 주고 있었다. 이층으로 올라가는 어두운 계단과 손님을 맞는 홀의 가구, 등받이가 곧은 의자 두 개, 장신구가 달린 거울, 외투걸이, 양산걸이 등이 보였다.

외투걸이에 여자용 외투가 한 벌 걸려 있었고, 지팡이가 하나, 그리고 우산걸이에는 세 개의 우산이 나란히 걸려 있었다. 우산걸이의 밑에서는 빗물이 떨어져 흘러나와 마룻바닥에 흥건히 괴어 불빛에 되비치고 있었다.

메이슨이 낮은 소리로 물었다.

"잠깐, 밖에 나갈 때 전등은 끄지 않았겠지요?"

"네, 제가 나갔을 때 그대로예요."

"그렇다면 주인께서는 저 야간용 전등 말고는 불을 하나도 켜지 않고 이 현관에 찾아온 손님을 안으로 맞았다는 이야기가 되겠군

비로드의 손톱 103

요?"

"그렇지요, 네, 그렇다고 생각돼요."

"가족이 모두 침실로 물러가기 전에는, 계단에 더 밝은 불을 켜 두는 것이 보통이 아닐까요?"

"때로는 그렇게 해 두기도 합니다만, 조지는 이 이층의 방을 모두 혼자서 썼어요. 주인은 집안 사람들을 귀찮아했고, 집안 사람들도 주인의 방해가 되지 않도록 마음을 쓰고 있었어요."

"알겠습니다." 메이슨이 말했다.

"이층으로 갑시다. 불을 켜 주십시오."

여자가 스위치를 누르자 계단은 밝게 불빛에 비쳐졌다.

메이슨은 이층으로 올라가 나란히 이어져 있는 방들의 첫째 방——그가 맨 처음 조지 베르타와 만났던 응접실로 들어갔다.

그때 베르타가 나왔던 서재문은 지금은 닫혀 있었다. 메이슨은 손잡이를 돌려 문을 열고 서재로 들어갔다.

그것은 거의 거실과 비슷하게 만들어진 커다란 방이었다. 큼지막한 의자들은 모두 속에 무엇을 잔뜩 집어넣어 두툼했으며, 책상도 여느 큰 책상의 거의 두 배는 되었다. 침실로 통하는 문은 열려 있었다. 그 문에서 몇 피트 안 되는 곳에 욕실로 통하는 문이 있고, 침실에서 욕실로 갈 수 있도록 샛문이 나 있었다.

조지 베르타의 시체는 바로 욕실에서 서재로 가는 문 이쪽 마루에 쓰러져 있었다. 몸에는 플란넬 욕실 가운을 두르고 있었는데, 앞이 벌려져 있고 가운 밑은 알몸이었다.

이바 베르타가 낮은 비명을 지르며 메이슨에게 매어달리려고 했다.

메이슨은 그것을 뿌리치고 시체에 다가가 마루에 무릎을 꿇었다.

사나이는 완전히 죽어 있었다. 총맞은 자국은 꼭 하나로, 탄환은 곧바로 심장을 꿰뚫고 있었다. 그야말로 즉사였다.

메이슨은 욕실 가운 안으로 손을 넣어 몸이 젖어 있는 것을 알았다. 가운 앞을 여며서 시체를 덮고는 마루에 내던져진 한쪽 팔을 넘어서 욕실로 들어갔다.
　이어져 있는 모든 다른 방들과 마찬가지로 욕실도 몸집이 커다란 사나이의 몸체에 어울리게끔 크게 만들어져 있었다. 바닥보다 낮게 설치된 욕조는 깊이가 3, 4피트, 길이 8피트쯤 되어 보였다. 크나큰 세면대가 욕실의 가운데를 차지하고 있었다. 수건은 수건걸이에 접혀진 채로 걸려 있었다. 메이슨은 그것을 보고 이바 베르타를 돌아보았다.
　"아시겠습니까, 이 사람은 목욕을 하다가 무슨 일이 일어나서 밖으로 나왔소. 욕실 가운만 걸쳤을 뿐, 수건으로 몸을 닦은 흔적이 없는 것에 주의하십시오. 가운을 입었을 때, 몸은 젖은 채였소. 수건이 모두 접혀진 채 걸려 있는 걸 보면 쓰지 않은 것입니다."
　여자는 그다지 내키지 않는 듯 머리를 끄덕이며 말했다.
　"지금 목욕 수건을 적셔서 몸을 닦은 것처럼 해 두는 것이 좋지 않을까요?"
　"왜요?"
　"아니에요. 웬지는 모르지만, 갑자기 그런 생각이 들었어요."
　"현장에 남아 있는 증거에 손을 대서 이상한 속임수를 쓰면, 나중에 난처한 일이 생깁니다. 알겠습니까? 농담이 아닙니다. 이 말을 머릿속에 잘 넣어 두지 않으면 안 됩니다. 지금 현재로서는 당신 말고는 아무도 이 일을 모르는 모양이고, 그 시간도 모르는 모양입니다. 경찰은 사건을 바로 신고하지 않은 데 감정이 상할 겁니다. 또 당신이 경찰에 알리기 전에 변호사한테 먼저 전화를 했다는 것에 대해서도 이상하게 생각할 겁니다. 지금 상황은 당신이 의심을 받게 되어 있습니다. 알겠습니까?"

여자는 다시금 끄덕였다. 의아스러운 듯이 눈을 크게 뜨고서.
"좋소. 그러면 이제부터 내가 하는 말을 머리에 잘 넣어 두었다가 끝까지 잊지 않도록 하십시오. 사건은 이렇습니다. 당신은 나에게 말한 것처럼 정확하게 사실을 말하십시오. 다만 한 가지, 예외가 있소. 그것은 문제의 남자가 이 집을 떠난 다음에, 당신이 이층으로 올라가 이 현장의 상황을 보아 둘 만큼 침착한 두뇌를 가진 사람이라면, 그 즉시 경찰을 부를 만한 머리도 있을 겁니다. 경찰을 부르기 전에 변호사에게 전화를 걸었다는 사실로 해서, 경찰은 당신에게 죄의식이 있었다고 생각할 우려가 있습니다."
"그렇지만," 하고 여자가 말했다.
"저는 다른 문제 때문에 당신에게 의논드리고 있었고, 사건이 모두 뒤얽혀 버렸으므로 경찰을 부르기 전에 당신에게 말하고 싶었다고 설명할 수는 없을까요?"
메이슨은 여자의 얼굴을 보고 웃음을 터뜨렸다.
"그렇게 되면 얼마나 유쾌한 사건들이 튀어나오겠습니까. 경찰은 그밖의 문제라는 것에 대해 속속들이 알고 싶어지겠지요. 그리고 우물쭈물하는 사이에 당신은 당신 남편을 죽이고 싶은 둘도 없는 동기가 있었다는 것을 경찰에 가르쳐 주게 되겠지요. 다른 문제라는 것은 결코 이 사건에 끌어들여서는 안 됩니다. 허리슨 박의 일은 입 밖에도 내지 말고, 박에게도 절대 입을 열어서는 안 된다고 못박아 둘 필요가 있소."
"그럼 신문은 어떻게 되지요. 〈스파이시 비츠〉 쪽은?"
"당신은 아직도 머리가 돌아가지 않습니까? 주인이 죽었으니까 그 신문의 소유주는 당신입니다. 당신은 바로 지금부터 명령을 내리는 입장에 있습니다."
"저한테 상속하지 않는다는 남편의 유언이 있다면?"

"그 경우 유언에 대항할 소송을 제기합니다. 소송의 결정이 나기까지 특별 유산 관리인으로 당신이 지정되도록 수속을 밟으면 됩니다."
"알았어요."
여자는 곧 알아듣고 말했다.
"저는 집을 뛰쳐나와서 그 다음엔 어떻게 되지요?"
"나한테 말한 대로 하십시오. 너무나 놀라고 당황했기 때문에 당신은 집을 뛰쳐 나왔소. 그리고 이것을 잊어서는 안 됩니다. 당신은 남편과 함께 이층에 있었던 남자가 계단을 뛰어내려가기 전에 집을 뛰쳐나온 겁니다. 당신은 정신없이 빗속으로 뛰쳐나가다가 홀의 외투걸이 옆을 지날 때, 손에 닥치는 대로 외투를 하나 들고 나왔소. 너무 흥분해 있었기 때문에, 그 외투걸이에 자기 외투가 있는 것도 모르고 남자 외투를 들고 나와 버린 거요."
"네, 알았어요. 그리고요?"
"그리고 당신이 빗속으로 뛰쳐나가자 찻길에 차가 한 대 멈춰서 있었는데, 당신은 너무 흥분해 있었기 때문에 그것이 어떤 종류의 차인지, 세단인지 토링인지조차 몰랐소. 그저 정신없이 달린 거요. 그러자 남자 하나가 당신의 뒤를 쫓아 집에서 달려나와 차에 올라타고 헤드라이트를 켰소. 그 남자에게 뒤쫓길 것이 무서워 당신은 재빨리 나무 울타리 속에 숨었소.

차는 당신이 숨어 있는 앞을 지나 언덕을 내려갔소. 그래서 당신은 뒤를 쫓아 그 차의 번호를 보려고 했소. 왜냐하면 그때에는 당신이 권총 소리가 났을 때 주인과 함께 있었던 남자가 누군지 알아두는 것이 중요하다는 생각이 들었기 때문에……."
"네, 그리고?"
"그 뒤로는 내게 말한 대로 좋습니다. 혼자서 집에 들어가기는 무서 왔기 때문에 근처의 전화 있는 데로 갔소. 그때까지 당신은 주인이 살해당한 사실을 모르고 있었던 겁니다. 이 점을 잘 기억해 두어야 합니다. 당신은 총소리를 들었을 뿐 당신의 주인이 총을 쏘아 상처를 입은 상대방 남자가 차를 타고 도망간 것인지, 아니면 그 남자가 주인을 권총으로 쏘았는지 당신은 아직 모르는 겁니다. 총알이 맞았는지 빗나갔는지, 주인이 상처를 입었는지 또는 그 상처가 깊은지 얕은지, 치명상인지 즉사인지, 아니면 그 남자가 그 방에 있는 동안 주인이 자살했는지, 모든 것을 당신은 모르고 있는 겁니다. 알겠습니까, 모두 기억할 수 있겠소?"
"네, 할 수 있다고 생각해요."
"좋습니다. 그렇게 되면 당신이 나를 부른 이유도 논리가 맞게 됩니다. 나는 곧 간다고 대답했소. 알겠습니까? 당신은 전화해서 총소리를 들었다는 것은 나에게 말하지 않은 겁니다. 다만 아주 큰일이 생겼다, 무서우니 곧 와 달라고만 한 겁니다."
"어째서 특별히 당신에게 와 달라고 했다고 할까요?"
여자가 물었다.
"무슨 좋은 구실이 없을까요?"
"나는 당신의 오랜 친구입니다. 당신과 주인은 별로 사교계에 같이 출입하지 않았지요?"
"네."
"그렇다면 잘 됐습니다."
메이슨이 말했다.
"요즘에 당신은 한두 번 나를 페리라고 불렀지요? 이제부터는 늘 그렇게 부르도록 해요. 특히 곁에 누가 있을 때. 나는 당신의 오랜 친구 가운데 하나인데, 친구로서 나에게 전화를 걸었다고 하십시오, 특별히 내가 변호사라서 전화한 게 아니라."

"네, 알았어요."
"그럼 문제는 당신이 지금까지의 일을 모두 기억할 수 있느냐 하는 겁니다. 어떻습니까? 할 수 있겠어요?"
"기억하고 있어요."
여자는 대답했다.
메이슨은 방 안을 재빨리 살펴보았다.
"여기다 핸드백을 두고 나왔다고 했지요? 빨리 찾는 것이 좋아요."
여자는 책상으로 다가가 서랍 하나를 열었다. 핸드백은 그 속에 있었다. 그녀는 그것을 꺼냈다.
"권총은 어떻게 할까요? 이것은 없애는 게 좋지 않을까요?"
여자의 눈길을 따라 메이슨은 바닥에 떨어져 있는 자동권총을 발견했다. 거의 책상 밑 가까이라서 책상 그늘에 가려 언뜻 보아서는 눈에 띄지 않는 장소였다.
"아니."
그는 말했다.
"이것은 우리에게 주어진 하나의 좋은 기회요. 경찰은 이 권총을 조사해서 그 임자를 찾아낼지도 몰라요."
여자는 이마를 짚으며 말했다.
"총을 쏘고서 그 장소에 흉기를 팽개쳐 둔다는 것은 좀 이상하네요. 저 권총이 누구 것인지 우리는 모르잖아요. 어떻게 처치하는 것이 좋지 않을까요?"
"어떻게라니, 어떻게 말입니까?"
"어디 숨긴다든지……."
"숨긴다면 왜 숨겼는지를 설명하지 않으면 안 됩니다. 흉기는 경찰에게 발견되도록 하십시오."

"저는 당신을 믿고 있어요, 페리."
여자는 말했다.
"하지만 이것은 어떻게 처치하는 것이 좋다고 생각하나요. 여긴 시체만으로 해 두고 싶어요."
"안 됩니다."
메이슨은 잘라 대답했다.
"내가 한 이야기를 다 기억하고 있지요?"
"네."
그는 수화기를 들어올렸다.
"경찰본부."

9

 수사과 살인반장인 빌 호프만은 키가 큰 사나이로, 하나하나 신중하게 관찰하는 눈을 가진 참을성있는 인물이다. 분명한 하나의 판단을 내리기까지는 몇 번이나 머릿속에서 되풀이하여 생각하는 버릇을 가진 사람이다.
 베르타 씨네 아래층 거실에 앉은 호프만은 담배를 피우면서 그 담배 사이로 줄곧 페리 메이슨을 건너다보고 있었다.
"서류를 조사해 본 결과, 베르타는 〈스파이시 비츠〉의 숨은 주인공이었다는 것을 알았네. 그 사이비 신문은 이 5, 6년 동안 꽤 많은 사람들을 괴롭혀 왔었지."
페리 메이슨은 조심스럽게 느릿한 말투로 말했다.
"나는 벌써 알고 있었네."
"언제부터?"
"오래 되지는 않았소."
"어떻게 알았지?"

"그건 이야기할 수 없는데."
"어째서 오늘 밤에는 경찰이 오기 전에 자네가 먼저 여기 와 있었나?"
"베르타 부인이 이야기하지 않던가? 그 이야기대로네. 부인이 불렀어. 부인은 남편이 냉정을 잃고 찾아온 손님을 쏘았다고 생각한 것이지. 사실 무슨 일이 일어났는지 알 수 없었고, 무서워서 보러 갈 수가 없었겠지."
"왜 그렇게 무서웠을까?"
호프만이 물었다.
페리 메이슨은 어깨를 으쓱했다.
"당신은 그를 보지 않았소? 〈스파이시 비츠〉를 경영하기에 딱 알맞은 타입의 남자요. 어떤 남자인지 대강 상상이 가지 않소? 말하자면 그런 사람을 바로 냉혹한 비정의 사나이라고 하는 거요. 여자에 대해서도 기사도적인 훌륭한 신사라고는 할 수 없겠지."
빌 호프만은 이 말을 머릿속에 넣어 찬찬히 생각하고 있었다.
"응, 아무튼 권총에 대한 조사가 끝나면 여러 가지 일이 알려지겠지."
"할 수 있을 것 같은가?"
메이슨이 물었다.
"그렇게 생각하네. 번호가 있으니까."
"나도 번호를 적을 때 보았는데, 32구경 콜트 자동권총이었지?"
"그렇네."
잠깐 동안 침묵이 계속되었다. 호프만은 생각에 잠기면서 담배를 피우고 있었다. 페리 메이슨은 얼굴의 근육 하나 움직이지 않고 조용히 앉아 있었다. 완전히 느긋한 기분에 잠겨 있는 사람의 자세로 보였지만, 조금이라도 움직이면 본심을 드러내 보이는 게 아닌가 두려워하고 있는 자세로도 보였다.

한두 번 빌 호프만은 조용히 눈을 들어 페리 메이슨을 보았다. 마침내 호프만은 말했다.

"아무래도 전체를 놓고 볼 때, 이 사건에는 이상한 데가 있어, 메이슨. 어떻게 설명해야 될지 모르겠네."

"그건 당신 일이오. 내가 살인 사건에 관계할 때는 대개 경찰의 조사가 끝난 다음이거든요. 이번 일은 나에겐 새로운 경험이오."

빌 호프만은 힐끗 날카로운 눈길을 메이슨에게 던졌다.

"그러고 보면 경찰이 현장에 닿기 전에 변호사가 먼저 와 있었다는 것은 좀 이상한 걸."

"그렇소. 당신이 말하는 그 '이상'이라는 말에는 나도 동감할 수 있소" 하고 메이슨은 별 지장이 없을 말을 했다.

호프만은 다시 잠깐 동안 담배를 피웠다.

"조카가 있는 곳은 아직 모르오?"

메이슨이 물었다.

"아직 몰라. 여느 때 잘 드나들던 곳은 대충 조사해 뒀네. 초저녁에 간 곳은 알았지. 어떤 여자와 함께 나이트 클럽에 가 있었어. 그 여자의 주소도 알았네. 여자는 12시 전에 헤어졌다고 하더군. 11시 15분쯤에."

그때 갑자기 밖의 찻길에서 엔진 소리가 들렸다. 비는 멎고 구름 사이로 달이 고개를 내밀고 있었다.

엔진 소리보다 크게 파당…… 파당…… 파당…… 하는 이상한 소리가 일정한 사이를 두고 들렸다.

이어서 클랙슨 소리가 났다.

"무슨 일이지, 저건?"

빌 호프만이 말하면서 천천히 일어섰다.

페리 메이슨은 머리를 갸웃하고 그 소리를 듣고 있었다.
"펑크난 소리 같군" 하고 그는 말했다.
빌 호프만이 현관 쪽으로 걸어갔기 때문에, 페리 메이슨도 그 뒤를 쫓았다.
호프만 부장은 현관문을 열었다.
찻길에는 4, 5대의 경찰차가 서 있었다. 지금 달려온 차는 주차하고 있는 경찰차와 좀 떨어진 곳에 서 있었다. 그것은 옆의 커튼을 올린 로드스타였다. 운전대에 있는 희미한 모습은 집 쪽을 보고 있었다. 차의 옆쪽 커튼을 통해서 남자의 얼굴 같은 것이 희끄무레하게 떠올라 보였다. 남자는 한 손으로 클랙슨을 줄곧 누르고 있었다.
호프만 부장이 포치의 전등불 밑으로 나가 서자, 클랙슨은 멎었다. 로스스타의 문이 열리며 혀꼬부라진 소리가 들렸다.
"이봐, 디그리. 펑크가 났어…… 타이어를 갈지 않고…… 귀찮아서 그냥 와 버렸지…… 기분이 나빠. 자네가 차를…… 고쳐 줘, 타이어를…… "
페리 메이슨이 가볍게 말했다.
"아마 저 사람이 조카라는 칼 글리펀인 모양이군. 무슨 말을 할지 듣고 싶은데."
빌 호프만은 무뚝뚝하게 말했다.
"여기서 보아서는 잘 알 수 없지만, 별소리 들을 것 같지는 않네."
두 사람은 함께 차 있는 데로 갔다.
젊은이는 핸들 뒤에서 기어나와 어설픈 발짓으로 로드스타의 발판을 찾아 거꾸러지듯 밖으로 나왔다. 한 손으로 겨우 차의 문 위쪽을 잡았기 때문에, 가까스로 넘어지지 않고 설 수 있었던 것 같다. 그런 모양으로 윗몸을 앞뒤로 흔들거리면서 겨우 땅에 서 있었다.
"펑크났어. 디그리는 없나…… 넌 디그리가 아니잖아…… 뭐야 둘이나…… 둘 다 디그리는 아니야. 아니, 대체 당신들 누구야? 이런 한밤중에 뭘 하고 있지? 남의 집을 방문하는 시간은 아닐텐데, 이봐."

빌 호프만이 앞으로 나섰다.

"취했군."

남자는 힐끔힐끔 곁눈질로 그를 보고는 혀꼬부라진 소리로 주워섬겼다.

"당연한 일이지, 마시고 왔으니까…… 그럼 무엇 때문에 지금까지 밖에 있었다고 생각하나? 취하는 건 당연하지."

호프만이 참을성있게 말했다.

"당신이 칼 글리핀이오?"

"무, 물론, 내가 칼 글리핀이오."

"알았소, 빨리 정신을 차리는 게 좋아요. 당신 백부가 살해당했소."

순간 침묵이 흘렀다. 로드스타의 위쪽을 잡고 있던 사나이는 머리에 뒤덮여 있는 안개 같은 것을 흔들어 떨쳐 버리려는 듯이 두세 번 머리를 저었다.

그리고 나서 이야기하기 시작했을 때는 어느 정도 말이 분명했다.

"무슨 이야기지요, 그게?"

"당신 백부가……" 하고 부장이 말했다.

"즉 당신 백부라고 나는 알고 있는데, 조지 베르타가 한 시간 아니면, 한 시간 반 전에 살해되었소."

위스키 냄새가 그 사나이를 뒤덮고 있었다. 그는 있는 힘을 다해 정신을 차리려고 애쓰고 있었다. 두세 번 깊이 숨을 들이마시고는 말했다.

"취했나 보군, 당신들은."

호프만 부장은 조금 웃었다.
"자, 글리핀 씨. 취해 있는 건 우리가 아니오."
그리고 다시 참을성있게 말을 계속했다.
"취해 있는 건 당신이오. 이리저리 돌아다니면서 마시고 놀았지요? 빨리 집에 들어가 머리를 맑게 하는 게 좋겠소."
"'살해'라고 하셨지요?"
그가 물었다.
"그렇지. 살해당했소."
젊은이는 집 쪽을 향해 걷기 시작했다. 어깨를 뒤로 젖히고 머리를 꼿꼿하게 들고 있었다.
"살해당했다면, 죽인 것은 그 요부야" 하고 그는 말했다.
"누구 이야길 하는 거요?"
호프만 부장이 물었다.
"백부님이 결혼한 그 어린애 같은 얼굴을 짓는 요부 말이오."
호프만은 젊은이의 팔을 잡고 페리 메이슨 쪽을 돌아보았다.
"메이슨."
그는 말했다.
"자네 미안하지만, 그 차의 헤드라이트를 꺼 주지 않겠나?"
칼 글리핀이 걸음을 멈추고 비틀거리면서 돌아보았다.
"타이어도 바꿔 줘요. 오른쪽 앞 타이어. 그대로 몇 마일이나 달려왔어…… 바꾸는 게 좋아."
페리 메이슨은 엔진과 헤드라이트를 끄고 로드스타의 문을 닫은 다음 얼른 앞쪽에 걸어가는 두 사람의 뒤를 쫓았다.
마침 현관 앞에서 그들을 따라붙어 빌 호프만과 그가 부축하고 있는 사나이를 위해 문을 열어 주었다.
홀의 등불 밑에서 보니 칼 글리핀은 술에 취해 얼굴이 빨개져 있었다. 보기만 해도 바람둥이 같은 얼굴을 하고 있었으나 꽤 호남자였다. 술 때문에 눈이 빨갛게 충혈되어 있으나 어딘가 위엄이 있어 보였고, 위급한 경우에 있으면서도 어떻게든 침착성을 잃지 않으려는 태도는 그의 출생이 좋다는 것을 말해주고 있었다.

빌 호프만은 똑바로 바라보며 찬찬히 그를 관찰했다.

"어떻소 글리핀 씨. 정신을 차리고 우리와 이야기할 수 있을 것 같소?"

글리핀은 끄덕였다.

"잠깐 기다려 주십시오…… 곧 정신을 차릴 테니."

그는 호프만 부장에게서 떠나, 아래층 응접실의 저쪽에 있는 목욕실 쪽으로 비틀거리면서 사라졌다.

호프만은 메이슨을 보았다.

"꽤 취해 있군" 하고 메이슨이 말했다.

"많이 취했지만, 못 마시는 사람이 취한 거와는 달라. 습관이 돼 있어. 비에 젖은 길을 펑크난 차를 가지고 여기까지 잘 운전해 온 걸 보면 말일세."

"그렇지요, 차를 잘 운전해 올 수 있었으니까."

"저 사람과 이바 베르타는 그다지 사이가 좋지 않은 모양이지?"

호프만 부장이 지적했다.

"그녀에 대해서 저 사나이가 한 말을 마음에 두고 있는 거요?"

"그렇네. 왜, 문제삼을 일이 있나?"

"저 사람은 많이 취해 있소."

메이슨이 말했다.

"설마 주정뱅이가 저도 모르게 입 밖에 낸 말로 여자 하나에게 혐의를 두자는 건 아니겠지?"

"물론 취하긴 했지만, 여기까지 차를 몰고 왔지 않나. 취해 있어도 머리는 제대로 돌아가는지도 모르네."
페리 메이슨은 어깨를 으쓱했다.
"좋도록 생각하게."
그는 애써 가볍게 말했다.
목욕실에서는 몹시 토하는 소리가 들려 왔다.
"저 사람 아마 저절로 취기가 싹 달아날 거야."
호프만 부장이 메이슨을 흘깃 보면서 말했다.
"그리고 제 정신으로 돌아와도 그 여자에 대해서는 같을 말을 할 걸세."
"내게 말하라면, 아무리 정신이 들었다 해도 저 사람은 근본이 주정뱅이오. 저런 사람들은 열이면 열 모두가 술을 마구 퍼마셨을 때, 큰 거짓말을 하는 걸세. 마치 재판관들처럼 조리있는 말을 하면서도 자기가 무엇을 하고 있는지, 무슨 소릴 하고 있는지 전혀 모르고 있을 때가 많소."
빌 호프만은 조금 눈을 깜박거려 보이고 나서
"이제부터 진술하는 말을 미리 감해 보려는 생각인가, 메이슨?"
"그런 말은 안 했소."
호프만이 웃었다.
"그렇지. 그렇게는 말하지 않았어. 겉으로는 말일세."
"블랙 커피라도 마시는 게 어때요? 내가 주방에 가서 커피를 끓여 올 테니까."
"가정부가 있을 거네."
호프만이 말했다.
"기분 나쁘게는 생각지 말게, 메이슨. 솔직히 말해서 나는 그 사나이와 단둘이 이야기하고 싶네. 이 사건에 있어서 자네 입장을 아직 난 잘 모르고 있거든. 자네는 가정적으로도 잘 알고 지내는 친구이면서 변호사이기도 하네만."
"그 점은 상관없네."
메이슨은 그 자리에서 동의했다.
"나는 당신 입장을 잘 알고 있소. 나는 우연히 여기 있다가 괜히 우물쭈물하고 있는 거니까."
호프만은 끄덕였다.
"주방에는 가정부가 있을 걸세. 바이티 부인이라고. 가정부와 그 딸은 아까 이층에서 신문했어. 자네가 가서 커피를 끓이라고 일러주게. 블랙 커피를 많이 만들라고 말이야. 저 글리핀이라는 사나이뿐 아니라 이층에 있는 이들도 모두 마시고 싶을 테니까."
"그러지" 하고 메이슨은 대답하고 식당의 접는 식 문을 넘어 하인방의 문을 넘어 주방으로 들어갔다.

주방은 커다란 방으로 밝게 불이 켜져 있고 설비가 잘 되어 있었다. 식탁에는 두 여자가 앉아 있었다. 둘 다 등이 곧은 딴딴한 의자에 서로 가까이 붙어 앉아 있었다. 페리 메이슨이 주방으로 들어갔을 때, 두 사람은 낮은 소리로 무엇인가 이야기하고 있다가 급히 이야기를 멈추고 얼굴을 들었다.

한 여자는 이미 백발이 섞인 50살 가까운 부인이었다. 검게 푹 파인 흐릿한 눈은 마치 눈에 보이지 않는 실 같은 것에 의해 안구 깊숙이 끌어당겨져 있는 듯, 그 표정을 거의 알 수 없는 그런 인상이었다. 파인 안구는 어둠 속에 완전히 숨겨져 있었다. 그녀의 긴 얼굴은 여위어 광대뼈가 튀어나와 있으며, 입가는 성깔이 있어 보였다. 그녀는 검은 옷을 입고 있었다.

다른 한 젊은 여자는 22, 3살쯤 되었을까, 윤기 흐르는 검은 머리에 커다란 검은 눈을 하고 있었다. 나이 많은 여자의 움푹 파인 눈이 흐리멍덩해 보이는 것은 젊은 여자의 눈이 너무 밝기 때문에 한층더

드러났는지 모를 일이다. 입술은 빨갛고 도톰했다. 루즈며 분으로 정성들여 화장한 얼굴인데, 눈썹도 가늘고 검게 또렷이 아치를 그리고 속눈썹도 길었다.
"바이티 부인이지요?"
메이슨이 나이 많은 쪽 여자에게 말을 걸었다.
여자는 입술을 꾹 다문 채 말없이 끄덕였다.
옆에 있는 여자가 맑게 울리는 소리로 말했다.
"전 딸인 노마 바이티예요. 무슨 볼일이라도? 어머니는 지금 침착성을 잃고 계셔서……."
"그러시겠지요."
메이슨은 사과를 했다.
"혹 커피라도 끓여 줄 수 없을까 해서요. 칼 글리핀이 지금 막 돌아왔기에 커피가 필요하지 않을까 생각되는군요. 그리고 이층에서 조사하고 있는 분들도 마시고 싶을 것 같아서 말입니다."
노마 바이티가 일어섰다.
"정말 그렇겠군요. 끓여도 되지요, 어머니?"
나이 많은 여자에게 눈길을 보내자 어머니는 다시 한 번 끄덕였다.
"그럼 내가 끓이겠어요, 어머니."
노마 바이티가 말했다.
"아니다" 하고 옥수수껍질이 맞비비적거리는 것 같은 메마른 소리로 나이 든 여자는 말했다.
"내가 만들겠다. 넌 뭐가 어디 있는지도 모르니까."
그녀는 의자를 뒤로 당기고 선반이 있는 곳으로 갔다. 선반 문을 열고 커다란 커피포트와 커피 통을 꺼냈다. 얼굴은 완전히 무표정했고 몸놀림은 아주 느렸다.
그녀는 가슴도 허리도 편편한 몸매에 걸음걸이마저 탄력이 없었다.

그 움직임은 모두가 축 처져 있었다.
아가씨는 메이슨 쪽을 돌아보고 도톰한 빨간 입술로 방긋 웃었다.
"당신은 형사님?"
그녀가 물었다.
메이슨은 머리를 저었다.
"아니, 저는 베르타 부인과 함께 온 사람입니다. 경찰을 부른 것은 저지요."
노마 바이티가 말했다.
"네, 알겠어요. 당신 이야기는 잠깐 들었지요."
메이슨은 그녀의 어머니를 향해 말했다.
"바이티 부인, 피곤하시면 제가 커피를 끓일까요?"
"아니에요. 괜찮습니다. 제가 할 수 있어요."
바이티 부인이 여전히 무표정한 소리로 대답했다.
그릇에 커피를 넣은 다음 물을 넣고, 가스 스토브 있는 데로 가 가스를 켰다. 그녀는 잠깐 커피 끓는 것을 보고 있다가, 그 이상한 힘 없는 걸음걸이로 다시 의자에 돌아와 앉았다. 두 손을 무릎 위에 깍지낀 채 눈을 내리뜨고 테이블 위를 뚫어지게 응시했다. 눈도 깜박이지 않고 몸을 굳히고는 테이블 위를 줄곧 보고 있었다.
노마 바이티가 페리 메이슨을 쳐다보았다.
"정말 무서운 일이지요?"
메이슨은 끄덕이고 지나가는 말같이 말했다.
"당신들은 권총 소리를 듣지 못했습니까?"
아가씨는 머리를 내저었다.
"네, 아주 깊이 잠에 빠져 있었는걸요. 사실 경관들이 오기 전까지 눈도 뜨지 못했었어요. 경관은 어머니를 깨웠지만, 옆방에 제가 있는 것은 아마 몰랐나 봐요. 어머니가 이층에 올라간 사이, 경찰은 어머니 방을 조사하려 했던 것 같아요. 아무튼 눈을 떴을 때는 내 침대 곁에 남자분이 저를 내려다보고 있었어요."

그녀는 눈길을 떨구며 조그맣게 혀를 찼다.

그것이 그녀에게는 그다지 불쾌한 경험이 아니었던 것은 짐작할 수 있었다.

"그리고 어떻게 했지요?"

메이슨이 물었다.

"전 마치 장작더미 위에 자고 있던 검둥이처럼 취급당했어요. 저더러 옷을 입으라는 데, 입는 동안 내내 저한테서 눈길을 떼지 않는 거예요. 그리고 나서 이층으로 가게 됐는데, 그게 아마 '신문'이라는 거겠지요, 당했어요."

"어떤 이야기를 했습니까?"

"사실을 말했지요."

아가씨는 대답했다.

"자리에 들어가 자고, 눈을 떠 보니 누군가가 나를 내려다보고 있었다고요."

그리고 오히려 즐거운 듯이 그녀는 덧붙였다.

"하나도 믿어 주지 않더군요."

그녀의 어머니는 두 손을 무릎에 깍지낀 채, 몸을 꼿꼿이 하고 테이블 한가운데에 눈을 주고는 꼼짝도 하지 않았다.

"그럼 아무것도 듣지 않았고, 아무것도 보지 못했다는 거로군요?"

메이슨은 물었다.

"네, 정말 아무것도……."

"그밖에 생각나는 건 없습니까?"

아가씨는 고개를 저었다.

"되풀이할 만한 가치가 있는 것은 아무것도 없어요."

메이슨은 날카롭게 그녀를 보며 다시 물었다.

"그렇다면 되풀이할 가치가 없는 것은 뭔가 있다는 겁니까?"

아가씨는 머리를 끄덕였다.

"물론 이 집에 와서 일주일도 될까말까하지만, 그동안……."

"노마!"

그녀의 어머니의 목소리가 갑자기 아까부터의 메마른 말투에서 마치 채찍을 내리치는 것처럼 날카롭게 울렸다.

아가씨는 그때부터 절대로 입을 열지 않았다.

페리 메이슨은 나이 많은 여자 쪽을 보았다. 그녀가 딸을 나무랐을 때에도 역시 눈길은 테이블을 보고 있었다.

"당신은 어떻습니까, 바이티 부인, 무슨 소리를 들으셨습니까?"

"저는 이 집의 고용인입니다. 아무것도 듣지 않았고, 보지도 못했습니다."

"사소한 일에도 그렇게 말하신다면, 고용인으로서 좋은 마음씨지요. 그러나 사건이 일어난 만큼 법률에는 법률의 생각이 있어서 당신에게도 보고 들은 것을 요구할 것입니다."

"그렇지만 저는 아무것도 보지 못했습니다."

여자는 얼굴의 근육 하나 움직이지 않고 말했다.

"그리고 아무것도 듣지 못했겠지요?"

페리 메이슨은 험악한 얼굴이 되었다. 어딘지 그는 이 여자가 무엇을 감추고 있는 것 같이 느껴졌다.

"이층에서 신문을 받을 때도 당신은 그렇게 대답했습니까?"

"커피가 이제 끓기 시작하나 봅니다."

여자는 말했다.

"끓기 시작했을 때 바로 불을 낮추지 않으면 넘어 버려요."

메이슨은 커피 쪽을 보았다. 여과기가 달린 커피포트는 짧은 시간에 많은 양의 물을 끓일 수 있도록 특별히 만든 것이었다. 가스 불은 굉장한 열량으로 파랗게 타고 있었다. 김이 오르기 시작했다.
"커피는 내가 보고 있지요."
메이슨이 말했다.
"나는 당신이 이층에서 신문을 받았을 때도 지금처럼 그렇게 대답했는지 어떤지 꼭 알고 싶은데요."
"지금처럼이라면?"
"여기서 대답한 것과 같게 말입니다."
"경관에게도 같은 말을 했어요. 아무것도 보지 않고, 아무것도 듣지 않았다고."
노바 바이티가 소리죽여 웃었다.
"그건 어머니가 늘 하시는 말이에요. 또 같은 말만 하고 있군요."
어머니가 다시 야단을 쳤다.
"노마!"
메이슨은 모녀를 주의깊게 바라보았다. 깊이 생각에 잠겨 있는 그의 얼굴은 겉보기는 아주 평온했다. 그러나 눈만은 험하고 날카롭게 움직이고 있었다.
"나는 변호사입니다. 만일 당신들이 나에게 이야기해 두고 싶은 것이 있다면, 지금이 좋은 기회입니다."
"그렇지요."
바이티 부인은 조금도 억양없는 소리로 말했다.
"그렇습니까?"
페리 메이슨이 물었다.
"저는 다만 지금이 좋은 기회라는 말에 동의했을 뿐이에요."
잠시 동안 세 사람은 말이 없었다.
"그래서요?" 하고 메이슨이 말했다.

"공교롭게도 저에겐 아무것도 말할 게 없군요."

여전히 눈을 테이블에 던진 채 여자는 말했다.

그때 커피포트가 끓기 시작했다. 메이슨은 가스 불을 껐다.

"찻잔을 꺼내 드리지요."

노마가 급히 일어나면서 말했다.

"앉아 있거라, 노마. 내가 할 테니."

바이티 부인은 의자를 뒤로 밀어 놓고, 다른 선반 있는 데로 가서 커피 잔과 접시를 꺼냈다.

"그 사람들은 이것으로 마시면 되겠지."

"어머니, 그건 운전사와 하인이 쓰는 그릇이 아니에요?"

노마가 말했다.

"경찰 사람들 아니냐, 마찬가지지."

"아니에요. 그건 달라요, 어머니."

"나는 이렇게 할 거야."

바이티 부인이 말했다.

"주인 어른께서 살아 계셨다면 어떻게 할 줄 아니? 경찰 사람들에겐 아무것도 대접하지 않아요."

노마 바이티가 말했다.

"그렇지만 이젠 살아 있지 않잖아요. 지금은 베르타 부인이 이 집안 주인이에요."

바이티 부인은 뒤를 돌아보며 그 몹시 파인 광채 없는 눈으로 딸의 얼굴을 바라보았다.

"그렇게 생각하는 건 틀릴지도 몰라."

그녀는 말했다.

페리 메이슨은 몇 개의 찻잔에 커피를 따르고, 그것을 여과기를 거쳐 다시 부었다. 두 번째에 부은 커피는 진하고 김이 오르고 있었다.

"쟁반을 하나 주십시오."
그는 말했다.
"호프만과 칼 그리핀의 것은 내가 갖고 가겠습니다. 당신들은 이층 사람들에게 커피를 갖다 드리십시오."
말없이 가정부는 쟁반을 메이슨에게 건네주었다. 그는 세 잔의 커피를 따라 쟁반에 담아 가지고 식당을 지나 거실로 돌아갔다.
호프만 부장은 어깨를 뒤로 젖히고 목을 앞으로 내밀고 두 다리를 크게 벌리고 서 있었다.
빨간 얼굴에 눈도 빨갛게 충혈되어 의자에 축 늘어져 앉아 있는 것은 칼 글리핀이었다.
페리 메이슨이 커피를 가지고 들어갔을 때는 호프만 부장이 말하고 있었다.
"그것은 당신이 이 집에 돌아왔을 때, 처음 부인에 대해 이야기했던 거와는 다른 것 같군요" 하고 호프만 부장이 말했다.
"그때는 취해 있었습니다."
호프만은 그를 보았다.
"취했을 때는 사실을 말하고, 제정신을 되찾으면 자기 마음을 숨기는 일 따위는 흔히 있는 일이지요."
칼 글리핀은 순진스러운, 놀란 듯한 표정으로 눈썹을 치켰다.
"정말입니까? 저는 지금까지 그런 걸 몰랐습니다."
호프만 부장은 뒤에 메이슨의 발소리를 듣고 뒤돌아보았다. 김이 오르는 커피를 보자 빙긋 웃었다.
"고맙네, 메이슨. 마침 좋은 때에 왔군. 이거 한 잔 들어요, 글리핀 씨. 기분이 좋아질 테니."
글리핀은 끄덕였다.
"맛이 좋을 것 같군요. 그러나 저는 이제 기운이 납니다."

비로드의 손톱 125

메이슨은 그에게 커피 잔을 내밀었다.
"당신은 유언에 대해서 알고 있는 게 있소?"
호프만 부장이 갑자기 물었다.
"지장이 없으시다면, 거기에 대해선 대답하고 싶지 않습니다."
호프만도 커피에 손을 가져갔다.
"그런데 지장이 있어요. 지금 질문에는 반드시 대답해 줘야겠소."
"거기에는 유언장이 있습니다."
"어디에?"
"모릅니다."
"유언장이 있다는 것은 어떻게 알았소?"
"백부님이 저에게 보여 주었어요."
"유산은 모두 부인에게 가도록 되어 있었나요?"
글리핀이 머리를 저었다.
"그녀에게는 아무것도 돌아가지 않을 겁니다. 5천 달러의 현금 말고는."
호프만 부장은 눈썹을 치켜올리고 휘파람을 불었다.
"그렇게 되면 이야기는 달라지는데."
"어떻게 달라집니까?"
글리핀이 물었다.
"전체의 상황이 달라지지요."
호프만이 말했다.
"부인은 오로지 이 집에서 남편만 의지하고 살아 왔다, 그리고 남편이 살아 있는 것에 매달려 살아 왔다, 남편이 죽는 순간부터 빈털터리가 되고 만다……."
글리핀은 설명하는 뜻으로 자진하여 말했다.
"제 생각으로는 부부 사이가 그다지 잘되어 나가지 못했던 것 같습니다."
호프만 부장은 혼잣말같이 중얼거렸다.
"그건 중요한 점이 아니오. 보통 이런 사건의 경우 우리는 동기를 찾지 않으면 안 되거든요."
메이슨이 호프만 부장에게 웃으며 말했다.
"당신은 베르타 부인이 권총을 쏘아 남편을 죽였다고 꾸며낼 생각이오?"
마치 그런 일은 생각한다는 것 자체가 우습기 짝이 없다는 듯이 물었다.
"아니, 나는 범행의 가능성이 있는 사람을 찾아내기 위해 상식적인 수사를 하고 있는 데 지나지 않네, 메이슨. 이런 사건에서 우리는 언제나 동기에 눈을 돌리게 되지. 피해자가 죽음으로 해서 누가 이득을 보는가를 알려고 하는 걸세."
"그렇다면 저에게도 혐의가 돌아올 것을 예측하지 않으면 안 되겠군요."
글리펀이 조용히 말했다.
"그건 무슨 뜻이지요?"
호프만이 물었다.
"유언장에 의하면, 유산의 거의 모두를 제가 받도록 되어 있습니다. 그것이 특히 비밀로 되어 있다고는 생각지 않아요. 조지 백부님은 세상에서 절 가장 사랑하셨습니다. 즉 백부님의 성격으로 보아, 저에게는 백부로서 한껏 애정을 갖고 있었다는 겁니다. 백부님은 다른 사람에게는 애정을 갖지 못했다고 생각됩니다."
"당신은 백부님에 대해서 어떻게 생각하고 있었지요?"
호프만이 물었다.
"저는 백부님의 정신을 존경했습니다."

칼 글리핀은 조심스럽게 말을 고르면서 대답했다.
"저는 백부님 성질 가운데 어떤 면에 호감을 가지고 있었다고 생각합니다. 백부님은 아주 초연한 생활을 하고 계셨습니다. 그것은 모든 협잡이며 위선에 대해 참을 수 없는 정신을 가지고 있었기 때문입니다."
"왜 초연한 생활을 해야 하는 불행에 부딪쳤을까요?"
호프만 부장이 물었다.
글리핀은 어깨를 가볍게 움직여 보였다.
"만일 부장님이 그런 정신을 갖고 있다면, 그런 질문을 할 필요를 느끼지 않을 겁니다. 백부님은 뛰어나게 두뇌가 좋은 사람이었습니다. 모든 사람의 속마음을 꿰뚫어보고, 그 속임수나 위선을 속속들이 아는 힘을 갖고 있었습니다. 그런 사람에게는 친구라는 것이 있을 수 없어요. 철저하게 자기를 믿는 마음이 강했기 때문에 아무도 의지할 마음이 없었고, 따라서 친구를 만들 이유가 없었던 겁니다. 백부님의 유일한 즐거움은 적과 싸우는 일이었습니다. 세상과 모든 사람을 적으로 하여 싸우고 있었습니다."
"그런데 당신과는 싸우지 않은 모양이군요."
호프만 부장이 말했다.
"네."
글리핀은 긍정했다.
"저와는 싸우지 않았습니다. 제가 백부님이나 그의 돈에 조금도 집착하지 않는다는 것을 알고 있었기 때문입니다. 저는 백부님의 돈을 쓰지 않았고, 그리고 또 절대로 백부님을 속이지 않았습니다. 저는 제가 생각한 그대로를 백부님에게 말하고, 조금도 속에 없는 소리를 한 적이 없었습니다."
호프만 부장은 눈을 가늘게 떴다.

"그럼 누가 백부님을 속였나 보지요?"
"그건 무슨 뜻이지요?"
"당신은 백부님을 속이지 않았기 때문에 백부님이 좋아했다고 하지 않았소?"
"그렇습니다."
"그리고 당신은 그 말을 특히 강조하셨지요?"
"그런 뜻으로 말한 것은 아닙니다."
"부인에 대해서는 어땠지요? 백부님은 베르타 부인을 좋아했소?"
"모르겠어요. 저는 백부님하고 부인에 대해 이야기한 일이 없으니까요."
"부인은 백부님을 속였소?"
호프만 부장은 다시 고쳐 물었다.
"제가 그런 걸 어떻게 압니까!"
호프만 부장은 젊은이를 응시했다.
"당신은 남을 나쁘게 말하지 않는 사람이라는 것은 알겠소. 그러나 당신이 말하지 않는다면 그건 말하지 않는 것뿐, 결국 알게 되오."
"그렇다면 말하겠습니다, 부장님."
글리핀이 말했다.
"무엇이든지 말할 수 있는 것은 다 말하겠습니다."
"살인이 일어난 시간에 당신은 어디 있었는지 분명히 말할 수 있겠소?"
글리핀의 얼굴이 갑자기 붉어졌다.
"유감이지만, 부장님. 그건 말할 수 없습니다."
"왜요?"
"왜냐하면 첫째, 저는 살인이 언제 행해졌는지 모릅니다. 둘째로 내가 어디 있었는지, 나도 잘 모르고 있기 때문입니다. 저는 아무래도 오늘 밤은 엉망진창이었던 것 같아요. 초저녁에 어떤 젊은 여자와 놀러다녔어요. 그 여자와 헤어지고 나서, 혼자 몇 집인가 무허가 술집을 찾아다녔습니다. 집에 돌아오려고 하자 펑크가 났는데, 너무 취해 있었기 때문에 타이어를 바꿔 끼울 수 없다는 것을 알았습니다. 주유소는 한 집도 불이 켜 있지 않았고, 비는 오고, 저는 힘들여 차를 몰고 있었습니다. 여기까지 돌아오는 데 몇 시간이나 걸렸는지 모릅니다."

"타이어는 완전히 찢어져 있더군."

호프만 부장이 말했다.

"그건 그렇고, 당신 말고는 누가 백부님 유언장을 알고 있었지요? 당신 말고 본 사람이 있소?"

"네, 있습니다. 제 변호사가 보았어요."

"그래요. 호오, 당신에겐 변호사가 있었군요?"

"물론 있습니다. 그게 어떻게 됐습니까?"

"변호사는 누구지요?"

"아서 아트웃입니다. 상호 빌딩에 사무실을 갖고 있지요."

호프만 부장은 메이슨을 향해 물었다.

"나는 모르겠는데, 메이슨. 자네는 그 사람을 아는가?"

"알고 있소."

메이슨이 말했다.

"한두 번 만난 일이 있지요. 머리가 벗겨진 사나인데, 늘 개인적인 명예 훼손 사건 따위를 다루고 있지요. 세상에 알려진 소문으로는 언제나 법정에 가지 않고 해결하는 모양인데, 잘 해결한다는 평판이오."

"어떻게 해서 변호사 입회 아래 유언장을 보게 되었소?"

호프만 부장이 캐물었다.
"어떤 사람이 자기 유언장을 수익자에게 보일 때, 그 수익자의 변호사와 함께 보인다는 것은 그리 흔히 있는 일이 아닌 것 같은데……."
글리핀은 입을 굳게 다물었다.
"그 일이라면 제 변호사에게 물어 주십시오. 제가 그 일에 관해 이렇다저렇다할 수는 없으니까요. 좀 복잡한 사정이 있어서……저로서는 이야기하고 싶지 않습니다."
호프만 부장은 "좋소" 하고 선선히 말했다.
"그 이야기는 잊어버리시고. 그럼 이제 어떻게 되어 있는지, 그걸 말해 주시오."
"어떻게라니요?"
빌 호프만은 자리를 바꾸어 글리핀과 정면으로 마주 앉아, 위로부터 그를 내려다보았다. 턱을 약간 내밀고 언제나의 참을성있는 눈이 갑자기 엄해져 느릿느릿 기분 나쁜 말투로 말했다.
"이런 이야기지요, 글리핀 씨. 그런 태도로서는 당신은 무사하지 못할 거요. 당신은 누군가를 두둔하려고 하고 있어요. 어쨌든 신사인 척하고 있는 거요. 그래서는 안 됩니다. 당신은 지금 여기서 당신이 알고 있는 일을 말해 버리든지, 아니면 중요한 증인으로 구금되든지 둘 중 한쪽이 될 것이오."
글리핀은 얼굴을 붉혔다.
"그건, 그것은 좀 지나치지 않습니까?"
"지나치든지 지나치지 않든지, 그건 상관없어요. 이건 살인 사건이오. 나를 상대로 퀴즈 놀이나 하듯이 입을 놀리고 있는데, 그럴 수는 없지요. 자, 바른 대로 털어놓아요. 그때 어떤 이야기가 있었는지, 어떤 일로 해서 당신과 당신의 변호사가 함께 유언장을 보게 되었는지, 그걸 말하시오!"

글리핀은 어쩔 수 없다는 듯 말했다.

"제가 이런 말을 하는 것은 전혀 내키지 않지만 어쩔 수 없어 이야기한다는 것을 양해해 주시겠습니까?"

"물론이오." 호프만이 대답했다.

"다 이야기해 주시오. 어떤 일이지요?"

"그러니까 말입니다."

글리핀은 정말 마음이 내키지 않는 듯한 말투로 천천히 이야기를 시작했다.

"제가 아까 조지 백부님과 부인 사이가 별로 좋지 않다는 것은 말씀드렸지요? 조지 백부님은 이바가 자기에게 유리한 증거가 손에 들어왔을 때, 아마 이혼 소송을 제기할 것이라고 생각하고 있었습니다. 조지 백부님과 저는 어떤 상거래를 같이 하고 있었습니다만, 언제인가 아트웃과 제가 사업상의 이야기를 백부님께 의논드리고 있을 때, 갑자기 백부님이 딴소리를 하기 시작했습니다. 저로서는 좀 곤란한 일이었기 때문에 하고 싶지 않았습니다만, 아트웃은 대부분의 모든 변호사가 생각할 수 있는 입장에서 이 문제를 보았던 것입니다."

칼 글리핀은 페리 메이슨에게 물었다.

"당신이라면 이런 경우의 일을 짐작할 수 있으리라고 생각됩니다만 당신은 변호사시지요?"

빌 호프만은 글리핀의 얼굴에서 눈을 떼지 않았다.

"이 사람은 마음에 두지 않아도 좋소. 자, 이야기를 계속해요. 그래서 어떻게 되었지요?"

"백부님은 부인과 사이가 좋지 않다는 것을 털어놓고 나서, 손에 쥐고 있던 한 통의 서류를 펴놓았습니다. 그것은 모두 자필로 쓴 것 같았습니다. 그리고 백부님은 변호사로서의 아트웃 씨에게 이런 것을 물었습니다. 즉 어떤 사람의 유언이 모두 그 본인의 손으로 씌어졌을 경우 증인이 없어도 유효한가, 아니면 역시 증인이 필요한가 하는 것을요. 백부님은 유언장을 만들었지만, 유산의 대부분을 아내에게 주지 않을 생각이니 분쟁이 일어날지도 모른다고 말했습니다. 사실 백부님은 분명히 5천 달러라는 금액을 입에 올렸습니다. 그리고 유산의 대부분은 저에게 줄 생각이라고 말했습니다."
"당신은 그 유언장을 읽었소?"
호프만 부장이 물었다.
"아니, 정확하게는 읽지 않았습니다. 조항을 따라 세밀히 처음부터 끝까지 읽은 것은 아닙니다. 그러나 훑어보기는 했습니다. 그것은 백부님의 필적이었어요. 그리고 거기에 대해서 백부님이 이야기하는 것을 들었습니다. 아트웃은 더 자세히 읽었을 거라고 생각됩니다."
"좋소, 계속하시오. 그리고 어떻게 됐지요?"
"그것뿐입니다."
글리핀이 말했다.
"아니, 그것뿐이 아닐 거요. 그밖에 어떤 일이 있었지요?"
글리핀은 어깨를 으쓱했다.
"할 수 없군요. 백부님은 그밖에 다른 말도 했어요. 그것은 남자들이 가끔 이야기하는 그런 이야기였습니다. 저는 별로 주의해서 듣지는 않았습니다만……."
"그런 쓸데없는 것에 신경쓰지 않아도 되오. 백부님은 뭐라던가요?"
"백부님은……."
좀 흥분하면서 글리핀은 마침내 입을 열었다.

"만일 자기에게 무슨 일이 생겼을 때, 그로 해서 아내가 이득을 보지 못하도록 무언가를 정해 놓고 싶다고 말했어요. 이혼 소송에 의해서 한밑천잡을 수 없다는 것을 알았을 경우, 자기의 죽음을 앞당김으로써 자기 재산을 손에 넣는, 그런 수단을 아내에게 주고 싶지 않다고 말했습니다. 자, 이것으로 제가 알고 있는 것은 모조리 말했습니다. 이것이 당신의 일과 무슨 관계가 있으리라고는 생각지 않습니다. 저는 이것을 억지로 말하게 되었습니다. 그렇게 시킨 당신의 태도는 제 마음에 들지 않습니다."
"일부러 그렇게 감상을 늘어놓지 않아도 좋아요."
호프만이 말했다.
"나는 당신이 아까 취해 있을 때, 맨 처음 사건을 듣고 바로 했던 말이 지금의 이야기로써 뒷받침됐다고 우선 생각되오. 그때 당신은……."
글리핀은 손을 들어 그의 말을 막았다.
"부장님, 제발 그 말은 다시 하지 말아 주십시오. 비록 그런 말을 했다 하더라도 나는 이미 기억하고 있지 않습니다. 또한 진심에서 한 이야기도 아니니까……."
페리 메이슨이 말했다.
"진심에서 한 말이 아닌지도 모르지만, 그러나 아무래도……."
호프만 부장이 갑자기 메이슨 쪽으로 돌아앉았다.
"자네는 입을 열지 말아 주게, 메이슨. 수사는 내가 하고 있네. 자네는 듣기 위해 여기 있는 거니까, 잠자코 있을 수 없다면 나가 주게!"
"그런 말을 해서 위협을 주어도 소용없소."
메이슨이 대답했다.
"나는 지금 이바 베르타 부인 집에 이바 베르타 부인의 변호사로서

와 있는 거니까. 그런데 지금 듣고 있자니까, 이 사나이가 적어도 다른 일은 모르지만 부인의 명예를 훼손하는 진술을 하고 있군요. 나는 그 진술이 실증되든가, 아니면 철회되도록 할 생각이오."

호프만의 눈에서 참을성이 완전히 사라졌다. 그는 무뚝뚝하게 메이슨을 쳐다보았다.

"자네가 권리를 고집하는 것은 자네 자유일세. 하지만 나는 지금 이야기에 대해서 자네에게 어떤 설명이 필요한지 모르겠네. 대체 경찰이 여기 와서 살인을 발견했을 때, 자네와 여자가 마주 앉아 여러 가지 이야기를 하고 있었다는 게 이상한 일일세. 또 남편이 살해된 것을 발견한 아내가 다른 일은 제쳐 놓고 우선 자기 변호사에게 전화를 걸었다는 것도 역시 수상하기 짝이 없는 일이지 않나."

메이슨이 목소리를 높였다.

"당신이 지금 하는 말이 공정한 화술이 아니라는 것은 당신도 알 거요. 나는 그녀의 친구요."

"응, 그렇게도 보이네."

호프만 부장은 쌀쌀한 목소리로 말했다.

메이슨은 두 다리를 딱 벌리고 서서 어깨를 쳐들었다.

"그럼 여기서 이야기를 분명히 해 두지요. 나는 이바 베르타를 대리하고 있소. 그녀에게 돌을 던져야 할 이유는 신이 창조하신 지구상에 하나도 존재하지 않아요. 조지 베르타가 죽어 버리면, 그녀에게는 서푼어치도 남지 않아요. 이득이 있는 것은 이 사람이지. 이 젊은이는 뚜렷하지도 않은 알리바이를 가지고 어정어정 돌아와, 나의 의뢰인에 대해서 당치도 않은 말을 하기 시작했소."

글리핀은 낯빛을 바꾸며 항의했다.

메이슨은 귀에도 담지 않고 호프만 부장을 노려보면서 말했다.

"자, 이런 애매한 수다를 아무리 늘어놓아도 한 여자를 유죄 판결을 받게 할 수는 없을 거요. 거기엔 배심원이 필요해. 그리고 배심원은 논리에 어긋나지 않는, 이상한 점이 보이지 않는 뚜렷한 증거에 의해 유죄를 입증하기 전에는 결코 유죄를 선고할 수 없소."
커다란 몸집의 호프만 부장은 눈치를 살피듯 페리 메이슨의 얼굴을 보았다.
"그렇다면 자네는 논리에 맞는 이상한 점을 찾아다니는 셈이 되는군, 메이슨?"
메이슨은 칼 글리핀을 손가락으로 가리켰다.
"자, 글리핀 씨, 그러니까 당신도 너무 당당한 얼굴을 할 것 없소."
그는 말했다.
"만일 나의 의뢰인이 배심원들 앞에 서게 된다면, 당신과 그 유언장에 관한 이야기를 사건에 끌어올 것을 잊을 만큼 나는 바보가 아니라는 것을 기억해두시오."
"그렇다면 자네는 이 사람이 살인범이라고 생각하고 있는 건가?"
호프만 부장이 놀리듯이 말했다.
"나는 탐정이 아니라 변호사요. 배심원은 논리에 맞지 않는 이상한 점이 있다고 인정하는 한, 그 누구에게도 유죄 판결은 내릴 수 없다는 것을 나는 알고 있소. 그러니까 만일 당신이 나의 의뢰인에게 무슨 사실을 만들어 붙인다 해도, 나의 '논리에 맞는 이상함'은 꿈쩍도 하지 않을 거요."
호프만은 끄덕였다.
"염려했던 대로군. 처음부터 자네를 여기 있게 하지 말았어야 하는 건데, 자, 이제 나가 주게!"
"네, 나가지요!"

메이슨은 대답했다.

10

페리 메이슨이 폴 드레이크를 전화에 불러냈을 때는 이미 새벽 3시가 가까웠다.

"폴인가, 또 새 일거리가 생겼네. 아주 급해, 이 사건은. 자네 쪽 사람들을 더 많이 동원할 수 없겠나?"

폴의 목소리는 졸음이 가득했다.

"농담 말게. 얼마나 더 일하게 할 셈인가?"

"잘 들어 줘, 눈을 뜨고 졸음을 쫓아내게. 정말 급히 해주지 않으면 안 될 일이 있네. 그것도 경찰을 앞질러야 해."

"경찰을 앞지르다니, 무슨 되지 않을 소리인가!"

"할 수 있어 자네는."

메이슨이 말했다.

"자네가 어떤 등기 서류를 조사할 구실이 생겼다는 것을 내가 우연히 알고 있기 때문일세. 자네 사무실에서 '상업인 보호협회'의 일을 하고 있지 않나. 거기에는 시내에서 팔고 있는 총기에 대해 모두 기록한 사본이 있을 걸세. 그래서 나는 127337이라는 번호의 콜트 32구경 자동권총의 임자를 알고 싶네. 경찰에서는 지문 감정이라든지 정해진 코스로 조사할 테니까, 그게 다 끝나려면 아마 내일 오전 중이 될 거야. 권총의 출처를 조사하는 것이 중요하다는 것은 알고 있겠지만, 그렇게 특히 서둘 필요도 없다고 생각할 거야. 그래서 내가 자네한테 부탁하는 것은 경찰보다 먼저 정보를 손에 넣는 일이네. 어쨌든 나는 그걸로 해서 저쪽의 기를 꺾을 필요가 있네."

"그 권총으로 무슨 일이 있었나?"

폴 드레이크가 물었다.

"그것으로 한 방, 심장을 꿰뚫린 사나이가 있어."

페리 메이슨이 말했다.

드레이크는 휙 하는 휘파람을 불고 나서 물었다.

"이것이 낮부터 조사하고 있던 일과 무슨 관계가 있나?"

"나는 그렇게 생각하지 않지만, 경찰은 그렇게 생각할지도 모르지. 나는 내 의뢰인의 입장을 보호하지 않으면 안 되게 되는 모양일세. 그래서 지금 말한 정보를 경찰보다 먼저 자네가 손에 넣어야 한다는 걸세."

"알았네. 자네한테 연락하려면 어디로 전화하면 되지?"

"자네 편에서는 안 되네. 내가 전화를 걸지."

"언제?"

"한 시간 뒤에."

"그렇게 빨리 할 수는 없는데. 그건 무리야."

드레이크는 항의했다.

"해주지 않으면 안 돼."

메이슨은 고집스러웠다.

"아무튼 전화하겠네."

전화를 끊고, 바로 허리슨 박의 집에 전화를 돌렸다. 상대는 나오지 않았다. 이번에는 델라 스트리트의 아파트에 걸자, 거의 동시에 그녀의 잠에 취한 소리가 대답하는 것이 들렸다.

"여보세요."

"델라인가, 페리 메이슨이야. 빨리 눈을 비비고 잠을 깨요. 일이 생겼어."

"대체 지금 몇 시예요?"

"3시 막 됐어. 15분 지났군."

"그런데 무슨 일이에요?"
"이제 잠은 다 깼어?"
"네, 깼어요. 제가 뭘 하고 있는지 아세요? 자면서 말할 수 있겠어요?"
"농담은 그만두고, 중대한 용건이야. 빨리 옷을 입고 바로 사무실로 나올 수 있겠어? 델라가 옷을 다 입었을 즈음에 택시를 보낼 테니."
"지금 입고 있어요."
그녀는 대답했다.
"잠시 동안 예쁘게 할 시간 있어요? 아니면 뭘 걸치기만 할까요?"
"예쁘게 하는 편이 좋아. 그러나 너무 시간이 걸리면 안 돼."
"그럼 금방" 하고 말하자마자 전화는 끊겼다.
메이슨은 택시 회사에 전화해서 델라의 아파트에 차를 보냈다. 그리고는 지금 전화를 하고 있는 야간 영업의 약국을 나와 자기 차에 오르자 곧바로 사무실로 달렸다.
불을 켜고 커튼을 내리고, 복도를 걷기 시작했다.
뒷짐을 지고 왔다갔다하면서, 목을 얼마쯤 앞으로 내밀고 조금 구부정한 자세로 걷고 있었다. 우리 속의 호랑이를 연상케 하는 모습이었다. 초조해 보였다. 그러나 그것은 억눌러진 초조함이었다. 막다른 골목까지 쫓긴 무서운 투사, 하지만 잘못된 동작은 하나도 하지 않으려고 잔뜩 긴장하고 있는 투사……
문에 열쇠 돌리는 소리가 나고 델라 스트리트가 들어왔다.
"안녕하세요, 소장님."
그녀는 말했다.
"밤을 새우셨군요!"

메이슨이 들어와서 앉으라는 듯 손짓을 했다.
"이것이 바쁜 하루의 시작이 될 것 같아."
"사건은 뭐지요?"
걱정스러운 듯한 눈으로 소장을 보면서 그녀는 물었다.
"살인이야."
"의뢰인을 대리하는 것뿐이에요?"
"알 수 없어. 말려들어갈지 모르겠어."
"말려들어가다니요?"
"응."
"그 여자군요, 역시."
증오스러운 듯이 델라가 말했다.
그는 성급히 머리를 내저었다.
"이제 그만 그런 식으로 생각하지 말아 주었으면 좋겠어, 델라."
"그래도 마찬가지예요. 그 여자한테는 반드시 무슨 일이 있다고 저는 보았어요. 귀찮은 일이 꼭 따라다닌다고 보았다니까요. 저는 그 여자를 결코 좋게 보지 않았어요."
"알았어."
메이슨은 피곤한 듯이 잠시 쉬었다가 말을 이었다.
"이제 그 소리는 그만두고, 지금부터 내가 이야기하는 일을 잘 들어 줘. 이제부터 어떤 일이 벌어질지 모르겠지만, 어쩌면 내가 여기 일을 지휘해 나갈 수 없는 일이 생겨서 델라한테 뒷일을 맡기게 될지도 몰라."
"무슨 얘기지요, 지휘해 나갈 수 없다는 것은?"
"거기에 대해서는 걱정하지 않아도 돼."
"걱정하지 않을 수 있어요?"
델라의 눈은 걱정 때문에 둥그래졌다.

"소장님은 위험에 빠져 있군요!"
메이슨은 이 말은 들은 척도 하지 않았다.
"문제의 그 여자는 이바 글리핀이라는 이름으로 이곳에 왔었지. 나는 여자 뒤를 쫓으려고 했지만 용케 도망쳤어. 그런 뒤에 나는 〈스파이시 비츠〉와의 투쟁을 시작하여, 누가 흑막 뒤에 숨었는지 캐내려고 했어. 그 흑막은 엘므드 거리에 살고 있는 베르타라는 이름의 사나이라는 것을 알았지. 델라도 아침 신문에서 그 집과 그 사람에 대해 읽게 될 거야. 나는 베르타를 만나러 가서 꽤 만만찮은 상대라는 것을 알았어. 내가 그 집에 있는 동안에 우연히 그의 아내와 만났는데, 그 아내가 다름 아닌 우리들의 손님이었단 말이야. 그녀의 진짜 이름은 이바 베르타였어."
"도대체 어쩔 참이었을까요?"
델라 스트리트가 질문했다.
"소장님을 속일 생각이었을까요?"
"아니, 난처해서 어쩔 수 없게 되어 있었던 거야. 어느 남자와 나다녔는데 남편한테 들키게 되었지. 남편은 여자가 누군지 모르고 그 남자 쪽을 뒤쫓고 있었거든. 그러나 남편은 사이비 신문에서 그 남자의 일을 폭로할 참이었으니까, 어차피 여자의 정체도 알려지게 돼 있었어."
"그 남자는 누구예요?"
"허리슨 박."
델라 스트리트는 눈썹을 아치같이 치켜올렸으나, 아무 말도 하지 않았다.
메이슨은 담배에 불을 붙였다.
"허리슨 박은 그 일에 대해 무어라고 말하고 있나요?"
조금 뒤에 델라가 물었다.

페리 메이슨은 두 손으로 약간 몸짓을 해보였다.

"돈을 봉투에 넣어 몰래 보내 준 사람이 박이야. 오늘 오후 심부름꾼이 갖고 온 그 돈 말이야."

"어머!"

1, 2분 동안 두 사람 다 말없이 생각하고 있었다.

"네, 다음을 이야기해 주세요." 델라가 말했다.

"내일 아침 신문에서 저는 어떤 기사를 보게 되지요?"

메이슨은 감정을 섞지 않고 이야기를 계속했다.

"나는 자고 있었는데 이바 베르타가 12시 좀 지났을 때 전화를 걸어 왔어. 12시 반 전후였을 거야. 비가 쏟아지고 있었지. 여자는 나더러 어느 약국에 있을 테니까 빨리 와 달라는 거였어. 난처한 일이 생겼다는 거야. 나는 갔지. 그러자 여자는 어떤 남자가 남편하고 싸우다가 남편을 총으로 쏘았다고 하더군."

"그 남자가 누군지 알고 있었나요?"

델라가 조그만 소리로 물었다.

"아니, 남자는 보지 못하고 그 목소리만 들었을 뿐이었다는 거야."

"그 목소리를 알고 있었나요?"

"알고 있다고 자기는 생각하고 있더군."

"누구라고 생각하고 있어요?"

"나."

젊은 여비서는 찬찬히 변호사를 살펴보았다. 얼굴 표정은 조금도 달라지지 않았다.

"당신이었나요?"

"아니, 나는 집에서 자고 있었어."

"그것을 증명할 수 있으세요?"

메이슨은 표정이 없는 소리로 말했다.

"시시한 소리!"
메이슨은 초조해 하면서 언성을 높였다.
"침대 속에 알리바이를 달고 들어가지는 않아!"
"더러운 인간, 어처구니없는 여자!"
그러고 나서 좀 침착한 소리로 델라는 재차 물었다.
"그리고 어떻게 됐나요?"
"둘이서 현장으로 갔지. 여자의 남편이 죽어 있었어. A 32구경 콜트 자동권총이더군. 나는 권총 번호를 얻었지. 심장 한가운데가 꿰뚫려 있었는데 마침 목욕을 하고 있다가 누구한테 당한 모양이야."
델라 스트리트는 눈을 크게 했다.
"그럼 그 여자, 경찰에 알리기 전에 당신을 끌어냈군요?"
"응. 경찰도 좋은 얼굴을 하지는 않더군."
델라는 파랗게 질려 있었다. 그녀는 크게 숨을 들이마시고, 무슨 말을 하려다가 생각을 달리했는지 잠자코 있었다. 페리 메이슨도 마찬가지로 감정을 섞지 않은 소리로 다음을 말했다.
"나는 호프만 형사부장과 부딪쳤어. 피해자의 조카라는 녀석이 있는데, 나는 그가 마음에 들지 않아. 그는 지나치게 신사인 척한단 말이야. 가정부도 뭔가 숨기고 있어. 그리고 가정부의 딸은 거짓말을 하고 있었고, 그밖의 고용인과는 이야기할 틈이 없었어. 경찰은 이층에서 신문하고 있는 동안, 나를 아래층에 있게 했거든. 그러나 나에겐 경찰이 닿기 전에 현장을 좀 둘러볼 기회가 있었지."
"호프만 부장과는 서로 기분이 좋지 않은 일이 있었겠네요?"
델라가 물었다.
"좋지 않은 정도가 아니었지. 상황이 좋지 않잖아."
"소장님은 이 사건에서도 의뢰인을 위해 힘쓰지 않으면 안 된다고 생각하세요?"

델라의 눈은 젖어 있는 듯이 보였다.
"이제부터 어떻게 되는 거지요?"
"알 수 없지. 나는 가정부가 무슨 말을 털어놓을 거라고 생각하고 있어. 지금까지는 경찰이 별로 강력하게 가정부를 조사하지 않았지만 차차 그렇게 할 거야. 그녀는 뭔가 알고 있어. 그것이 뭔지는 모르겠지만…… 이바 베르타도 나에게 사실을 충분하게 말했다고는 생각되지 않아."
"만일 사실을 모두 말했다면, 그 여자가 이리로 온 뒤 처음으로 아무것도 숨기지 않고 또 거짓말도 하지 않고 이야기한 것이 되겠지요."
델라 스트리트는 증오에 차서 말했다.
"게다가 당신을 흙탕물 속에 끌어들이려는 그 악랄함! 고양이, 요부예요! 정말이지 죽이고 싶어요!"
메이슨은 부탁이라는 듯이 손을 흔들어 막았다.
"이제 그 일은 생각하지 말아 줘, 델라. 이미 엎질러진 물이니까."
"허리슨 박은 그 살인 사건을 알고 있나요?"
"전화로 불러내려고 했는데, 집에 없더군."
"어쩜 공교롭게도 이런 때 집을 비울까!"
메이슨은 우울한 미소를 지었다.
"글쎄……."
둘은 얼굴을 마주 보았다.
델라 스트리트는 한숨 돌리고 나더니 바로 무엇에 충동질된 듯 이야기했다.
"당신은 그 여자 때문에 묘한 입장에 몰리게 되었어요. 당신은 그 살해된 남자와 만나서 이야기했지요? 그 사람의 신문과 싸움이 붙어서 말이에요. 그것도 그다지 조용한 싸움은 아니에요. 그런데 여자는 거기다 당신을 끌어들여 함정을 만든 거예요. 경찰이 왔을 때 바로 그 현장에 있도록 당신을 불러낸 거란 말예요. 여자는 자기의 소중한 손이 더럽혀지려고 하면, 언제든지 당신을 이리떼 속에 밀어넣을 거예요. 그런데 당신은 그 여자에게 뻔뻔스러운 짓을 하게 할 작정이예요?"

"할 수만 있다면, 그렇게 놔 두고 싶지 않아. 그러나 도저히 방법이 없게 될 때까지, 나는 그녀에게 등을 돌릴 마음은 없어."

델라 스트리트의 얼굴은 창백했으며, 입술은 가느다란 하나의 선이 되기까지 굳게 다물어졌다.

"아, 그 여자는……"

말하려다 그만두었다.

"그 여자는 의뢰인이야."

페리 메이슨은 고집스럽게 되풀이했다.

"제법 돈을 많이 지불하는 고객이지."

"몇에 대해서 지불해 줍니까? 협박 사건을 대리해 달라고 말입니까, 아니면 살인 사건에 끌어들이려고 말입니까?"

그녀의 눈에는 눈물이 어려 있었다.

"메이슨 선생님, 아무리 그렇다고 해도 그렇게까지 관대해지는 것은 그만두세요, 부탁입니다. 이 사건에서 손을 떼고 경찰이 하고 싶은 대로 내버려 둬 주세요. 그냥 여느 변호사로서의 입장에서 사건에 임해 주세요."

메이슨의 목소리는 참을성이 있었다.

"이미 늦었어. 그렇지 않아, 델라."

"아니에요, 늦지 않았어요. 손을 떼 주세요!"

메이슨은 참을성있게 미소지었다.

"그 여자는 손님이야, 델라."

"그건 아무 상관없어요. 법정에 나간 뒤라면, 얌전히 자리에 앉아서 심리가 어떻게 진전되는지 보고 계시면 돼요."
메이슨은 머리를 저었다.
"아니, 안 돼, 델라. 지방검사는 법정에 나가기까지 기다리지 않아. 검사의 부하들은 지금 그 집에서 증인들을 조사하고, 칼 글리핀의 입에서 여러 가지 것을 드러내려고 하고 있어. 그것이 내일 신문의 큰 표제가 되고, 사건이 법정에 가기까지 절대 불리한 증언이 되어 나타날 거요."
델라는 이 이상 말을 해도 소용없다고 판단했다.
"당신은 그 여자가 체포되리라고 생각하세요?"
"경찰이 어떻게 할 것인지 나는 잘 모르겠어."
"경찰은 동기를 발견했을까요?"
"아니, 아직 동기를 발견하지 못했어. 경찰은 흔히 있는 동기를 찾기 시작했는데, 그것이 잘 되지 않아 집어치웠어. 그러나 그 다른 이야기 하나가 폭로된다면, 더 이를 데 없는 동기를 손에 넣게 되는 거지."
"경찰은 그 이야기를 알아낼까요?"
"결국은 알게 되겠지."
델라 스트리트가 갑자기 눈을 크게 뜨며 말했다.
"범인은 허리슨 박이라고 생각되지 않아요? 범행 시간에 외출을 했던 남자?"
"나는 전화로 허리슨 박을 잡으려 했는데 잡지 못했어. 나는 그 일 밖에 아무것도 생각하고 있지 않아. 알았어, 대기실에서 전화를 걸어 줘. 다시 한 번 걸어 봐. 그 사람이든지 다른 누군가가 전화를 받을 때까지 10분 간격으로 걸어 보라구."
"알았어요."

델라가 대답했다.
"그리고 폴 드레이크를 불러요. 지금쯤은 아마 사무실에 있을 거야. 만일 없으면, 그 긴급한 경우에 쓰는 번호에다 걸어 줘요. 이 일로 해서 그 사람한테 일을 좀 시키고 있어."
델라 스트리트는 겨우 여느 때의 비서로 되돌아갔다.
"네, 알았습니다" 하고 대답하고 자기 방으로 돌아갔다.
페리 메이슨은 다시 마룻바닥을 걷기 시작했다.
몇 분 뒤에 그의 전화가 울렸다. 그는 수화기를 들었다.
"폴 드레이크입니다."
델라 스트리트가 말했다.
이어서 폴 드레이크의 목소리가 들렸다.
"어어, 페리인가?"
"뭐 알아냈나?"
"응, 그 권총 일은 운이 좋았어, 기막힌 정보를 알게 됐네."
"전화는 걱정없나? 아무도 듣고 있지 않아?"
"걱정 말게."
"그럼, 알려 주게."
"권총이 어디서 만들어졌는지, 사 온 가게는 어디라는 것이 자네한테 필요한 건 아니지? 자네가 알고 싶은 것은 사 간 사람 아니야?"
"맞았네."
"좋아, 문제의 권총을 마지막으로 산 사람은 피토 미첼이라는 이름의 사나이인데, 주소는 서 69번 거리 1322호로 적혀 있어."
"고맙네" 하고 메이슨은 말했다.
"그런데 이 사건의 또 다른 일면에 대해서는 아직 아무것도 알지 못했나? 프랭크 록의 일 말이야."

"응, 아직 우리 남부 특약 탐정국에서 아무 보고도 들어와 있지 않아. 그 사나이가 남부의 어느 주에 있었던가는 알아냈네. 조지아 주인데, 그전의 일이 얽혀서 잘 알 수 없어. 아마 그 조지아에서 그 녀석은 이름을 바꾼 것 같아."
"그거 희한하군. 녀석은 틀림없이 조지아에서 어떤 성가신 일을 저질렀던 것이 틀림없어. 다른 것은 아무것도 없는가? 록에 대해서 뭐 아는 거 없나?"
"그 호일라이트 호텔의 미인 쪽을 캐고 있는데 말이야."
드레이크는 대답했다.
"에스타 린튼이라는 이름의 아가씨야. 호일라이트 호텔 946호실을 월세로 빌어 쓰고 있지."
"그 아가씬 뭘하고 있어? 그것을 알았나?"
"닥치는 대로 상대하고 있는 게 아닐까. 사실은 그녀에 관해서는 별로 알아본 것이 없는데, 시간을 조금 더 주게. 그리고 나 좀 자게 해주어. 혼자서 이것저것 한꺼번에 할 수도 없는 거고, 또 자지 않고는 일을 할 수도 없지 않나."
"조금 더 있으면 익숙해지네."
메이슨은 이죽거리면서 말했다.
"특히 이 사건으로 일하고 있는 동안에는 말이야. 이제 5분만 더 사무실에 있어 주게. 다시 또 전화할 테니."
"알았네."
드레이크는 전화를 끊었다.
페리 메이슨은 대기실로 나갔다.
"델라, 2년쯤 전에 정치 문제로 시끄러운 일이 일어났을 때의 일을 기억하나? 그때 서류철을 만들었었지?"
"네, '정치 관계 서류'라는 파일이 있어요. 무엇 때문에 그것을 보관해 두시는지 몰랐습니다만."

"인사 관계야. 그 속에 '박 후원회'라는 서류가 있었을 거야. 그걸 찾아 줘. 빨리!"

델라는 바로 사무실 한쪽 벽에 가득 놓여 있는 서류철의 진열 속으로 기어들어갔다.

페리 메이슨은 그녀의 책상 모서리에 앉아서 그녀를 지켜보고 있었다. 그의 눈만은 복잡한 문제의 여러 각도를 놓치지 않으려고 생각하면서, 온 힘을 다해 정신을 집중시키고 있음을 보여 주고 있었다.

"됐어!"

그는 말했다.

오른쪽 여백에 '박 후원회'의 부회장 명부가 인쇄되어 있었다. 그곳에는 몇 백 명이 넘는 사람 이름이 가로로 죽 적혀 있었다.

메이슨은 눈을 가늘게 하고 그 인명표를 내리 읽었다. 한 사람의 이름을 볼 때마다 종이 끝을 누른 엄지손가락을 걷으면서 빠지는 게 없도록 조사해 나갔다. 열 다섯 번째로 P.J. 미첼의 이름이 있고, 그 옆에 적혀 있는 주소는 69번 거리 1322호였다.

"다시 한 번 폴 드레이크를 불러 줘."

그는 델라에게 말하고 자기 방으로 돌아가자 문을 소리내어 닫았다.

폴 드레이크가 전화에 나오자 대뜸 말했다.

"여보게 폴, 해줘야 할 일이 있어."

"또?"

"그래, 아직 아무것도 다 된 것은 없지 않은가."

"좋아, 말해 보게."

"잘 들어 두게. 자네는 차를 타고 서 69번 거리 1322호에 가서 피토 미첼을 깨워 줘. 그런데 이것은 자네가 추궁당하지 않고 나에게

비로드의 손톱 149

도 곤란이 미치지 않도록 조심해서 해주게. 수다스러운 얼빠진 탐정같이 연기를 하는 거야. 이쪽에서 수다를 떨어 다 말하기 전에는 미첼한테 아무것도 물어서는 안 돼. 이런 식으로 말하게. 나는 탐정이다, 조지 베르타가 오늘 밤 자택에서 살해됐다. 범행에 사용된 권총 번호는 자네 것, 즉 미첼에게 팔린 권총과 번호가 같다, 자네는 틀림없이 그 권총을 현재 가지고 있을 테니 이건 무슨 착오가 틀림없는데, 오늘 밤 12시 전후의 알리바이를 분명히 말할 수 있는지 어쩐지, 미첼이 그 권총을 갖고 있는지, 아니면 그것을 어떻게 처분했는지, 그것을 캐내 주게. 하지만 이쪽에서 다 말하기 전에는 질문을 던져선 안 돼."
"터무니없는 멍청이 녀석이 되는 거로군."
"그러게, 아주 터무니없는 멍청이가 되어 주게. 그리고 뒤에 가서 상대방이 무슨 소릴 들었는지, 대충 잊어 버리도록 해주게."
"알았네."
드레이크가 말했다.
"이 사건은 내가 걸릴 염려가 없게 하면 되는 거지?"
메이슨은 피로한 목소리로 대답했다.
"지금 내가 말한 그대로만 해주게."
메이슨은 가만히 수화기를 놓았다. 그러자 문 손잡이 돌아가는 소리가 들려 얼굴을 들었다.
델라 스트리트가 사무실로 들어섰다. 얼굴빛은 창백하고 눈을 크게 뜨고 있었다. 문을 꼭 닫고 책상 앞으로 다가왔다.
"저쪽 방에 소장님을 알고 있다는 남자가 와 있어요."
그녀는 말했다.
"드럼이라는 이름입니다. 경찰본부의 형사라면서……."
그녀가 닫은 문이 저쪽 방으로부터 다시 열리며 시드니 드럼의 옷는 얼굴이 나타났다. 광택없는 눈은 전혀 생기가 없어, 마치 은행의 높은 의자에서 기어내려와, 바쁘게 영수증이나 뭐 그런 것을 찾고 있는 서무 직원같이 보였다.
"마음대로 들어와 미안하네."
그는 말했다.
"잠깐 자네가 잘 생각하기 전에 말해 두고 싶은 것이 있어서 말야."
메이슨은 미소하며 드럼을 맞았다.
"경찰 사람들의 실례에는 익숙해져 있지."
"나는 경관이 아니야. 한낱 보잘것없는 형사지. 경관은 난 싫네. 나는 가엾은 가난한 형사야."
"이리 들어와 앉게."
"자네 사무소의 근무 시간은 굉장하군. 나는 이 둘레를 돌아다니다가, 결국 이 사무실에 불이 켜 있는 것을 보았네."
"아니, 그럴 리 없어. 난 커튼을 내리고 있었거든."
"아, 그랬던가."
드럼은 또 히죽 웃으며 말했다.
"어쨌든 말이야, 자넨 여기 있으리라고 짐작했지. 자네가 부지런한 건 알고 있으니까."
메이슨이 말했다.
"아니 좋아, 농담은 그만두게. 자네는 직무상 찾아왔겠지?"
"맞아. 나는 호기심을 일으켰어. 나라는 인간은 호기심을 일으키고는 그것을 만족시키면서 살고 있다네. 바로 지금 내 호기심은 그 전화 번호일세. 자네는 나한테 와서 전화국에 안면을 이용하여 개인 번호를 알아내 달라고 얼마쯤 돈을 주었어. 나는 바로 뛰어나가 자네를 위해 번호를 조사해 주소까지 알려 주었지. 자네는 아주 고

비로드의 손톱

맙다고 했어. 이윽고 자네는 그 주소에 모습을 나타내어, 살해된 남자의 아내와 여러 가지 이야기를 했네. 여기서 문제는 이것이 우연의 일치인가 하는 걸세."
"그 답은 뭐라고 나왔나?"
메이슨이 물었다.
"아니, 나는 짐작이 안 가네."
드럼이 대답했다.
"나는 질문하는 쪽이네. 답은 자네가 가르쳐 주어야 하지 않나."
"그 대답은 말이야, 나는 피해자 아내의 요구에 응해서 그곳으로 갔다는 거야."
"아내는 알고 있는데 남편을 모른다는 것은 이상하군."
드럼은 의문이 풀리는 빛이 없었다.
"이상하지 않다네."
메이슨은 비꼬며 대답했다.
"법률 사무소의 가장 못마땅한 점은 확실히 그걸세. 여자 하나가 와서 나한테 뭔가를 부탁하네. 특히 그것이 가정적인 일이고 보면 여자는 남편을 데리고 오지 않기 때문에, 이쪽은 어떤 남자인지 알 길이 없어. 흔히 있는 일이지. 실제적으로 법률 사무소에 온 여자가 남편한테 알려져서는 곤란하다는 사례가 한둘이 아니야. 그러나 물론 그것은 뜬소문이고 간접적으로 듣는 것이니까, 난 액면 그대로 자네한테 믿으라고 할 마음은 없네."
드럼은 아직도 히죽거리는 것을 그치지 않았다.
"그렇다면 이 경우도 그런 종류의 케이스라고 말하고 싶은 건가?"
"나는 아무것도 말하고 싶지 않아."
메이슨이 대답했다.
드럼은 웃는 것을 그만두고 머리를 젖혀 천정을 보자 그 눈은 꿈꾸는 듯한 표정이 되었다.
"그렇게 되면 얘기가 재미있어지겠는걸!"
그는 말했다.
"아내가 곤경에 빠진 사람을 구출하기 위해 이름난 변호사를 찾아왔다. 변호사는 남편의 개인적인 전화 번호를 모른다. 변호사는 아내를 위해 일에 착수한다. 전화 번호의 비밀을 안다. 전화 번호를 통해서 남편에게로 갔다. 거기에 아내가 있는데 남편은 살해당했다."
메이슨의 목소리는 다급해졌다.
"그래서 어떤 결론이 나오는가, 시드니?"
드럼은 또다시 히죽히죽 웃기 시작했다.
"나는 도저히 모르겠는데, 페리. 그러나 나는 움직이고 있어."
"뭘 알게 되면 바로 알려 줄 수 없겠나?"
드럼은 일어섰다.
"그야 바로 알려 주지."
웃는 얼굴을 메이슨에게서 델라 스트리트에게로 옮기며 그는 대답했다.
"자네의 지금 말은 이제 그만 돌아가라는 말인가?"
"아니, 그렇게 급할 것은 없네."
메이슨이 말했다.
"이렇게 새벽 3, 4시에 사무실에 나와 있는 것은 시시한 일을 물으러 오는 친구를 만나기 위해서야. 사실 무슨 뚜렷한 일이 있는 건 아닐세. 이렇게 빨리 나오는 것은 하나의 습관에 지나지 않아."
드럼은 돌아가려던 걸음을 멈추고 변호사를 보았다.
"여보게, 페리. 자네가 선선히 바른대로 대 주면, 나도 조금은 자네에게 도움이 될 수 있다고 생각하는데. 그러나 그렇게 쌀쌀맞게

비로드의 손톱 153

잘난 체하고 있으면, 나도 좀 돌아다니면서 냄새를 맡아내지 않으면 안 돼."
"그래, 잘 알겠네."
메이슨은 그의 말을 인정했다.
"그것이 자네 일이니까. 자네한테는 자네 직업이 있고, 나에겐 내 직업이 있어."
"그 말은 자네가 잘난 체하는 것으로 나는 받아들이겠네."
"또 그 말은 자네는 자네대로 달리 사실을 발견하지 않으면 안 된다는 걸세."
"잘 있게, 페리."
"잘 가게. 또 언제 오겠나?"
"걱정 말아, 또 올테니."
시드니 드럼은 문을 닫았다.
델라가 반사적으로 페리 메이슨 곁으로 오려고 했다.
메이슨은 오지 말라고 손짓으로 막고
"대기실에 가 보고 나갔는지 어떤지 확인해 줘."
델라가 문가로 갔다. 그녀의 손이 손잡이에 닿기 전에 그것이 돌려지고 문이 열렸다. 시드니 드럼이 다시 메이슨을 보며 히죽 웃었다.
"역시 이 수에는 걸리지 않는군. 좋아, 페리, 이번에야말로 가네."
"좋아. 잘 가게!"
드럼은 문을 닫았다. 이어서 대기실의 문을 닫는 소리가 들렸다.
오전 4시쯤이었다.

11

페리 메이슨은 모자를 쓰고, 아직 축축히 젖어 모직 냄새가 나는 외투에 팔을 꼈다.

"두세 가지 일거리를 쫓아가 보고 오겠어."

그는 델라 스트리트에게 말했다.

"머지않아 경찰은 수사의 폭을 좁혀 올 테니, 그렇게 되면 이쪽은 움직일 수 없게 돼. 아직 움직일 수 있는 동안에 할 수 있는 일은 모두 해 두지 않으면 안 돼. 델라는 여기 남아서 진지를 지켜 줘. 이바 베르타가 전화를 걸어오면 곤란하니까, 연락 장소는 일부러 말하지 않겠어. 그러나 가끔 이곳에 전화해서 메이슨 씨는 안 계시냐고 묻겠어. 내 이름은 존슨이라고 해 두지. 나는 메이슨의 친구인데 무슨 연락이 없느냐고 물 테니, 내가 누구라는 것을 남에게 알리지 않고도 상황이 어떻게 되어 있는지, 나한테 알릴 수 있을 거야."

"경찰이 전화선을 접수하리라고 생각하세요?"

"안 한다고 할 수는 없지. 일이 앞으로 어떻게 되어 나갈지 전혀 알 수 없거든."

"당신한테 체포령을 내릴까요?"

"체포가 아니라 신문을 하고 싶다고 말해 오겠지."

동정이 담긴 부드러운 눈길로 메이슨을 보며 델라는 아무 말이 없었다.

"그럼, 조심해" 하고 메이슨은 사무실을 나왔다.

그가 호텔 리프리의 로비에 들어갔을 때는 아직 어두웠다. 그는 욕실이 딸린 방을 하나 잡았다. 프런트에는 디트로이트 주에 사는 프렛 B. 존슨이라고 기입하고, 518호실을 빌렸는데 짐을 갖고 있지 않았기 때문에 요금은 선불로 하게 되었다.

방에 들어가자 그는 커튼을 치고 4병의 진저에일과 많은 얼음을 주문하고, 호텔 보이에게 위스키 1쿼트를 가져오게 했다. 그리고 폭신폭신한 안락의자에 파묻혀서 침대에 발을 걸친 채 담배를 피웠다.

문은 열쇠를 잠그지 않았다.

차례로 담배에 불을 붙여 한 30분 이상 담배를 계속 피우고 있을 때, 문이 열렸다. 이바 베르타가 노크도 없이 들어왔다.

그녀는 문을 닫고 안에서 잠그고는 메이슨에게 웃어 보였다.

"아, 저는 당신이 아무 일없이 이렇게 일을 하고 있는 걸 보니 정말 기뻐요."

페리 메이슨은 앉은 채로 물었다.

"미행당하지 않을 자신은 있습니까?"

"아니, 경찰은 미행하지 않아요. 저는 중요한 증인이 될 테니까 이 거리를 떠나든지, 경찰에 알리지 않고 무슨 일을 해서는 안 된다고 하더군요. 어떨까요, 저는 붙잡힐까요?"

"경우에 따라서는……."

"어떤 경우요?"

"여러 가지 것에 관계가 있소. 나는 당신과 이야기하고 싶은 게 있소."

"네, 좋아요. 전 유언장을 발견했어요."

"어디서 발견했습니까?"

"책상 속에서요."

"그것을 어떻게 했습니까?"

"여기 갖고 왔어요."

"그럼 봅시다."

"제가 생각한 대로였어요."

그녀는 말했다.

"다만 제가 생각했던 만큼은 아니었어요. 저는 그래도 유럽 구경이나 하고…… 무슨 방법이 설 정도만큼은 남겨 줄줄 알았는데……."

"무슨 방법이라니, 이를테면 다른 남자를 붙잡는다는 이야기인가요?"
"전 그렇게 말하지 않았어요."
"당신이 한 말에 대해서 이야기하는 게 아니오. 당신의 마음속에 대해서 이야기하고 있는 거지."
말은 노골적이었으나 말투는 역시 조용하여 남의 일을 이야기하는 것 같았다.
이바 베르타는 거만한 티를 보이는 얼굴이 되었다.
"어쩐지 이야기가 옆으로 새는군요, 메이슨 씨. 유언장은 이거예요."
메이슨은 천천히 여자를 쳐다보았다.
"나를 살인 사건에 끌어넣을 생각이라면, 그런 연기는 집어치우시오. 헛일입니다."
여자는 다시 한 번 위엄을 보이려고 했으나 갑자기 소리내어 웃기 시작했다.
"그 안에 물론 전 다른 남편을 가질 생각이에요. 안 됩니까?"
"좋습니다. 그런데 왜 처음엔 그것을 부정했습니까?"
"글쎄, 저도 모르겠어요. 자연히 그렇게 되었나 봐요. 남에게 자기 마음속을 너무 드러내 보이게 되면, 화가 치미는 듯한 기분이 들거든요."
"이를테면 당신은 진실을 싫어하고 있습니다."
메이슨은 이바에게 말해 주었다.
"거짓의 울타리를 둘러치고 자기를 지키고 싶은 거요."
여자는 얼굴을 붉혔다.
"너무 해요!"
여자는 소리쳤다.

메이슨은 그 말에는 대꾸도 않고 손을 내밀어 그녀 손에 있던 서류를 집었다. 그는 그것을 천천히 읽었다.
"이것은 모두 본인의 필적입니까?"
"아녜요. 그렇게는 생각되지 않아요."
메이슨은 그녀의 얼굴을 찬찬히 살펴보았다.
"모두 한 사람의 필적같이 보이는데요?"
"저는 남편의 필적이 아니라고 생각돼요."
메이슨은 웃기 시작했다.
"그런 소리 해 봐야 아무 소용없소. 주인은 이 유언장을 칼 글리핀에게도, 글리핀의 변호사인 아서 아트웃에게도 보여 주었소. 이것이 자기 유언장이라면서 자필로 쓴 것이라고 말했소."
여자는 답답하다는 듯이 얼굴을 저었다.
"그것은 남편이 하나의 유언장을 그 사람들에게 보이며 자필이라고 말한 거예요. 그 유언장을 나중에 글리핀이 찢고, 가짜를 대신 넣어 두는 것쯤 그다지 힘든 일이 아니지 않아요? 안 그래요?"
메이슨은 냉정하게 여자의 마음속을 꿰뚫는 눈으로 보았다.
"아무래도 당신은 너무 말을 많이 하는군. 그것이 무엇을 뜻하는지 아십니까?"
"물론 알아요."
"그러나 이것은 뒷받침이 될 만한 사실을 잡고 있지 않는 한, 위험한 트집거리가 될 거요."
"뒷받침할만한 사실은 잡고 있지 않아요. 하지만……."
여자는 더듬거렸다.
"좋소. 그렇다면 생트집거리는 만들지 마십시오."
메이슨은 충고했다.
여자는 답답하다는 듯이 다시 가시 돋친 말투가 되었다.

"당신은 언제나, 나는 당신 변호사니까 무엇이든 숨기지 말고 이야기하라고 하지 않았어요? 그래서 숨기지 않고 모두 이야기하니까, 지금은 저를 야단치시는군요."
"네에, 이런 얘기는 그만둡시다."
메이슨은 유언장을 여자에게 돌려주면서 다그쳤다.
"그런 순진스러운 화난 얼굴은 법정에 나갈 때까지 보류해 두는 게 좋겠소. 그보다 이 유언장에 대한 이야길 들려 주시오. 어떻게 해서 이걸 손에 넣었습니까?"
"저는 남편 서재에 있었어요. 금고에 열쇠가 잠겨져 있지 않았어요. 그래서 몰래 이 유언장을 꺼내고 금고에 쇠를 잠갔어요."
"그런 이야기는 우습지도 않은 이야기요. 누가 그걸 믿겠소?"
"믿어지지 않으세요?"
"물론."
"왜요?"
"왜라니, 모르긴 해도 경찰은 그 서재에 사람을 두고 있을 겁니다. 만일 어떤 사정에서든 금고가 열려 있다면 곧 알고, 안의 것을 처음의 조사와 대조해 볼 겁니다."
여자는 눈을 내리깔고 더듬거리며 말했다.
"당신은 사건 바로 뒤에 둘이 그 서재에 들어갔을 때의 일을 기억하세요? 당신은 시체를 살펴보고 목욕 가운에 손을 댔지요?"
"그렇소."
메이슨의 눈은 가늘어졌다.
"그럼 아시겠지요? 전 그때 이것을 금고에서 꺼냈어요. 금고는 열려 있었어요. 그리고 전 쇠를 잠갔어요. 당신은 시체를 조사하고 있었지요."
메이슨은 눈을 껌벅였다.

비로드의 손톱 159

"기가 막히는군! 그거라면 믿을 수 있소, 그렇지! 그때 당신은 책상과 금고 곁에 서 있었소. 왜 그런 짓을 했습니까? 그런 속셈이 있었다는 걸 왜 나한테 말하지 않았소?"
"그건 유언이 나한테 유리하게 되어 있는지 어떤지 보고, 불리하면 찢어 버리려고 생각했기 때문이에요. 당신은 제가 이걸 찢어 버리는 쪽이 좋다고 생각하세요?"
폭탄이라도 터지는 듯한 소리로 메이슨이 말했다.
"안 됩니다!"
여자는 몇 분 동안 잠자코 있었다.
"그럼 달리 뭐가 또 있어요?"
여자가 물었다.
"있소. 그 침대 위에, 내가 잘 보이는 곳에 걸터앉아요. 그리고 몇 가지 가르쳐 줘야 할 게 있습니다. 경찰관의 취조를 받기 전에, 당신에게 여러 가지 질문을 던져 흥분하도록 해서는 안 되겠기에 지금까지 묻지 않고 있었소. 경찰관들과 이야기할 때는 될 수 있는 대로 침착해 주었으면 싶었으니까. 그러나 지금은 상황이 바뀌었소. 실제로 일어났던 일을 나는 정확하게 알고 싶습니다."
여자는 전과 다름없이 눈을 크게 뜨고, 그녀가 곧잘 하는 순진스러운 표정을 지었다.
"전, 실제로 있었던 일을 이야기했어요."
메이슨은 고개를 저었다.
"아니, 아닙니다."
"제가 거짓말을 한다고 불평하시는 거예요?"
메이슨은 한숨을 쉬며
"부탁이니 이제 그런 버릇은 그만두고 발을 땅에 내려 주시오."
"그럼 무엇을 알고 싶으시다는 거예요?"

"당신은 어젯밤 외출복을 입고 있었지요?"
"그 말의 뜻은?"
"다른 뜻이 있는 게 아니오. 등이 파진 이브닝 드레스에 수놓은 비단 구두, 그리고 토요일의 야회용 스타킹 등, 아름다운 옷차림을 하고 있었다는 겁니다."
"그래서요?"
"그런데 주인께서는 욕실에 들어가 있었소."
"네, 그것이 어떻다는 거지요?"
"당신은 주인 어른을 위해서 그렇게 훌륭하게 옷을 차려입었던 게 아니었소."
"물론이에요."
"매일 밤 그런 옷을 입으십니까?"
"가끔."
"솔직한 얘기로, 당신은 어젯밤 외출했다가 주인께서 살해되기 조금 전까지도 집에 돌아오지 않았소, 아닙니까?"
여자는 맹렬하게 고개를 저었다. 다시 한 번 냉랭한 위험을 눈치채는 듯한 태도가 되었다.
"아녜요, 저는 죽 집에 있었어요."
페리 메이슨은 꿰뚫을 것 같은 차가운 눈초리로 그녀를 보았다.
"내가 주방에 커피를 시키러 갔을 때, 가정부가 구두인가 뭣 때문에 당신에게 전화가 왔었다는 것을 당신의 하녀한테 들었다고 말했습니다."
메이슨은 그녀를 떠보았다.
이바 베르타가 깜짝 놀란 것은 분명했으나, 그녀는 당황한 모습을 보이지 않으려고 노력했다.
"어머, 그것이 무슨 잘못된 일인가요?"

"그전에 하녀가 당신한테 그 전갈을 전했는지 어쨌는지 대답해 주시오."

"네, 전했어요."

아무렇지 않은 얼굴로 여자는 대답했다.

"들은 것 같기도 해요. 그렇지만 확실하지는 않아요. 나는 사고 싶은 신발이 몇 켤레 있었는데, 그 때문에 착오가 있었나 봐요. 아마 마리는 그 구두 일로 어떤 전갈을 듣고 나한테 그대로 말했겠지요. 뒤에 그런 일이 일어나서, 전 잊어 버리고 말았지만."

"당신은 교수형이 집행될 때의 이야기를 들은 일이 있소?"

페리 메이슨은 난데없이 말했다.

"그게 무슨 소리예요?"

"살인범에 대한 사형집행은 보통 오전에 합니다. 사형수 감방에 직원이 내려와서, 사형집행 선고문을 읽습니다. 그리고 나서 사형수의 두 손을 뒤로 돌려 묶고, 몸이 비틀거려서 넘어지지 않도록 등에는 판자를 댑니다. 그리고 나서는 복도를 통해 교수대까지 걷게 됩니다. 계단을 13개 올라가서는 거기서 다시 걸어 발판 위에 세워지지요. 발판 옆에는 형의 집행을 맡아 보는 교도소 직원이 서 있고, 발판 뒤의 조그만 방에는 날이 잘 선 칼을 든 수인 세 사람이 기다리고 있습니다. 판자에는 세 줄의 새끼가 둘러져 있소. 집행관이 당신 목에 새끼줄을 걸고, 그 위에 검은 주머니를 푹 씌웁니다. 다음에는 새끼로 당신 머리를 묶고……."

그녀는 비명을 질렀다.

"어떻습니까. 만일 당신이 나에게 진실을 말해 주지 않으면, 지금 말한 것과 같은 일이 당신에게 찾아옵니다."

그녀의 얼굴은 창백하고 입술은 핏기를 잃고 떨리며 눈은 검은 공포로 질려 있었다.

"나, 진, 진실을 말하겠어요."
메이슨은 얼굴을 흔들었다.
"잘 들으십시오. 정말 이 위급한 자리에서 풀려나고 싶다고 생각하면, 솔직히 깨끗하게 사실을 이야기해야 한다는 것을 알아 두지 않으면 안 됩니다. 사실 당신도 알고 있고 나도 알고 있다시피, 그 구두 전갈이라는 것은 구실에 지나지 않아요. 그것은 허리슨 박이 당신에게 연락을 취해 달라는 뜻의 당신이 만들어 낸 암호입니다. 꼭 그것과 마찬가지로 내가 당신에게 연락을 취해 주기 바랄 때에 하녀에게 말하는 암호도 있었지요?"
여자는 아직도 창백한 얼굴로 떨고 있었다. 그리고 벙어리같이 고개만 끄덕였다.
"좋습니다."
메이슨이 말했다.
"자, 진실을 말해 주십시오. 허리슨 박은 당신에게 전갈을 보냈소. 자기에게 연락을 취해 달라고 말이오. 그래서 당신은 어디서 만나자고 약속하고는 옷을 갈아입고 떠났고. 그것은 틀림없지요?"
"아니에요."
여자는 말했다.
"그가 우리 집에 왔어요."
"그가 어쨌다고요?"
"이건 정말이에요."
여자는 말을 계속했다.
"저는 오지 말라고 했지만 그 사람이 왔어요. 저한테 할 이야기가 있다고 하길래, 저는 말하고 싶지도 않고 만날 수도 없다고 했어요. 그랬더니 허리슨이 집으로 왔어요. 당신이 〈스파이시 비츠〉의 주인은 조지라고 그에게 말했지요? 처음에 박은 그것을 믿으려 하지 않았지요. 그러나 결국은 믿었어요. 그러자 그는 조지와 이야기하고 싶다고 했어요. 조지를 만나 이야기하면 통할 거라고 생각한 거죠. 그는 〈스파이시 비츠〉의 공격을 막기 위해서는 어떤 일이라도 할 작정이었어요."
"당신은 박이 오리라는 것을 몰랐다는 거요?"
"네."
메이슨은 잠시 동안 잠자코 있었다. 이윽고 그녀가 물었다.
"어떻게 알고 계세요?"
"무얼?"
"구두 암호를 허리슨이 쓰는 것을?"
"아 그거, 그 사람이 나에게 말했지요."
"그래서 가정부가 그 전갈에 대한 것을 당신에게 말하던가요?"
여자는 걱정스러운 표정으로 말했다.
"그 여자가 경찰에게도 말했을까요?"
메이슨은 머리를 흔들고 빙긋 웃었다.
"걱정 말아요, 경찰에게는 말하지 않습니다. 첫째, 나한테도 말하지 않았으니까. 그것은 당신한테 사실을 털어놓게 하려고 트릭을 좀 쓴 겁니다. 지난밤 몇 시쯤인가, 당신이 허리슨 박을 만난 게 틀림없다는 것은 알고 있었소. 그리고 그 남자는 당신에게 연락을 할 듯한 타입이라는 것도 알고 있었소. 즉 고민이 있으면 그 고민을 누군가와 함께 나누고 싶어하는 타입이오. 그래서 나는 박이 하녀에게 전갈을 보낸 게 틀림없다고 추측한 거요."
여자는 화난 얼굴을 했다.
"저에게 그런 태도를 취하는 게 좋다고 생각하세요? 그것이 공정하다고 생각하세요?"
메이슨은 빙긋 웃었다.

"남자와 마주 앉아, 공정하라고 요구할 수 있는 당신도 아니지 않습니까."
여자는 성난 얼굴로 내뱉었다.
"저, 재미없어요."
"재미없다는 건 알고 있습니다. 이제부터 앞으로 이야기가 끝나기까지 재미없는 일을 많이 겪을 겁니다. 그래서 허리슨 박이 그 집에 왔다는 거요?"
"네" 하고 그 여자는 가냘픈 소리로 말했다.
"좋습니다. 어떻게 됐지요?"
"그는 조지를 만나고 싶다면서 제 말을 듣지 않았어요. 저는 조지 곁에 가는 것만으로도 자살 행위라고 말렸지요. 박은 제 이름을 절대 불지 않겠다고 말했어요. 즉 조지를 만나 사정을 잘 설명하고 당선됐을 때에는 어떤 일도 하겠다고 약속하면, 조지는 프랭크 록에게 명령해서 기사를 내지 않게 될 거라고 말하는 거예요."
"음, 그래서 어느 정도 이야기가 진전했소. 박은 주인을 만나고 싶어했고, 당신은 만나는 것을 막으려 했다. 그렇지요?"
"네."
"왜 당신은 막으려 했습니까?"
"전, 제 이름을 댈 것만 같아서 무서웠어요."
"그는 말했습니까?"
메이슨이 물었다.
"저는 몰라요." 말하고 나서 여자는 급히 덧붙였다.
"아니에요, 정말은 물론 말하지 않았어요. 왜냐하면 박은 조지를 만나지 않았으니까요. 저와 이야기하는 동안에 조지와 이야기해도 쓸데없다는 것을 제가 납득시켰어요. 그래서 그는 돌아갔어요."
페리 메이슨은 소리내어 웃었다.

"조금 눈치채는 게 늦으셨습니다, 부인. 그러면 당신은 박이 당신 이름을 조지 베르타에게 말했는지 어쨌는지 모르는군요?"

이바는 토라졌다.

"박은 만나지 않았다고 이야기했잖아요."

"그래요. 그렇게 말했지만 사실은 만났지요. 박은 이층 서재로 가서 베르타 씨와 이야기했습니다."

"어떻게 알고 계세요?"

"나는 이 사건에 대해 하나의 선을 갖고 있는데, 그 선을 쫓아 가다 보면 알게 되지요. 나는 사실에 대해서 아주 분명한 생각을 갖고 있습니다."

"어떤 사실 말예요?"

메이슨은 빙긋 웃었다.

"그 사실은 당신이 알고 있소."

"아니, 아니에요, 몰라요. 그 사실이란 뭐지요?"

메이슨은 무표정한 얼굴로 단조롭고 분명하게 말했다.

"그래서 허리슨 박도 이층에 가서 당신 주인과 이야기를 했소. 얼마쯤 이층에 있었습니까?"

"모르겠어요. 15분 이상은 걸리지 않았어요."

"이번 대답은 좋습니다. 당신은 박이 아래층에 내려오고 나서 만나지 않았군요?"

"네."

"그럼 사실을 묻겠습니다만, 그 허리슨 박이 이층에 있는 동안 총소리가 들리고 그 뒤에 박이 계단을 뛰어내려와 당신에게는 아무 소리도 하지 않고 밖으로 달려나간 것이 아닙니까?"

여자는 세게 머리를 내저었다.

"아니에요, 박은 남편이 총에 맞기 전에 갔어요."

"얼마쯤 전에?"
"모르겠어요, 15분쯤 될까요. 아니 조금 더 길었는지도 몰라요. 그리고 그렇게 길지 않았었는지도 모르고요."
"그런데 지금 허리슨 박의 행방을 알 수 없습니다."
"그건 무슨 뜻이죠?"
"바로 말한 그대로의 뜻입니다. 박을 찾을 수 없습니다. 전화를 걸어도 나오지 않고 주소로 찾아가 보아도 없어요."
"어떻게 아셨지요?"
"전화를 끊지 않고 계속 걸게 해 놓고, 탐정을 주소로 보냈습니다."
"왜 그런 일을 하시지요?"
"왜냐하면 허리슨 박이 그 살인 사건에 말려들게 되어 있는 것을 내가 알기 때문입니다."
여자는 또 눈을 동그랗게 떴다.
"그럴까요? 우리들 말고 그 사람이 집에 없다는 것을 알고 있는 사람은 없어요. 물론 저는 말하지 않아요. 왜냐하면 말하게 되면 모두가 더 곤란하게 되니까요. 박은 또 한 남자, 총을 쏜 남자가 오기 전에 그 집을 나왔어요."
페리 메이슨은 찬찬히 눈 하나 깜빡이지 않고 여자의 눈에 자신의 눈을 마주쳤다.
"쏜 것은 그 남자의 권총이었습니다."
천천히 이 말을 했다.
여자는 그를 보았다. 너무나도 놀란 눈으로.
"어떻게 그런 말을 할 수 있어요?"
"권총에 번호가 있었기 때문입니다. 그 번호는 공장에서 도매상으로, 도매상에서 소매상으로, 소매상에서 그 권총을 산 사람에게로 고구마줄기를 당기듯이 당겨집니다. 총을 산 사람은 서 69번지 거리 1322호에 사는 피토 미첼이라는 사나이입니다. 그 사람은 박과 아주 친한 사람입니다. 경찰은 머지않아 미첼도 데려갈 겁니다. 데려가면 미첼은 총을 어떻게 했는지 설명할 테지요. 즉 박에게 주었다고 말입니다."
여자는 자기 목으로 손을 가져갔다.
"어떻게 그처럼 권총의 행방을 알 수 있나요?"
"기록이 남아 있기 때문입니다."
"그러기에 그 권총을 처분하라고 했는데……."
거의 히스테리에 가까운 소리로 여자는 말했다.
"네, 하지만 그렇게 하면 당신의 목을 죄는 새끼줄 속에 자기 목을 들이미는 거요. 스스로 잘 생각해 보세요. 이 사건에 있어서 당신의 입장은 그다지 좋은 것이 못 됩니다. 물론 가능하다면 당신은 박을 돕고 싶겠지요. 그러나 내가 지금 분명히 해 두고 싶은 것은, 만일 박이 범인이라면 당신은 속이지 말고 그것을 나에게 말하는 게 좋다는 겁니다. 그런 다음에 만일 박을 겉으로 내놓지 않고도 되는 일이라면 그렇게 합시다. 그러나 나는 당신이 박을 두둔하고 있는데, 경찰이 당신을 범인으로 하는 증거를 갖추는 입장에 당신을 놓고 싶지는 않습니다."
여자는 손수건을 두 손에 잡고 비틀거리며 마루를 빙글빙글 걸어다니고 있었다.
"아, 어떻게 하지요?"
그녀는 말했다.
"아, 어떻게 하지요."
"당신은 지금까지 생각한 일이 있는지 없는지 모르지만, 이런 문제가 있어요. 즉 사후 종범(事後從犯)의 죄라든지, 타협에 의해서 무거운 죄를 비밀에 붙인 죄라든지 하는 문제입니다. 우리는 지금 둘 다 그런 입장에 빠지고 싶지 않습니다. 우리가 바라는 것은 누가 범인인지 알아내는 것, 그것도 경찰이 알기 전에 찾아내는 겁니다. 나는 경찰이 당신을 살인범으로 만들어내는 것도 바라지 않지만, 나를 범인으로 만들어내는 것도 좋아하지 않아요. 만일 박의 죄라면 필요한 것은 박에게 연락해 주어서 자수시키는 일입니다. 그리고 지방검사국이 너무 증거를 갖춰 버리기 전에 빨리 심리를 끝나게 하는 일입니다. 나는 록이 쓸데없는 짓을 못하게, 그 사이비 기사를 〈스파이시 비츠〉에 내지 못하게 손을 쓸 작정입니다."
그녀는 잠시 동안 메이슨을 보고 있었으나 이윽고 물었다.
"어떤 식으로 하실 작정이에요?"
메이슨은 웃는 얼굴이 되었다.
"당신과 나 사이의 일은 무엇이나 다 알고 있지 않으면 안 되는 사람이 납니다. 당신은 알고 있는 일이 적으면 적을수록 쓸데없는 소리를 하지 않아 좋습니다."
"저를 믿어 줘도 돼요. 비밀은 지키겠어요."
"진심으로 그런 말을 한다면 당신은 굉장한 거짓말쟁이오."
메이슨은 적당히 따돌렸다.
"그러나 이번만은 거짓말을 할 수가 없소. 무슨 일이 일어나고 있는지를 당신은 모르니까."
"그렇지만 박은 범인이 아니에요."
그녀는 단념하지 않았다.
메이슨은 이마를 찌푸렸다.
"그렇지만 아무튼 내 이야길 들으십시오. 그 때문에 나는 당신에게 연락했으니까. 만일 박이 범인이 아니라면 누가 범인입니까?"
여자는 눈을 돌렸다.

"전에 말한 대로 어떤 남자가 남편과 다투고 있었어요. 저는 누군지 몰라요. 당신이라고 생각했어요. 당신의 목소리같이 들렸어요."
메이슨은 일어섰다. 피가 몰려 검은 얼굴이 되었다.
"베르타 부인, 언제까지나 그런 농담을 하고 있으면, 나는 당신을 이리 떼 쪽으로 던져 버릴 겁니다. 전에도 그런 소리를 했는데 한 번으로 충분합니다."
그녀는 갑자기 울기 시작했다.
"그렇지만 할 수 없잖아요. 당신이 물었기 때문이에요. 아무도……듣고 있지 않아요. 당신에게만 말했어요…… 당신 소리를 들은걸요. 경, 경, 경찰에는 비, 비록 고문을 당해도 말하지 않겠어요!"
메이슨은 그녀의 어깨를 잡고는 침대 위에 앉게 했다. 두 손을 잡아 여자 얼굴에서 떼어 놓고 그 눈을 보았다. 얼굴에 눈물 자국은 없었다.
"알겠습니까, 당신이 내 목소리를 들었을 리가 없소! 왜냐하면 나는 거기 있지 않았으니까. 그리고 그 거짓 울음도 집어치워요. 손수건 속에 양파라도 넣어 두지 않으면 곧 드러나 버려!"
"그럼 그것은 당신 목소리와 닮은 누군가의 소리였어요."
메이슨은 여자를 노려보았다.
"당신은 박과 사랑하는 사이니까! 내가 박을 도와 줄 수 없는 경우에는 나를 그 사람 대신 그 입장에 놓자는 겁니까?"
"아니에요. 당신이 진심으로 말하라고 해서 그대로 말하고 있는 거예요."
"나는 지금 바로 일어나서 깨끗이 나가 버리고 싶소. 이 복잡하고 시끄러운 일을 모두 당신 손에 넘겨 주고 그만두고 싶어졌소."
메이슨이 협박을 하여도 여자는 까딱 않는 얼굴로 맞섰다.
"그럼 할 수 없군요. 저는 그 방에서 들리는 소리가 누구였는지 경찰에 이야기하지 않으면 안 되겠죠."
"과연 그것이 당신의 한 패거리였습니까?"
"패거린지 뭔지는 모르지만, 진실을 말하고 있는 것뿐이에요."
 여자의 목소리는 자신있는 것 같았으나 그래도 메이슨을 똑바로 볼 용기는 없는 것 같았다.
 메이슨은 탄식을 했다.
"나는 지금까지의 의뢰인이 유죄건 무죄건 의뢰인을 버린 일은 없었소. 그것을 생각하고 이번 일을 참으려 하고 있는데, 제기랄! 당신만은 버리고 싶은 유혹을 누를 수 없소!"
 여자는 침대에 앉아서 손가락 사이로 손수건을 비틀고 있었다.
 잠시 뒤에 메이슨이 다시 말하기 시작했다.
"당신의 집을 나온 뒤 언덕을 내려와 집으로 돌아오는 길에, 나는 당신이 전화를 건 약국에 들러서 점원과 잠깐 이야기했소. 당신이 전화 박스에 들어갈 때 그 점원은 당신을 보고 있었다는데, 그건 당연한 일이지요. 이브닝 드레스를 입고 남자 외투를 걸친 여자가 비에 흠뻑 젖은 채 야간 영업을 하는 약국에 전화하러 오면, 어쨌든 사람 눈에 띄게 됩니다. 그런데 그 점원은 당신이 두 군데 전화를 걸었다고 했어요."
 눈을 동그랗게 뜨고 메이슨을 볼 뿐, 여자는 아무 말도 하지 않았다.
"나 말고 누구에게 전화를 걸었습니까?"
"아무에게도 걸지 않았어요. 점원이 잘못 본 거지요."
 페리 메이슨은 모자를 쓰고 차양을 깊숙이 이마 위까지 내렸다. 그는 이바 베르타에게 증오하는 듯이 말했다.
"나는 어떻게 해서든지 당신을 구해 내겠습니다. 그러기 위해서는 기억해 두시오. 당신은 돈을 꽤 많이 쓰지 않으면 안 됩니다!"

그는 거칠게 문을 열고 복도로 나가자 꽝 하고 문을 닫았다. 동쪽 하늘이 밝아 오고 있었다.

12

아침 햇살이 빌딩 꼭대기를 조금씩 미끄러져내릴 즈음, 페리 메이슨은 겨우 허리슨 박의 가정부를 붙잡았다.

뚱뚱하게 살이 찐 57, 8살의 여자로 메이슨의 물음에 몹시 화를 냈다. 눈이 적의로 번쩍번쩍 빛나고 있었다.

"누군지는 모르겠지만 어쨌든 주인 어른은 안 계세요."

물어뜯을 것 같은 말투였다.

"어디 있는지 몰라요. 12시쯤까지 나다니다가 돌아오셔서는 전화를 받고 또 나가셨어요. 그 뒤로 밤새껏 쉴새없이 전화 벨이 울렸지만 나는 받지 않았어요. 주인 어른이 안 계신 것도 알고 있고 또 그 때문에 한밤중에 일어났다가 감기에 걸리는 것은 싫었으니까요. 당신 앞이지만 정말 좋은 기분이 아니었어요!"

"전화를 받고 나간 것은 밖에서 돌아온 지 얼마쯤 있다가였나요?"

메이슨이 물었다.

"그다지 오래되지는 않았던 것 같아요. 그것이 당신과 무슨 관계가 있는지 모르지만요."

"박 씨는 그 전화를 기다리고 있었던 것 같습니까?"

"그런 걸 내가 어떻게 압니까? 주인 어른이 돌아오시는 소리에 나는 눈을 떴었어요. 현관문을 열고 다시 닫는 소리가 들렸던 거예요. 그 뒤 다시 한 번 잠이 들려는데 전화 벨이 울리고 주인께서 이야기하는 소리가 들려 왔어요. 그리고 나서 주인 어른이 침실로 들어가는 소리가 들렸으므로 자는 줄 알았더니, 그게 아니라 여행 가방에 짐을 챙기고 계셨던 모양이에요. 오늘 아침 가방이 보이지 않으니 말입니다. 그리고 계단을 뛰어내려서 현관문을 꽝 하고 닫는 소리가 들렸어요."

페리 메이슨이 말했다.

"흠, 그럼 그것뿐이로군."

가정부가 말했다.

"그래요, 그것뿐이에요."

그리고 문을 소리내어 닫았다.

메이슨은 차를 몰아 어느 호텔로 가서는 거기서 사무소로 전화를 걸었다.

델라 스트리트의 목소리가 전화에 나오자 메이슨은 말했다.

"메이슨 씨 계십니까?"

"안 계신데요, 누구신가요?"

"메이슨 씨의 친구인 프렛 B. 존슨이라 합니다. 급히 메이슨 씨에게 연락해 드릴 게 있는데요."

"소장님이 계신 곳을 일러 드릴 수는 없습니다만 곧 오실 것 같습니다. 소장님을 찾아오시는 분은 선생님 말고도 두서넛 있는데, 특히 폴 드레이크라는 분이 이쪽에서 소장님과 만나실 약속이 있는 것 같아요. 그러니 곧 돌아오실 겁니다."

"그렇습니까, 네, 좋습니다. 나중에 또 걸지요."

"저한테 부탁하실 전갈이라도 있으시면 말씀하세요."

"아니, 별로. 또 건다고 전해 주십시오" 하고 말하고 메이슨은 전화를 끊었다.

그는 곧 드레이크 탐정 사무실에 전화를 걸어 폴 드레이크를 불렀다.

"여보게, 아무에게도 도청당하지 않도록 조심해 줘, 폴. 아무래도 여러 사람들이 나를 뒤쫓으면서, 지금은 아직 내가 대답하고 싶지 않은 질문을 하려고 해서 말야. 이봐, 내가 누군지 알지?"
"아, 알고 있어. 자네한테 알리고 싶은, 상당히 묘한 일이 있어."
"말해 줘."
메이슨이 말했다.
"나는 그 사나이의 집으로 갔어. 서 6번 거리에 살고 있는 사나이인데 거기서 묘한 것을 알았어."
"응, 뭐야?"
"이 사람은 말이네, 12시 조금 지나서 어디로부턴가 전화가 걸려와, 아내에게는 중요한 볼일로 시외에 가게 됐다면서 나갔다는 거야. 이 사람이 여행 가방에 옷을 챙기고 있는데 1시 15분 전쯤에 자동차 한 대가 와서 그걸 타고 갔다는 걸세. 곧 연락해서 가 있는 곳을 알린다고 아내에게 말했다는군. 오늘 아침이 되어서 전화가 왔는데, '무사함. 걱정없음'——아내가 알고 있는 것은 이뿐이네. 무리도 아니지, 아주 걱정하고 있으니 말이야."
"그거 괜찮은데."
메이슨이 말했다.
"이것만으로도 무슨 뜻이 있나?"
드레이크가 물었다.
"응, 알 것 같아. 잠시 생각해 봐야겠어. 그래, 그것만으로도 모든 뜻을 알 것 같군. 록에 대해서는 뭘 알아냈나?"
드레이크 목소리에 열이 더해졌다.
"자네가 알고 싶어하는 것은 아직 모르지만 말이야, 페리. 그러나 이젠 궤도에 제대로 올라선 것 같아. 그 호일라이트 호텔에 묵고 있는 미인 기억하지? 에스타 린튼 말이야."
"응, 그 여자가 어떻게 됐나?"
"이상해. 그 여자도 조지아에서 왔다네."

메이슨이 휘파람을 불었다.
"그뿐이 아냐."
드레이크가 말을 계속했다.
"그 여자는 록한테서도 돈을 꽤 긁어내고 있어. 1주일 걸러서 수표를 받는데 그것이 록에게서 나오는 수표가 아냐. 〈스파이시 비츠〉가 변두리 동네 은행에다 트고 있고, 특별 예금 당좌에서 나오고 있어. 우리 집 탐정이 호텔의 현금 출납계에 가서 그의 입을 열게 했지. 그 사람이 정기적으로 호텔을 통해 수표를 현금으로 바꾸고 있다네."
"조지아에서 그 여자의 경력을 캐보면 어떤 관계에 목을 들이밀고 있는지 알게 되지 않을까? 어쩌면 여자는 이름을 바꾸고 있는지도 모르지."
"지금 그렇게 하고 있는 중이야."
드레이크는 대답했다.
"조지아의 특별 기관에 부탁해서 지금 그것을 조사하고 있네. 뭐든지 좋으니까 확실한 사실이 있으면 전보를 쳐 달라고 했어. 그리고 모든 것을 알 수는 없어도 수사의 진행상태를 보고하도록 말했지."
"잘 했네."
메이슨은 말했다.
"지난밤에 프랭크 록이 어디 있었는지 아나?"
"1분 간격으로 알고 있어. 그 사나이에겐 밤새껏 미행을 하도록 시켜 두었으니 말야. 완전한 보고가 필요한가?"
"필요해, 지금 곧."
"어디로 보내면 되지?"
"심부름꾼이 미행당하지 않도록 조심해서 믿을 수 있는 사나이를 보내 주게. 호텔 리프리에 가서 디트로이트의 프렛 B. 존슨 앞으로 맡겨 주게."

"알았어. 그와의 연락은 끊지 말게. 알리고 싶은 게 있을지 모르니까."

"좋아" 하고 메이슨은 대답하고 전화를 끊었다.

그는 곧 호텔 리프리로 가서 존슨 씨 앞으로 온 게 없느냐고 물었다. 없다는 대답을 듣고 나서 518호실로 가 문을 밀어 보니, 거기에는 쇠가 걸려 있지 않았다. 안으로 들어갔다.

이바 베르타가 침대에 앉아 담배를 피우고 있었다. 그녀 앞의 침대 옆 테이블에는 하이볼 잔이 놓여 있었다. 그 옆에 위스키 병이 있고 안은 3분의 1쯤 비어 있었다.

그리고 옆의 폭신폭신한 의자에는 초조한 얼굴을 한 몸집이 큰 사나이 하나가 멋적은 듯이 앉아 있었다.

이바 베르타가 말했다.

"돌아와 주셔서 잘 됐어요. 제 말을 믿어 주시기 않기에 증인을 오게 했어요."

"무슨 증인입니까?"

메이슨은 이렇게 물으며, 폭신폭신한 의자에서 일어나 거북스러운 듯이 메이슨 쪽을 보고 있는 몸집이 큰 사나이로부터 눈을 떼지 않았다.

"유언장이 위조라고 하는 증인 말예요" 하고 여자는 말했다.

"이쪽은 다제트 씨예요. 조지가 거래하고 있는 은행의 출납계원인데 조지의 개인적인 내막을 잘 알고 있어요. 다제트 씨는 이것이 조지의 필적이 아니라는군요."

다제트는 웃는 얼굴로 인사했다.

"변호사 메이슨 선생님이시군요. 만나 뵙게 되어 반갑습니다."

그러면서 악수를 청하지는 않았다.

메이슨은 두 다리를 벌리고 서서 커다란 사나이의 멋쩍은 듯한 눈을 자세히 보았다.
"그렇게 불안스러워할 것 없네, 자네."
메이슨이 말했다.
"이 여성한테 무슨 약점을 잡혀서 이른 아침부터 온 거겠지. 자네도 분명히 하녀에게 전화해서 모자나 뭐 그런 것으로 전갈을 부탁하는 한 사람이겠지. 그러나 그런 것에 신경을 쓰고 있을 수는 없네. 지금 내가 알고 싶은 것은 사실 바로 그거야. 이 여성이 자네한테 무엇을 말해 주길 바라고 있는지 그런 걸 마음에 두어서는 안 되네. 속이지 않고 사실대로 말해 주는 것이 이 사람에게는 가장 고마운 도움이 되는 일이라네. 지금 사실을 말하고 있는 건가?"
은행원은 얼굴빛이 바뀌었다. 한걸음 아니 반걸음 변호사에게로 내디뎠다. 거기 서서 깊은 숨을 들이마시고 물었다.
"유언장에 대해 말하고 계십니까?"
"그렇네."
"정말이고말고요. 저는 이 유언장을 신중히 조사했습니다. 위조예요. 더구나 주의해야 할 것은 위조라 해도 형편없는 위조라는 겁니다. 잘 보시면 아실 겁니다만 이 속에는 한두 번 필적이 아주 흐트러진 데가 있습니다. 이것은 누군가가 급히 위조하느라고 쓰던 도중에 힘이 빠져 글씨가 흐트러진 것 같습니다."
메이슨이 짤막하게 말했다.
"그 유언장을 보여 주게."
이바 베르타가 건네주었다.
"하이볼 한 잔 더 어때요, 챠리?"
이바가 은행원에게 말하고 혼자 쿡쿡 웃었다.
"아니오."

다제트는 격렬한 소리로 말하고 거세게 목을 흔들었다.
메이슨은 유언장을 면밀히 조사했다. 눈이 가늘어졌다.
"기가 막히는군. 자네 말대로야!"
"전혀 의심할 나위가 없습니다." 다제트가 말했다.
메이슨은 갑자기 그에게로 돌아서면서 날카롭게 따졌다.
"그렇다면 자네는 증언대에 서서 증언할 마음이 있나?"
"천, 천만에! 제가 증언할 필요가 없지 않습니까! 누가 봐도 알 수 있는 일입니다."
페리 메이슨은 그를 보았다.
"알았네. 더 할 이야긴 없어."
다제트는 곧바로 문으로 걸어가 그것을 열었는가 싶더니 어느새 나가 버렸다.
메이슨은 이바 베르타를 노려보며 어깨를 으쓱하고 말을 이었다.
"곤란하군요. 나는 여기서 당신과 차분히 말하고 싶어서 오라고 했지만, 언제까지나 이 방에 계속 앉아 있으라고 이야기하지는 않았습니다. 아침 이런 시간에 호텔 방에 함께 있는 것을 경찰에서라도 알게 되면 어떤 곤란한 입장에 서게 되는지 모르시겠습니까?"
여자는 어깨를 으쓱했다.
"어차피 얼마쯤 위험을 저지르지 않고는 아무것도 되지 않아요. 저는 다제트 씨와 당신이 만나기를 바란 거예요."
"어떤 식으로 해서 그 사나이를 여기로 부른 겁니까?"
"전화를 걸어 중대한 용건이니까 곧 와 달라고 했어요. 그랬는데 당신은 그 사람에게 아주 심한 말을 하더군요. 실례예요!"
여자는 술 냄새 나는 입으로 웃었다.
"그 사나이와는 아주 가깝습니까?"
"그건 무슨 뜻이지요?"

메이슨은 선 채로 여자를 바라보며
"무슨 뜻인지 모르겠습니까? 그 사나이를 챠리라고 부르지 않았습니까?"
"당연해요. 그 사람의 이름인걸요. 챠리는 조지의 친구예요."
"알았습니다."
메이슨은 전화기 있는 데로 가서 자기 사무소를 불렀다.
"존슨입니다만 메이슨 군은 아직 돌아오지 않았습니까?"
"네, 아직도요." 델라 스트리트가 대답했다.
"저, 존슨 씨, 소장님이 돌아오셨을 때는 꽤 바쁘지 않을까 싶은데요. 지난밤에 어떤 사건이 있었어요. 자세한 것은 모르겠지만 살인사건인가 봅니다. 그리고 메이슨 선생님은 관계하고 있는 중요 증인의 한 사람을 대리하고 있습니다. 신문기자들이 선생님을 만나고 싶어하고 대기실에서 기다리게 해 달라는 사람도 있습니다. 그분은 경찰 형사가 아닌가 싶어요. 그러니까 오늘 아침 이 사무실에서 메이슨 선생님을 만나려는 것은 좀 무리가 아닐까 생각됩니다."
"그래요, 야단났군요." 메이슨이 말했다.
"나는 메이슨 군이 보고 싶어하는 두세 개의 서류를 구술해서 거기에다 서명을 받고 싶은데요. 혹시 아가씨는 그것을 속기해 줄 사람을 모르시겠습니까?"
"제가 해도 좋습니다." 델라 스트리트가 대답했다.
"그러나 나는 그 쪽에 그렇게 많은 사람이 와 있다면 아가씨가 나오기 힘들지 않을까 싶은데……."
"그건 저에게 맡겨 주세요."
델라가 말했다.
"나는 리프리 호텔에 있습니다." 메이슨이 말했다.
"알았습니다."

델라가 전화를 끊었다.
메이슨은 화난 얼굴로 이바 베르타를 보았다.
"어차피 여기까지 위험을 저지르고 온 것이니까 이제 조금 더 있어도 관계없겠지요."
"이제부터 무엇이 시작되나요?"
"유언 관리장의 교부를 신청하려는 겁니다."
메이슨이 말했다.
"그것이 나가면 경찰은 싫어도 유언장을 제출하고 검인을 받지 않으면 안 돼요. 그러면 이쪽은 유언 검인에 대한 이의 신청을 하여 당신을 특별 유산 관리인으로 지정하도록 신청서를 내는 겁니다."
"무슨 말인지 조금도 모르겠어요."
"다시 말하면 당신이 이제부터 베르타 집안의 재산을 관리하는 우두머리가 되어, 적이 무엇을 하든가 우리는 당신을 말 안장에서 떨어지지 않도록 하는 겁니다."
"그것이 무슨 소용 있어요?"
여자가 물었다.
"만일 내가 유언에 의해 상속인의 지위를 빼앗기고 그 유언이 위조라는 것을 입증하지 않으면 안 되게 될 경우, 재판을 해서 판결이 나기 전에는 우리는 아무것도 못하는 게 아닐까요? 그렇지 않아요?"
"나는 베르타 씨의 유산 관리를 생각하고 있는 겁니다."
메이슨이 대답했다.
"그 한 예는 〈스파이시 비츠〉요. 지금부터 내가 말한 서류를 모두 구술해서 내 비서에게 곧 제출하도록 시킬 작정입니다. 당신은 그 유언장을 가지고 가서 본디대로 해 놓으십시오. 서재에는 경관이 망을 보고 있을 테니, 처음대로 해 둘 수는 없지만, 집 안 어딘가에 놓아둘 수는 있겠지요."

여자는 다시 쿡쿡 웃으면서 말했다.

"그런 것쯤은 할 수 있어요."

"당신은 꽤 맹랑한 짓을 했소. 왜 그 유언장을 금고에서 꺼냈는지 나는 도무지 모르겠소. 당신이 가지고 있는 것을 들키기라도 하면 중대한 일이 됩니다."

"기운을 내주세요. 전 들키거나 하는 따위의 바보짓은 안 해요. 당신은 맹랑한 일을 하고 있지 않나요?"

"맞소!"

메이슨이 말했다.

"당신의 사건에 말려들었다는 것은 참으로 맹랑한 짓이었소. 정말 다이나마이트 같은 여자요, 당신은."

여자는 사나이의 마음을 끄는 듯한 웃음을 보였다.

"그렇게 생각하세요? 그런 여자를 좋아하는 남자는 꽤 많아요."

메이슨은 언짢은 표정으로 여자를 보았다.

"많이 취했군, 위스키는 그만둬요."

"어머나, 당신은 마치 남편 같은 말을 하는군요."

메이슨은 곧바로 침대 옆 테이블로 가서 위스키 병을 빼앗아 마개를 막더니, 그것을 찬장 서랍에 넣고 서랍에 쇠를 잠근 다음 열쇠를 호주머니에 넣었다.

"그런 독단을 부려도 돼요?"

여자가 덤벼들었다.

"되지요" 하고 메이슨은 대답했다.

전화 벨이 울렸다. 메이슨이 받아 보니 프런트인데, 종이 봉투를 가진 심부름꾼이 와 있다고 알려 주었다.

메이슨은 종업원에게 그 꾸러미를 가져오도록 말하고 전화를 끊었다.

 종업원이 문을 두드렸을 때 메이슨은 손잡이를 잡고 문가에 서 있었다. 문을 열어 그에게 팁을 주고 봉투를 받았다. 그것은 프랭크 록의 어젯밤 행동에 대하여 탐정국으로부터 온 보고였다.
 "뭐지요?"
 이바 베르타가 물었다.
 메이슨은 머리를 흔들고 창가로 가서 봉투를 열어, 타이프로 친 보고서를 읽기 시작했다.
 그것은 비교적 간단했다. 록은 어느 무허가 술집으로 가서 약 반시간을 보낸 다음 이발소로 가서 머리를 깎고 마사지를 하고는 호일라이트 호텔 946호실에 가 거기서 5, 6분을 보낸 뒤 그 방에 묵고 있는 에스타 린튼과 함께 식사를 하러 나갔다.
 두 사람은 11시까지 식사와 춤으로 시간을 보낸 다음 호일라이트 호텔로 돌아왔다. 보이에게 진저에일과 얼음을 시키고 록은 그 방에 밤 1시 반까지 있다가 돌아갔다.
 메이슨은 보고서를 호주머니에 넣고 창틀을 툭툭 쳤다.
 "저는 몹시 초조해요."
 이바 베르타가 말했다.
 "어떤 상태가 되어 있는지 말해 주셨으면 싶어요."
 "이제부터 어떻게 하는지는 아까 말했잖소."
 "그 서류는 뭐예요?"
 "사건에 관한 겁니다."
 "무슨 사건?"
 메이슨은 웃기 시작했다.
 "지금 내가 당신을 위해 일하고 있다고 하여 의뢰받고 있는 일에 대해서도 모두 당신에게 말하지 않으면 안 됩니까?"

여자는 눈썹을 찌푸렸다.

"당신은 무서운 사람이군요."

메이슨은 어깨를 으쓱해 보이고 다시 툭툭 창틀을 때렸다.

문을 두드리는 소리가 났다.

"들어와요." 메이슨이 말했다.

문이 열리고 델라 스트리트가 들어왔다. 침대 위에 이바 베르타가 있는 것을 보자 델라는 갑자기 표정이 굳어졌다.

"좋아, 델라."

메이슨이 말했다.

"뜻하지 않는 경우에 대비해서 세 가지 서류를 만들어 두지 않으면 안 되겠어. 유산 관리장 교부 신청과 유언 검인에 관한 이의 신청, 그리고 베르타 부인을 특별 유산 관리인으로 지정할 것을 명령하는 특별 유산 관리장 교부 신청, 그것의 인가와 기록 보존을 위해 납부하는 공탁금의 서류, 이걸 만들지 않으면 안 되겠어. 그리고 특별 유산 관리장을 손에 넣으면 그 사본을 공증시켜 관계자에게 보내 주어야 해."

델리 스트리트는 쌀쌀하게 물었다.

"그것을 지금 여기서 구술하시겠습니까?"

"응, 그것과 아침 식사를 하고 싶어."

그는 전화기를 들어 이 방의 담당을 불러서 아침 식사를 방으로 가져오도록 시켰다.

델라 스트리트가 이바 베르타를 보고 말했다.

"미안하지만 그 테이블을 좀 써야 되겠는데요."

이바 베르타는 눈썹을 치켜올리며 테이블에서 컵을 들어올렸다. 길에서 걸인을 만난 귀부인이 치마를 들어올리는 거나 마찬가지 몸짓이었다.

메이슨은 진저에일 병과 얼음을 넣은 그릇을 치우고 테이블 위에 있던 헝겊으로 테이블을 깨끗이 닦자 그것을 델라 스트리트가 앉은 의자 앞에 놓았다.

델라는 등이 곧은 의자를 당겨 무릎을 모으고 테이블 위에 노트를 펼친 다음, 연필을 잡고 구술을 기다렸다.

페리 메이슨은 약 20분 동안 빠른 속도로 구술했다. 그러자 아침 식사가 왔다. 세 사람은 거의 입을 열지 않고 열심히 먹었다. 이바 베르타는 하인과 함께 식사를 하고 있는 것 같은 인상을 주려고 연출을 하고 있었다.

아침 식사가 끝나자 메이슨은 깨끗이 치우게 하고 구술을 계속했다. 9시 반에 그것이 끝났다.

"사무실에 가서 정서하도록" 하고 그는 델라에게 말했.

"서명만 하면 되게끔 준비해 줘요. 다만 아무도 보지 못하도록 해야 해. 대기실의 문은 안에서 잠그는 게 좋을 거야. 신청 서류에는 인쇄된 용지가 있으니까 그것을 쓰면 돼요."

"알았습니다."

델라가 말했다.

"잠깐 소장님에게만 말씀드릴 게 있습니다만."

이바 베르타가 불만을 나타냈다.

"걱정 말아요. 이분은 지금 돌아가는 길이니까."

"어머나, 전 돌아가지 않아요."

"아니, 돌아갑니다."

메이슨이 명령했다.

"지금 곧 돌아가지 않으면 안 됩니다. 지금까지 여기 있게 한 것은 서류를 구술할 동안 필요한 것을 당신에게 묻기 위해서였소. 빨리 돌아가서 그 유언장을 집 안 어딘가에 놓아 두십시오. 그리고 오후에는 내 사무실로 서명을 하러 오십시오. 그러기까지 당신은 스스로 조심하지 않으면 안 됩니다. 신문기자가 여러 가지 질문을 할 겁니다. 어디에선가 당신을 잡으려고 할 거요. 모든 섹스어필을 동원해서 지난밤부터의 불행으로 받은 충격 때문에 완전히 상심에 빠져 있지 않으면 안 됩니다. 도저히 이치에 닿는 인터뷰를 할 계제가 못되는, 슬픔에 어쩔 줄 모르는 아내의 역할을 하지 않으면 안 됩니다. 카메라를 받으면 될 수 있는 대로 다리를 많이 보이게 하고, 눈물을 줄줄 흘리지 않으면 안 되오, 알겠습니까?"
"당신은 정말 치사한 사람이군요." 이바는 쌀쌀맞게 말했다.
"내 충고는 유익한 것뿐이오."
메이슨이 말했다.
"나한테 추파를 던져 봐야 소용없다는 걸 알면서, 무엇 때문에 쓸데없는 노력을 합니까?"
여자는 의연히 보라는 듯 외투를 가지고 문 쪽으로 걸어갔다.
"내가 추파를 던질 때는 정말로 당신이 좋았을 때예요."
그녀는 그에게 말했다.
"그러나 당신은 그것을 마구 부숴 버려요."
그는 말없이 그녀를 위해 문을 열고 머리를 숙여 인사하며 그녀를 보내고는 꽝 하고 문을 닫았다.
그리고 나서 델라 스트리트 곁으로 돌아와 물었다.
"뭐지, 델라?"
"누가 이걸 가져왔어요."
"뭔데?"
"돈이에요."
메이슨은 봉투를 열었다. 액면 백 달러의 여행자용 수표장이 들어 있었다. 한 권이 천달러인데 그것이 두 권 있었다. 수표 한 장마다에 허리슨 박의 서명이 되어 있고 이서(裏書)도 되어 있었다. 수취인의 난은 비어 있는 채로였다.

수표장과 함께 연필로 간단하게 적은 편지가 있었다.

'나는 잠시 동안 몸을 숨기는 것이 좋으리라고 생각됩니다. 아무쪼록 이 사건에 말려들지 않도록. 그리고 어떤 일이 있더라도 나에게 화가 미치지 않도록 배려를 부탁드립니다.'

그리고 'H B'라는 머리글자가 씌어져 있었다.

메이슨은 수표책을 델라 스트리트에게 주었다.

"경기가 좋은 것 같군. 이것을 현금으로 바꾸는 장소를 주의해 줘."

델라는 고개를 끄덕였다.

"저, 어떻게 됐는지 이야기해줘요. 그 여자가 당신을 어떻게 만들었어요?"

"그 여자는 나에게 얼마쯤의 보수를 지불한 것밖에는 별일이 없었어. 또 일이 끝나면 더 지불하게 될 거야."

"당연해요."

델라는 아직도 분을 가라앉히지 못하고 있었다.

"그 여자는 소장님을 살인 사건에 끌어들인걸요. 전 아침에 신문기자가 이야기하는 걸 들었어요. 그 여자는 경찰을 부르기 전에 당신을 불러서 언제든지 좋을 때에 당신을 사건 속에 끌어넣을 수 있게 만든 거예요. 범행이 저질러질 때 방에 있었던 사람이 당신이라고 그 여자가 경찰에게 말하지 않으리라 생각하세요?"

메이슨은 피로한 듯이 손을 흔들었다.

"아니, 그렇게 생각하고 있지는 않아. 언젠가는 곧 하리라고 생각하고 있어."

"그걸 참을 생각이세요?"

변호사는 참을성있게 설명했다.

"델라, 변호사가 의뢰인을 대리할 경우에는 선택의 여지가 없어. 누가 찾아오면 그 의뢰를 맡을 수 밖에 없다는 말이지. 이 게임에는 규칙이 하나밖에 없어. 그것은 의뢰를 맡은 이상 변호인은 모든 것을 주지 않으면 안 된다는 규칙이야."

델라는 코를 벌름거렸다.

"그렇다고 그 여자가 애인을 두둔하기 위해 당신을 살인범으로 고발하는 걸 가만히 앉은 채 보고만 있을 순 없어요."

"델라가 많이 똑똑해졌군."

메이슨이 말했다.

"대체 누구와 이야기했어?"

"어느 신문기자와요. 하긴 제가 이야기한 건 아니에요, 이야기를 듣고 있었을 뿐예요."

메이슨은 웃는 얼굴로 델라를 재촉했다.

"자, 빨리 가서 이 서류를 정서해 줘요. 내 일은 걱정하지 않아도 돼. 나는 일이 있어. 여기 올 때는 미행당하지 않도록 조심해."

"하지만 이것이 마지막예요."

델라가 말했다.

"전 미행을 안 당하려고 무척 고생했어요. 전 베르타 부인이 처음 사무실에 왔을 때의 행동을 흉내내어 부인 휴게실을 지나서 왔어요. 남자가 여자를 미행했을 때 여자가 부인 전용 방으로 들어가 버리는 것은 늘 남자를 곤란하게 만들어요. 그렇지만 한 번은 잘 되지만 두 번은 안 돼요."

"알았어. 어차피 나는 오래 숨어 있을 수가 없을 거야. 오늘 안으로 잡히겠지."

"그 여자 정말 미워요!"

델라 스트리트는 상기된 얼굴로 말했다.

"그런 여자는 아예 만나지 않았더라면 좋았을걸. 그 정도의 돈으로는 어림도 없어요. 10배의 돈을 지불한다 해도 모자라요. 제가 전에도 말했지요. 그녀는 비로드 속에 손톱을 숨긴 여자예요!"

"잠깐 기다려요, 아가씨."

메이슨이 주의했다.

"델라는 아직 사실 내용을 모르고 있어."

델라 스트리트는 턱을 쓱 내밀었다.

"천만에요, 이제 충분히 봤어요. 이 일은 오후 동안에 모두 끝내두겠어요."

"알았어."

메이슨은 말했다.

"그리고 그 여자의 서명을 받아 모두 준비해 둬. 나는 그 서류를 갖고 도망가지 않으면 델라에게 전화하여 어딘가에서 만나게 될지도 몰라."

델라 스트리트는 잠깐 그에게 미소를 던지고 모습을 감추었다. 조용하고, 침착하고, 충실하면서도 깊은 고뇌에 빠진 모습을.

메이슨은 그로부터 5분을 기다리다가, 담배에 불을 붙이고는 호텔을 나섰다.

13

메이슨은 호일라이트 호텔 946호 문 앞에서 걸음을 멈추고 문을 두드렸다. 안에서는 아무 소리도 없었다. 잠시 기다렸다가 다시 한 번 좀 세게 두드렸다.

잠깐 뒤에 방 안에서 누군가가 움직이는 기척이 나더니 침대의 스프링이 삐걱거리는 소리가 들리고 여자의 목소리가 울렸다.

"누구세요?"
"전보입니다."
페리 메이슨이 말했다.
안에서 걸쇠를 벗기는 소리가 나면서 문이 열렸다. 메이슨은 어깨를 낮게 해서 문을 밀고 방 안으로 들어갔다.
여자는 몸이 훤히 비치는 투명한 잠옷을 입고 있었다. 자고 있었던 모양으로 눈이 부어 있었다. 얼굴에는 지워져 가는 화장기가 남아 있는 채로 여기저기 혈색이 나쁜 맨살이 드러나보였다.
아침 햇살 속에서 보니 처음 보았을 때보다 나이가 많이 들어 보였다. 그러나 역시 그녀는 미인으로 조각가가 좋아할 듯한 훌륭한 모습을 하고 있었다. 눈은 크고 어두우며 입가는 기분나쁜 듯이 쭉 내밀어져 있었다.
여자는 조금도 부끄러워하는 기색 없이 그의 앞에 서 있었는데, 노여움이 섞인 도전적인 태도가 보였다.
"이런 식으로 밀고 들어오다니 대체 어쩔 셈이에요?"
"당신하고 할 말이 있어서……."
"그렇더라도 이건 실례가 아닐까요?"
메이슨은 고개를 끄덕였다.
"침대로 들어가시오. 감기 들겠소."
"별걱정 다 하시는군요."
여자는 창가로 가서 커튼을 젖히고 이쪽을 보았다.
"자, 무슨 이야기예요?"
"안 됐지만 당신은 난처한 입장에 서 있어요."
"무슨 소리예요? 공갈쟁이 같으니!"
"그런데 유감스럽게도 나는 사실을 이야기하고 있습니다."
"대체 당신은 누구세요?"

"메이슨이라고 하는 사람입니다."
"형사?"
"아니, 변호사요."
"쳇!"
"나는 이바 베르타 부인의 대리인이오. 이렇게 말하면 뭐 짐작되는 게 있을 텐데요?"
"아무것도 없어요."
"아니, 그렇게 화를 내지 마십시오. 아주 조용히 대해 주십시오."
여자는 얼굴을 찡그리며 빠른 말투로 대들었다.
"나는 이렇게 아침부터 자고 있는데 방해를 당하는 건 아주 싫어해요. 그리고 당신처럼 남의 방에 함부로 들어오는 사람도 아주 싫어하고요."
메이슨은 그 불평에는 귀도 기울이지 않고 지나가는 말처럼 물었다.
"당신은 프랭크 록이 〈스파이시 비츠〉의 주인이 아니라는 것을 알고 있습니까?"
"프랭크 록이란 대체 누구에요? 〈스파이시 비츠〉란 뭐지요?"
메이슨은 웃기 시작했다.
"프랭크 록은 당신이 일주일 걸러 한 번씩 받고 있는 〈스파이시 비츠〉의 수표장에 서명해 온 남자요."
"당신은 꽤 머리가 잘 돌아가는군요!"
여자가 감탄해서 말했다.
"나는 발이 넓소."
"그래서 그것이 어쨌다는 거예요?"
"록은 로봇에 불과합니다. 진짜 주인은 베르타라는 사람입니다. 록은 베르타가 시키는 대로 해 왔지요."

여자는 크게 두 팔을 벌리며 하품을 했다.
"그래서 그것이 나와 무슨 관계가 있어요? 저, 담배 없어요?"
메이슨은 담배를 여자에게 내밀었다. 그가 성냥불을 켜 주었을 때 여자는 그의 곁으로 다가왔으나, 그대로 훌쩍 그 곁을 떠나 침대 위에 두 다리를 올려놓고 앉아 무릎을 안았다.
"자, 마음대로 이야기하세요. 당신이 돌아가 주기까지 나는 잘 수 없을 것 같으니까."
"오늘은 이제 어차피 자지 못합니다."
"그럴까요?"
"그럴까요라니, 그 문 밖에 아침 신문이 놓여 있소. 그걸 볼 생각도 없습니까?"
"왜요?"
"조지 C. 베르타 살인 사건의 기사가 나 있으니까."
"나는 아침 식사하기 전에 살인 기사를 읽는 걸 좋아하지 않아요."
"그러나 이 기사만은 읽고 싶을 겁니다."
"그래요? 신문 좀 가져다 주시겠어요?"
메이슨은 머리를 내저었다.
"안 됩니다. 신문은 당신이 가져와요. 그렇지 않으면, 내가 문을 여는 순간 무슨 일이 일어나 내가 방에서 쫓겨나면 곤란하니까."
여자는 아무렇지 않은 얼굴로 담배 연기를 내뿜으면서 일어나 문으로 가서 열고 신문을 집었다.
톱 기사로 화려하게 살인 사건이 나 있었다. 여자는 침대로 돌아와서 다시 한 번 두 발을 침대 위에 올려놓고 책상다리를 하고서 그 기사를 읽었다. 읽으면서도 그녀는 줄곧 담배를 피웠다.
"아무튼 나에게 이것이 나의 젊은 인생과 무슨 관계가 있는지 모르겠어요. 어느 아저씨가 총 한 방에 당했군요. 불쌍하지만 역시 당할 이유가 있었겠지요."

"그렇소, 이유가 있었소." 메이슨이 대답했다.

"그런데 왜 그 때문에 내 단잠이 방해받지 않으면 안 되나요?"

"조금만 더 머리를 쓰면 당신도 알 것 같은데요."

메이슨은 참을성있게 설명했다.

"베르타 씨의 유산은 모두 베르타 부인이 관리하게 되었는데, 내가 그 베르타 부인의 대리인이라는 일이⋯⋯."

"그래서요?"

"당신은 프랭크 록을 이용하여 왔소. 그리고 록은 그 협박에 돈을 치르기 위하여 〈스파이시 비츠〉의 특별 예금을 가로채 왔소. 그 특별 예금은 정보를 사기 위해 사용되도록 허용되어 있는 계좌입니다. 록은 그것을 이용해서 당신에게 지불하고 있었소."

"나는 죄가 없어요."

신문을 마룻바닥에 내던지면서 여자는 말했다.

"그 일에 대해서는 아무것도 몰랐으니까요."

메이슨은 웃기 시작했다.

"협박했다는 이야기는 어떻습니까?"

"무슨 말인지 나는 전혀 모르겠어요."

"천만에, 잘 알고 있을 거요, 에스타. 당신은 그 조지아의 일로 록을 협박하고 있지 않았소?"

이 한마디가 그녀의 마음을 찔렀다. 여자는 비로소 얼굴빛을 달리했다. 눈에는 크게 놀라는 빛이 보였다.

메이슨은 좋은 기회다 싶어 말을 계속했다.

"그건 그다지 칭찬할 만한 일이 못되지요. 무서운 죄를 돈으로 감추는 것은 이 나라에서는 범죄입니다. 알고 있지요?"

여자는 긴장해서 메이슨의 태도에 마음을 쓰는 듯했다.

"당신은 형사가 아니지요? 변호사라고 했지요?"
"단순히 변호사입니다."
"알았어요. 당신은 뭔가 필요한 거지요?"
"됐어, 겨우 정직하게 이야기를 하기 시작했군요."
"말하는 게 아니라 묻고 있는 거예요."
"당신은 지난밤에 프랭크 록을 만나고 있었소."
"누가 그렇게 말했지요?"
"내가. 당신은 록과 함께 밖으로 나갔고 또 함께 이곳으로 와서 록은 밤 내내 여기 있었소."
"나는 자유로운 백인이고 21살이나 되었어요."
여자는 말했다.
"그리고 여기는 내가 사는 곳이에요. 내가 남자 친구를 대접하는 것은 내 자유라고 생각하는데요."
"물론. 다음 문제는 당신이 자기 빵의 어느 쪽에 버터를 바르고 있는지 알고 있을 만한 상식이 있는가 없는가 하는 거요."
"그건 무슨 뜻?"
"지난밤에 이 방에 돌아와서 당신은 뭘 했습니까?"
"여러 가지 이야기를 했어요, 물론."
"그건 좋소. 당신은 여기로 마실 걸 가져오게 하여 마시고 지껄이고, 그러다가 잠이 와서 자 버렸소."
"누가 그렇게 말하던가요?"
"내가. 이건 당신이 이제부터 말하려는 것이지요. 당신은 잠이 와서 자 버렸지요?"
여자는 주의깊은 눈빛이 되었다.
"그건 어떤 뜻이지요?"
메이슨은 학생에게 가르쳐 주는 선생 같은 말투로

"당신은 피곤하기도 하고 술에 취하기도 했소. 11시 45분쯤에 잠옷으로 갈아입고 자버렸소. 그러니까 그 뒤에 무슨 일이 일어났는지 모르는 거요. 프랭크 록이 몇 시에 여기를 나갔는지도 모르고요."
"내가 갔다고 하면 나에게 어떤 이득이 있나요?"
메이슨은 아무렇지도 않은 말투가 되었다.
"그렇소. 베르타 부인은 만일 내가 말한 것처럼 당신이 자 버렸다고 하면 그 횡령죄를 눈감아 주지 않을까요?"
"하지만 나는 자지 않았어요."
"잘 생각해 보는 게 좋을 거요."
여자는 눈을 크게 뜨고 메이슨의 마음속을 꿰뚫어보려는 듯 쳐다보면서 아무 말도 하지 않았다.
메이슨은 전화 있는 데로 가서 폴 드레이크 탐정 사무소의 번호를 댔다.
"누군지 알겠지, 폴?"
드레이크가 전화에 나오자 메이슨이 말했다.
"뭐 좀 알아냈나?"
"응, 대강의 것은 잡은 셈일세."
"말해 주게."
"여자는 사반나의 미인대회에서 우승했어."
드레이크가 말하기 시작했다.
"그때는 아직 미성년이었어. 같은 아파트에 또 한 여자가 살고 있었는데, 어떤 남자가 그 여자와 일을 저질러서 마침내 여자를 죽였어. 남자는 그 죄를 벗으려고 도망쳤지. 그러나 곧 붙잡혀서 재판을 받았는데, 문제의 여자는 공판의 맨 마지막 순간에 증언을 번복해서 남자에게 유리한 증언을 했어. 남자는 제1심에서는 배심에서 미결이 되었는데, 제2심이 시작되기 전에 도망쳤어. 그래서 녀석은 지금도 도주범일세. 이름은 세실 도손. 지금 나는 그 남자의 인상이며 지문을 조사하고 있는데 그밖에도 더 캐낼 수 있을지 모르겠네. 아무래도 그가 자네가 찾고 있는 사람 같은 생각이 드는군."
"좋아."
메이슨은 그야말로 얘기했던 대로인 것처럼 장단을 맞췄다.
"바로 이쪽이 바라고 있던 대로야. 그대로 해주게. 조금 있다가 다시 연락하겠네."
전화를 끊고 여자에게 돌아앉았다.
"어떻습니까, 마음은 정해졌습니까?"
"아니에요. 아까 말한 대로예요. 나는 마음이 변하지 않아요."
메이슨은 찬찬히 여자를 보면서 느릿느릿 말하기 시작했다.
"아무래도 이상한 것은 이야기가 협박 이전으로 거슬러 올라간 것 같은데요. 이를테면 당신이 증언을 번복해서 도손에게 미결 배심을 받을 기회를 주었던 때까지 올라가야 할 것 같군요. 도손이 조지아에 끌려가 그 살인 혐의로 다시 한번 심의를 받게 되면, 당신이 여기서 그 남자와 함께 있으면서 문제의 수표를 받았다는 일이 알려지겠지요. 그러면 당신의 위증 혐의는 몹시 짙어지겠지."
여자의 얼굴에서 핏기가 사라졌다. 눈을 크게 뜨고 하늘을 보고 있다. 턱이 축 늘어지고 입이 벌려져 괴로운 듯 그 입으로 숨을 쉬고 있었다.
"아, 어떻게 하지?"
여자가 말했다.
"확실히 당신은 지난밤에 자고 있었소." 메이슨이 말했다.
여자는 그를 보면서 말했다.
"그랬다면 어떻게 되는 거지요?"

"그야 알 수 없지요."

메이슨이 말했다.

"내가 어떻게 알겠소? 누군가 다른 사람이 조지아의 사건을 떠들어대지 않을지 어떨지는 나로서도 알 수가 없소."

"좋아요, 나는 갔어요."

메이슨은 일어나서 문 쪽으로 걸어갔다.

"나 말고는 이 일을 알고 있는 사람이 없다는 것을 먼저 알고 있는 게 좋겠소. 만일 록에게 내가 온 일이며 내가 말한 의논 같은 것을 이야기하면 어디로 도망을 치든지 벗어날 길은 없소."

"엉터리 같은 말은 하지도 마세요. 나도 이제 이런 일에는 아주 싫증이 났어요."

여자가 대답했다.

메이슨은 방을 나와서 밖에서 문을 닫았다.

그리고 나서 자기 차를 몰아 소울 스타인벡의 전당포로 갔다.

스타인벡은 몸집이 뚱뚱한 유대인으로 번뜩이는 날카로운 눈을 하고 있다. 비로드 두건을 쓰고 두꺼운 입술을 쉴새없이 움직거리며 웃고 있었다.

페리 메이슨의 모습을 보자 그는 반갑게 맞이했다.

"아, 어서 오십시오. 이거 얼마만입니까?"

메이슨은 그와 악수를 나누었다.

"오랫만이오, 소울. 그런데 내게 좀 어려운 일이 생겼소."

전당포 주인은 고개를 끄덕이고 손을 비비며 말했다.

"어려운 일이 생겼을 때는 언제든지 소울 스타인벡의 가게로 오십시오. 어떤 어려운 일인데요?"

"한 가지 당신이 해줘야 할 일이 있소."

비로드 두건이 힘있게 끄덕이며 움직였다.

"그야 무엇이든지 내가 할 수 있는 일은 모두 해드리지요. 장사는 장사니까 장사일로 오셨다면…… 그리고 장사가 될 일로 와 주셨다면, 두말할 것 없이 장사에 맞게 해드립지요. 그러나 장사를 떠나서의 이야기라면, 그건 또 그것대로 무엇이든지……."
메이슨은 장난기어린 눈을 빛냈다.
"이건 장사요, 소울. 아무튼 해 주기만 한다면 50달러가 생길 테니 말이오. 단 밑천은 한 푼도 들지 않소."
뚱뚱보 주인은 큰소리로 웃기 시작했다.
"바로 그런 장사가 나는 좋아요. 한 푼의 밑천도 들이지 않고 50달러가 남는 일이라면 좋은 장사임에 틀림없지요. 무얼 하면 됩니까?"
"당신이 판 권총의 기록부를 좀 보여 주시오."
주인은 카운터 밑에서 손때가 묻은 조그만 장부를 찾아서 꺼내놓았다. 그곳에는 판 무기의 형과 조립, 번호, 산 사람의 이름, 산 사람의 서명 등이 적혀 있었다.
"이거로군" 하고 스타인벡은 장부의 기록을 들여다보았다.
"이것이 어떻게 됐는데요?"
"오늘이나 내일 사나이를 하나 여기로 데리고 오겠소. 그러면 그 사나이를 보는 즉시 당신은 힘있게 고개를 끄덕이며 '맞아, 이 사람이다, 이 사람이야. 이 사람임에 틀림없어'라고 말해 주오. 내가 분명히 이 사람에 틀림없느냐고 물으면 당신은 점점 더 틀림없다고 힘있게 말해 주는 거요. 상대방은 아니라고 할 테지만 그러면 그럴수록 당신은 더욱 강조하여 틀림없다는 말을 계속하는 거요."
소울 스타인벡은 두꺼운 입술을 다물었다.
"그건 좀 큰일이 되는 게 아닐까요?"
메이슨은 머리를 저었다.

"그야 법정에서 그렇게 말하면 큰일이 될지도 모르지만 당신은 법정에서 그럴 필요는 없소. 내가 데리고 오는 사나이에게 말고는 아무에게도 말하지 않아도 되는 거요. 또 그것이 무슨 일인지 당신은 물을 필요가 없소. 다만 당신은 이 사람이 틀림없다는 말만 하면 되는 거요. 그 뒤에 당신은 이 총기 기록부를 여기에 놓아둔 채 내 곁을 떠나 가게 안으로 들어가 버리면 그만이오. 알겠소?"
"네, 네. 잘 알겠습니다. 다만 한 가지 모를 일이 있는데……."
"뭐요?"
"50달러 이야기는 어떻게 되는 건지 그걸 모르겠습니다."
메이슨은 바지 주머니를 툭툭 치며 "여기 있소, 소울" 하고 지폐를 꺼내 그 속에서 50달러를 세어 전당포 주인에게 주었다.
"누구든 좋으니 선생님과 함께 온 사람에게 그렇게 하라, 이 말이지요."
"누구든 나하고 함께 온 사나이오. 나는 노리고 있는 상대를 잡지 않는 한 이곳에 오지 않소. 왔을 때는 조금 연극도 하겠지만 당신은 내가 하는 연극에 따라 해 주면 되는 거요, 알겠소?"
전당포 주인은 50달러 지폐를 정성스레 접고 있었다.
"선생님, 선생님이 무슨 일을 하시든 나는 아무 소리 않겠습니다. 약속한 대로의 말을 큰소리로 하지요, 마음놓으십시오."
"고맙소. 본인이 왔을 때 마음이 흔들리면 안 되오."
비로드 두건을 쓱 비틀어 소울 스타인벡은 절대 문제없다고 약속했다.
페리 메이슨은 휘파람을 불면서 가게 밖으로 나왔다.

14

편집국장의 책상 앞에 앉은 프랭크 록은 페리 메이슨을 뚫어지게 바라보았다.
"많은 사람이 자네를 찾고 있다고 들었는데."
"누구?" 페리 메이슨은 가볍게 되물었다.
"신문기자, 경찰, 탐정, 굉장해."
"모두들 만나고 왔어."
"오늘 오후에?"
"아니, 어젯밤이야. 왜?"
"아무것도 아니네."
록은 대답했다.
"다만 어젯밤과 지금은 자네를 찾고 있는 뜻이 다른 모양이야. 뭐, 나에게 볼일이라도 있나?"
"자네에게 알릴 일이 있어서 잠깐 들른 거네. 이바 베르타가 남편의 유산에 대한 유산관리권의 신청을 냈어."
"그것이 나와 무슨 관계가 있지?"
록이 밀크 초콜릿 빛 눈으로 페리 메이슨을 바라보면서 물었다.
"따라서 이제부터 이바 베르타가 모든 일의 지휘를 맡게 되네. 따라서 자네는 내 명령에도 또한 따라야 하는 거네. 우선 맨 처음에 해주어야 할 일의 하나는 비티웃 인 사건에 관한 조사를 일체 멈추는 일이야."
"허어, 그런가?"
록은 비웃음을 가득 담고 말했다.
"그렇네." 메이슨이 힘주어 말했다.
"자네 같은 사람을 낙천가라고 하나 보군."
"그럴지도 모르지. 그러나 그렇지 않을지도 몰라. 거짓말이라고 생각되면 이바 베르타에게 전화를 걸어 보게."
"나는 이바 베르타에게 전화를 걸 의무가 없어. 누구에게도 걸 의무가 없네. 이 신문은 내가 하고 있어."
"이제 와서 그런 말을 할텐가?"
"아, 그렇지."
"좋아, 그렇다면 너무 많은 사람들이 듣고 있지 않는 데서 말한다면 다시 한 번 말해보아도 좋은데."
메이슨은 말했다.
"저번에 말했을 때보다 조금 나은 소리라면 모르지만 그렇지 않다면 나는 여기를 나가고 싶지 않은걸."
"그런가. 잠깐 산책하지 않겠나, 록. 그리고 어떻게든 이야기가 될지 안 될지 이야기해 보지 않겠나?"
"왜 여기선 안 되나?"
"이 방에 와 있을 때의 내 기분을 알겠지? 나는 마음을 놓을 수가 없네. 그럴 때 나는 말을 잘 할 수 없지."
록은 잠깐 동안 망설이고 있었으나 결국 수그러들었다.
"좋아, 15분 이상은 안 되네. 이번엔 진지한 이야길 하는 거야."
"그래, 진지하게 하지."
"그럴 텐가, 나는 언제든지 뒤로 물러서지는 않아."
록은 모자를 쓰고 메이슨과 함께 밖으로 나왔다.
"택시를 타고 조금 달리다가 마땅한 곳이 있으면 거기서 내려 이야기할까?" 록이 말했다.
"응, 어쨌든 저쪽까지 가서 모퉁이를 하나 돈 다음 타세. 나는 대기시켜 놓은 택시를 타는 것은 싫으니까 말이야."
록은 얼굴을 찡그렸다.
"이봐, 이젠 그런 되지도 않는 소린 집어치워, 메이슨! 나이를 생각해! 나는 필요가 있을 때는 회사 안에서의 대화를 녹음해 두었다가 그것을 증거로 쓸 때도 있지. 그러나 회사 밖에서까지 녹음장치를 해서 자네의 말을 들으려고 고생을 하지는 않아. 자네의 빌딩 꼭대기에서 뭐라고 고함치든 달라질 게 없네."
메이슨은 머리를 흔들었다.
"싫네. 내가 일을 할 때의 방법은 하나밖에 없어."
록은 화를 냈다.
"그 방법이 나는 마음에 들지 않네."
"으음, 마음에 들지 않는다는 사람이 많지."
메이슨은 록의 말을 인정했다.
록은 그대로 서 버렸다.
"이런 짓을 해보아도 별수 없지 않은가, 메이슨. 나는 회사로 돌아가겠네."
"돌아가면 후회해."
록은 잠깐 망설였으나 결국 어깨를 으쓱해 보였다.
"그래 좋아, 가 보세. 어차피 여기까지 왔으니 가자는 데까지 가주지."
메이슨은 록과 함께 걸어서 소울 스타인벡의 가게까지 왔다.
"잠깐 여기 들르세" 하고 메이슨은 말했다.
록은 곧 이상하게 생각하며 힐끗 메이슨을 보고 말했다.
"이런 데서는 이야기할 수 없지 않은가."
"이야기 같은 것을 하지 않아도 좋네. 잠깐 들어갔다 바로 나와도 돼."
"대체 이건 무슨 장난인가?"
록이 물었다.
"무슨 소리야, 아무튼 들어가세."
메이슨이 초조하게 말했다.
"의심이 많은 건 어느 쪽인가?"

록은 조심스럽게 주위를 살펴보며 안으로 들어갔다.

소울 스타인벡이 안쪽 방에서 얼굴 가득히 웃음을 띠고 손을 비벼대며 나왔다. 메이슨을 보자

"아, 오셨습니까, 무슨 일로" 하다가 프랭크 록을 보았다.

유대인으로서 연기력이 부족하고 감정을 잘 나타내지 못하는 사람은 아주 드물다.

소울 스타인벡의 얼굴은 급기야 훌륭한 표정의 변화를 보였다. 웃던 얼굴이 곧 놀라움으로, 그리고 알아보겠다는 표정으로 바뀌었다. 그런 얼굴 표정은 이어서 무서운 단정적인 표정으로 자리를 옮겼다. 집게손가락을 부들부들 떨어대면서 곧바로 록을 손가락질했다.

"그, 그 사람예요."

메이슨의 목소리는 날카로웠다.

"잠깐 기다려요, 소울. 적당히 말을 하면 안 되오."

전당포 주인의 혀가 매끄럽게 돌아갔다.

"적당히라뇨? 자기가 본 사람을 말하는 데 잘못이 있겠습니까. 이번에 만나면 알겠느냐고 선생께서 물었을 때 '네, 알겠습니다' 하고 저는 대답했어요. 지금 이 사람을 보고 다시 한번 분명히 말씀드리죠. '압니다'라고요! 이 사람이에요! 이 사람입니다! 이 이상 확실한 일이 있습니까? 이 사람, 이 사람, 이 사람이 틀림없어요. 누가 뭐래도 틀림없어요. 어디서 만나도 이 얼굴은 알아볼 수 있어요. 이 코, 이 눈빛, 나는 모두 기억하고 있어요!"

프랭크 록은 재빨리 몸을 돌려 문으로 향했다. 입술이 더듬거리고 있었다.

"이봐, 이건 대체 무슨 속임수인가? 어떤 함정에 날 집어넣으려는 거야? 이런 짓을 해서 무슨 소용이 있나? 이상한 짓을 하면 이편에도 생각이 있어!"

"글쎄, 침착하게." 메이슨은 록에게 말하고 전당포 주인에게 "소울, 그처럼 틀림이 없다면 증언대에 서서 아무리 반대 신문을 받아도 증언을 번복하지 않을 자신이 있는 거요?"
소울은 턱 밑에서 두 손을 벌려 보이면서 대답했다.
"이 이상 확실한 일이 있습니까? 네, 증언대에 불러내고 싶으면 불러내세요. 10명의 변호사가 덤벼들더라도, 백 명의 변호사에게 반대 신문을 당하더라도 나는 같은 말을 합니다."
프랭크 록이 말했다.
"나는 이런 사나이는 본 일이 없어."
소울 스타인벡의 웃음은 짓궂었으며 명쾌하고도 그럴 듯한 연기였다.
록의 이마에 땀방울이 맺혔다. 그는 메이슨을 향해서 질책했다.
"이건 뭐야? 대체 어떤 새로운 속임수야, 이건?"
메이슨은 정색을 하고 머리를 흔들었다.
"내가 다루고 있는 사건의 한 부분일세. 증거 찾기야. 그뿐일세."
"무슨 증거를 위해서?"
"자네가 권총을 샀다는 사실이지."
일부러 소리를 낮춰 말했다.
"뭐라고, 이 녀석, 제정신이야?"
록은 소리쳤다.
"나는 지금까지 살아 오는 동안 한 번도 권총 같은 건 산 일이 없어. 이 가게에 한 번도 들어온 일이 없어. 이 가게를 본 일도 없고, 첫째, 권총 따위는 갖고 다닌 일이 없단 말일세!"
메이슨은 스타인벡에게 말했다.
"자네 가게의 총기 기록부를 보여 주지 않겠나, 소울. 그리고 나에게 맡겨 주게. 내가 말을 할 테니까."

스타인벡은 조그만 장부를 건네주고, 우물쭈물하더니 안으로 들어갔다.

메이슨은 장부를 펴서 32콜트 자동권총이 적혀져 있는 곳을 가리켰다. 그리고 권총의 번호가 반쯤 가려지게 거기에다 슬쩍 손을 얹고 집게손가락으로 '32콜트, 자동권총'이라고 적혀 있는 데를 가리키고, 그 난에 기입되어 있는 어떤 사람 이름으로 손을 가져갔다.

"자네는 이 이름을 서명한 것을 부정하겠지?"

록은 아예 상대를 하지 않고 그 자리를 떠나려고 했으나 어쩔 수 없는 호기심에 붙잡혔다. 그는 몸을 내밀었다.

"물론 나는 서명한 것을 부정하네. 나는 이 가게에 들어온 일이 없어. 지금의 그 사나이를 본 일도 없네. 여기서 총을 산 일도 없고 그 기록부에 서명한 적도 없어."

메이슨은 참을성있게 말했다.

"이것이 자네 서명이 아닌 것은 나도 알고 있네. 그러나 자네는 이것을 쓴 일이 없다고 할 셈인가. 조심해서 대답하게, 그것과 이것과는 큰 차이가 있으니까."

"물론 나는 쓰지 않았어. 대체 무슨 꿈을 꾸고 있나?"

"경찰은 아직 모르고 있지만 바로 이 권총이 지난밤에 조지 베르타를 살해한 권총이라네."

록은 마치 머리 한가운데를 세게 얻어맞은 것처럼 움찔했다. 밀크 초콜릿 빛 눈이 커다랗게 미칠 듯 열려졌다. 이마의 땀은 한층더 두드러졌다.

"그래, 너는 그런 날조를 생각하고 있었더란 말이냐?"

"아니, 기다려, 록. 노를 잘못 젓지 말게. 나는 이 이야기를 가지고 경찰서에 가도 좋겠지만 가지 않았어. 나는 내 방법으로 하고 있네. 나는 자네에게 기회를 주고 싶었어."

"허튼 짓하지 말아. 이런 치사스러운 날조를 나에게 덮어씌우려면 너나 유대인 전당포 주인만으로는 어림도 없어."
록은 부르짖듯 말했다.
"이 일만으로도 나는 모두 폭로해 버릴 거야!"
메이슨은 다시 부드러운, 참을성있는 말투로 돌아갔다.
"아무튼 어딘가에 가서 잠시 이야기하세. 나는 아무도 듣지 않는 데서 이야기하고 싶네."
"자네는 이 날조를 위해 나를 여기까지 끌고 왔어. 자네와 함께 걸은 것은 내가 이런 꼴을 당하기 위해서가 아닌가. 이제 하고 싶은 대로 해!"
"여기 끌고 온 것은 소울에게 자네 얼굴을 보이기 위해서였네. 그것뿐이야. 주인은 다시 한 번 보고 틀림없이 그 사람이라면 알아본다고 했어. 그래서 확인할 필요가 있었네."
록은 문 쪽으로 뒷걸음질쳤다.
"이거야말로 어처구니없는 날조야. 이런 이야기를 경찰에 가져가면 경찰은 많은 사람을 세워 놓고 얼굴을 보일 거야. 그리고는 그 사람이 나를 알아볼지 어떨지 시험할 거야. 그런데 자네는 그렇게 하지 않고 나를 이리로 끌고 왔어. 여기 주인한테 자네가 돈을 써서 이런 연극을 꾸미지 않았다고 누가 말할 수 있지?"
메이슨은 웃기 시작했다.
"자네가 경찰에 가 준다면 많은 사람을 세워 놓고 여기 와 주도록 하지. 그래도 소울은 자네를 알아볼 테니까 말이네."
"당연하지. 이렇게 해서 나를 보여 줬으니 말이야."
"아무튼 이러고 있어 봐야 무엇하겠나. 밖으로 나가세."
그는 록의 팔을 끼고 전당포를 나왔다.
길로 나오자 록은 무서운 얼굴로 메이슨에게 말했다.

"이제 자네와는 다시는 만나지 않겠어. 뭐라고 하건 대답하지 않겠어. 나는 회사로 돌아가겠네. 자네는 가고 싶은 데로 마음대로 가게!"

"그건 그다지 현명한 방법이 못 돼, 록" 하고 메이슨은 다시 록의 팔을 끼며 말을 이었다. "하지만 그렇잖은가, 자네에겐 범죄의 동기나 기회가 모두 갖추어져 있으니 말야."

"허, 그런가? 동기라는 건 뭐야? 가르쳐 주었으면 좋겠는데."

"자네는 임시 지출의 자금을 유용하고 있었어. 그것이 밝혀질까봐 자네는 두려워하고 있었지. 베르타는 자네의 사반나 사건을 아주 잘 알고 있었으니까. 자네는 그 사나이에게 거역할 수가 없었겠지. 사실 마음만 있다면 베르타는 자네를 다시 한 번 살인범으로 만들 수 있었으니까. 그래서 그 집에 가서 그 사나이와 다투고, 죽인 거야."

록은 메이슨의 얼굴을 바라보았다. 이젠 걸을 수도 없어 나무 등걸처럼 서 있었다. 얼굴은 창백해지고 입술은 떨리고 있었기에 무슨 말을 하려고 해도 나오지 않았다.

메이슨은 얄미우리만큼 아무렇지도 않게 이야기를 계속하고 있었다.

"그런데 나는 공명정대하게 하고 싶네, 록. 그리고 나는 그 유대인이 거짓말을 하고 있다고는 생각지 않아. 이것이 만일 날조라면 자네는 유죄가 될 염려는 없겠지. 어떤 사람이 유죄 판결을 받으려면 논리에 맞는 이상한 점 이상으로 확실한 증거가 없어서는 안 되니 말일세. 자네가 한 가지만이라도 논리에 맞는 이상한 점을 내보일 수 있다면 배심원은 무죄 판결을 내릴 의무가 있네."

록은 겨우 말을 할 수 있게 되어 물었다.

"자네는 어디서 그런 생각을 했나?"

메이슨은 어깨를 으쓱했다.

"나는 이바 베르타의 변호인이야, 그뿐일세."

록은 비웃어 주려고 했지만 그 웃음은 얼굴에 잘 떠올려지지 않았다.

"그렇다면 그 여자도 한편인가! 자네는 그런 두 다리 걸치기를 하는 못된 여자와 손을 잡고 있나!"

"그 여자는 나의 의뢰인일세. 자네가 하는 말이 그런 뜻이라면 말일세."

"그런 뜻으로 한 말이 아니네."

메이슨의 목소리가 날카로워졌다.

"그렇다면 입을 조심하는 게 좋을 걸세. 지나가는 사람들이 자네를 보고 있지 않나."

록은 애써서 자기의 감정을 억눌렀다.

"이봐, 메이슨. 나는 자네가 무슨 일을 꾸미고 있는지 모르지만, 지금 곧 그 속셈을 쳐부수어 보이겠네. 나에게는 지난밤 살인이 일어난 시간에 무엇을 했는지 절대 철벽같은 알리바이가 있어. 자네의 입장을 알려 주기 위해 알리바이를 한 번 탕 쏘아서 보여줄까?"

메이슨이 어깨를 으쓱했다.

"좋아, 정말 쏘아 보게."

록은 거리를 살펴보더니 말했다.

"좋아, 그럼 택시를 잡겠네."

"좋아, 택시를 잡게."

한 대의 택시가 록의 손짓에 따라 길가에 와서 섰다.

"호일라이트 호텔" 하고 록은 명령하면서 차에 들어앉아 쿠션에 기댔다. 그는 손수건으로 이마의 땀을 닦고 떨리는 손으로 담배에 불을 붙이며 메이슨에게 말했다.
"이봐, 자네도 세상을 아는 남자야. 이제부터 나는 자네를 내 젊은 아내에게 데리고 가겠네. 그녀의 이름을 이 사건에 관련시키고 싶지 않네. 자네가 무슨 일을 꾸미고 있는지는 모르지만 나는 다만 자네가 날조를 하려 해도 소용없다는 것을 가르쳐 주려는 것뿐이네."
"자네는 공연히 날조라는 것을 증명할 필요는 없네, 록. 자네에게 필요한 것은 이치에 들어맞는 이상한 일을 찾아내는 일뿐이야. 자네가 이치에 맞는 이상한 일을 찾아올 수만 있다면 배심원들이 어떻게 자네를 유죄로 만들 수 있겠나?"
록은 담배를 차 바닥에 던져 버렸다.
"시끄러워. 이제 그 말은 그만둬! 나는 자네의 속셈을 다 알고 있어. 자네도 물론 알고 있겠지. 자네는 내 신경을 자극해서 나를 초조하게 만들자는 거겠지. 이렇게 마구 쑤셔대서 무슨 소용이 있겠나? 뭔가를 나에게 뒤집어씌울 작정인 모양인데 나는 그런 속임수에 넘어가지 않아."
"이것이 날조라면 뭘 그렇게 귀찮아하는가?"
"자네가 아까 끄집어낸 한 가지가 마음에 걸린단 말일세."
"아, 그 사반나 사건?"
록은 저주의 말을 퍼붓고는 얼굴을 돌려 차창 밖을 내다보았다.
메이슨은 길거리의 사람들이며 건물의 현관이며 진열장의 장식들에 정신을 빼앗긴 태도로 느긋하게 자리에 앉아 있었다.
한 번 록은 무슨 말을 하려다가 생각을 바꾸어 다시 입을 다물어 버렸다. 그의 얼굴빛은 처음대로 되돌아가지 않았다. 밀가루풀같이 창백했다.
택시는 호일라이트 호텔 앞에서 멈추었다.

록이 차에서 내리고 메이슨에게 운전사를 가리켜보았다.
메이슨이 고개를 저었다.
"아니, 이건 자네가 주인공일세, 록. 택시를 타라고 한 것은 자네가 아닌가."
록은 주머니에서 돈을 꺼내어 그것을 운전사에게 던져주고는 호텔 현관을 들어섰다. 메이슨이 뒤를 따랐다.
록은 곧 엘리베이터로 가서 안내에게 "9층" 하고 말했다.
엘리베이터가 멎자 그는 밖으로 나가 곧바로 에스타 린튼의 방으로 향했다. 메이슨이 따라오는지 어떤지 보지도 않았다. 문을 두드리고 "이봐, 나야" 하고 불렀다.
에스타 린튼이 문을 열었다. 그녀의 옷은 분홍빛 비단 속옷이 훤히 보일 만큼 앞을 터놓고 있었다. 메이슨을 보자 급히 앞을 여미고 뒤로 물러섰다. 눈을 크게 뜨고 있었다.
"무슨 일이에요, 프랭크?" 하고 그녀가 물었다.
록은 여자 앞을 지나서 방으로 들어갔다.
"자세한 것을 설명할 틈이 없는데, 아무튼 지난밤의 일을 이 남자에게 이야기해 주었으면 좋겠어."
여자는 눈을 떨구고 물었다.
"그건 어떤 뜻이에요, 프랭크?"
록의 목소리는 거칠어졌다.
"그만둬, 내가 말하는 뜻을 알고 있지 않아! 나의 처지가 난처하게 되어 있어. 당신이 깨끗이 털어놔 주면 좋겠어."
여자는 눈꺼풀을 깜박거리면서 록을 보았다.
"모두 얘기해요?" 그녀가 물었다.
"그래 모두." 록이 대답했다.
"이 사나이는 경찰관이 아냐. 무언가 날조해서 나를 골탕먹이려는 엉터리야."

여자는 낮은 목소리로 말했다.

"우리들은 함께 나갔어요. 그 뒤에 이리로 돌아왔어요."

"그리고서 어떻게 했지?"

록이 다그쳐 물었다.

"나는 옷을 벗었어요."

여자는 중얼거렸다.

"그리고는?" 록이 재차 다그쳤다.

"말해 줘. 모두 가르쳐 줘. 잘 들리게 말이야!"

"나는 침대에 들어갔어요, 그리고 두 잔쯤 술을 마셨어요."

"그게 몇 시였습니까?"

메이슨이 물었다.

"11시 반이었다고 생각돼요."

록이 눈을 크게 떴다.

"그 뒤로 어떻게 됐지?"

여자는 머리를 저었다.

"전 오늘 아침에 일어났을 때 굉장히 머리가 아팠어요. 프랭크. 그리고 물론 내가 잠들었을 때는 당신이 여기 있었던 걸 알고 있어요. 그렇지만 당신이 몇 시에 돌아갔는지 아니면 돌아가지 않았는지 아무것도 몰라요. 나는 침대에 들어서자 곧 잠들어 버렸으니까요."

록은 여자로부터 떨어져서 방 한구석으로 가 섰다. 마치 다른 두 사람으로부터 폭력을 당하는 것을 막기라도 하려는 듯이.

"못된 계집 같으니, 나를 잘도 속이고서……."

메이슨이 막았다.

"숙녀에게 그런 말을 해서 쓰나."

록은 불같이 성나 있었다.
"이런, 제기랄! 너는 이 여자가 숙녀도 아무것도 아니라는 걸 몰라!"
에스타 린튼은 화난 듯이 록을 쏘아보았다.
"그런 말을 해도 아무 소용없어요, 록. 만일 당신이 사실대로 말해 주기를 바라지 않았다면 왜 알리바이가 필요하다고 말해 주지 않았어요? 만일 내가 거짓말을 해주기 바랐다면 왜 저한테 미리 알려주지 않았느냔 말예요? 그렇다면 뭐든지 당신이 바라는 대로 말해 주었을 텐데…… 그렇지만 당신은 사실대로 말하라고 하니까 내가 그렇게 한 게 아니에요?"
록은 다시 저주의 소리를 퍼부었다.
"아, 이 젊은 부인께서는 지금 옷을 입고 있는 중인가보네. 너무 오래 방해하지 않는 게 좋겠군. 나는 급하니 록, 자네는 나와 함께 가든지 이 부인 곁에 남든지 마음대로 하게."
록의 목소리가 기분나쁜 울림이 섞여 있었다.
"난 여기 남겠어."
"좋겠지."
메이슨이 말했다.
"나는 여기서 전화를 좀 걸겠네."
그는 전화기 있는 데로 가서 수화기를 들고 "경찰본부" 하고 말했다.
록은 마치 구석에 몰린 쥐처럼 그것을 보고 있었다.
이윽고 메이슨은 전화에 대고 말했다.
"시드니 드럼을 불러 주십시오, 수사과입니다."
록의 목소리는 괴로운 듯이 쇳소리를 냈다.
"부탁이니 그 전화를 끊어 주게, 빨리."

메이슨은 돌아보고 부드럽고 호기심어린 눈으로 그를 살펴보았다.
"끊어줘!"
록은 소리쳤다.
"안 되겠군, 못된 녀석. 너는 내 목줄기를 쥐고 있어. 날조라는 것을 알면서도 나는 그것을 뿌리칠 수 없어. 날조라는 것은 뻔하지만 동기에 목을 디밀어오는 것이 견딜 수 없어. 나는 이제 그만이야. 동기에 따르는 증거를 제시해 오면, 배심원은 뭐라고 말하건 들어주지 않겠지."
메이슨은 수화기를 놓고 록이 있는 쪽을 보았다.
"자, 이젠 이야기가 될 것 같군" 하고 그는 말했다.
"어쩌겠다는 거야?"
"알고 있지 않나?"
록은 항복의 뜻으로 두 손을 앞으로 내밀었다.
"알았네, 그 일이라면 양해했어. 달리 또 있는가?"
메이슨은 머리를 저었다.
"지금은 아무것도 없네. 지금은 이바 베르타가 신문의 소유주라는 것만 알고 있으면 되겠지. 내 개인의 생각으로는 자네가 그녀의 마음에 들지 않을 듯한 기사를 낼 때는 먼저 그녀와 의논하는 게 좋을 것 같네. 자네네 신문은 보름에 한 번씩 나오지?"
"그렇네. 다음 호는 다음 주 목요일에 나오지."
"그 때까지는 어떤 일이 일어날지도 모르는 거야, 록."
록은 대답하지 않았다.
메이슨은 여자를 향해서 정중하게 말했다.
"방해해서 실례했습니다."
"아니, 괜찮아요."
여자는 말했다.

"이 어리석은 남자가 나에게 거짓말해 주기를 바랐다면 왜 미리 그렇게 말하지 않았을까요? 나한테 사실대로 말하라고 한 것은 대체 무슨 속셈이었을까요?"

록은 여자 쪽으로 돌아서서 다그쳤다.

"너는 거짓말을 했지 않아, 에스타! 침대에 들어가서 자지 않았던 것을 잘 알고 있으면서."

여자는 어깨를 으쓱했다.

"잠자지 않았는지도 몰라요. 그렇지만 나는 아무것도 생각해 낼 수가 없어요. 취해 버리면 다음날 아침에 아무것도 기억할 수 없는 일은 흔히 있잖아요?"

록은 뜻있게 말했다.

"흥, 그 버릇은 빨리 고치는 게 좋을걸. 병에 걸릴지도 모르니까."

여자는 화가 나서 덤벼들었다.

"당신 친구들 가운데 병에 걸린 사람이 많다는 건 알고 있어요!"

록은 창백해졌다.

"그만둬, 에스타! 너 지금 머리가 돈 거 아니야?"

"당신이야말로 그만둬요! 나는 당신 같은 사람한테 그런 말 들을 까닭이 없어요."

메이슨이 끼어들었다.

"자자, 이제 이 이야기는 끝난 거요. 록, 나가지 않겠나? 역시 자네도 나와 함께 가는 게 좋겠군. 자네한테 할 이야기가 좀더 있네."

록은 문 쪽으로 가더니 증오에 불타는 눈으로 에스타 린튼을 쏘아 보고 나서 복도로 나갔다.

메이슨은 여자 쪽은 돌아보지도 않고 밖으로 나가 문을 닫았다. 그는 록의 팔을 잡고 엘리베이터 쪽으로 데리고 갔다.

"나는 말해 두고 싶지만," 하고 록이 말했다.

"그 날조는 너무 엉성해서 우습지도 않아. 내가 골치아픈 것은 아까 자네가 말한 조지아의 일이야. 나는 그 일만은 누구에게도 목덜미를 잡히고 싶지 않네. 자네가 생각하고 있는 것은 잘못이지만, 그것은 내 인생에 있어 닫혀진 하나의 단락이지."

메이슨은 미소를 띠며 말했다.

"아니 아니, 아닐세, 록. 살인은 결코 시효에 걸리지 않네. 언제 어느 때라도 재판을 받지 않으면 안 되지."

록은 메이슨을 밀어내려고 했다. 입술이 뒤틀리고 눈이 공포로 가득차 있었다.

"나는 사반나에서 심사를 받으면 재판에 이길 수 있어. 그런데 자네가 여기서 다른 살인 사건과 연결해 내놓으면 나는 깨끗이 당해. 그건 자네도 잘 알고 있을 거야."

메이슨은 어깨를 치켜올려 보았다.

"그것은 그렇고 록, 자네는 여기에 미인을 잡아 두기 위해 특별 지출의 돈을 가로채 왔네" 하고 말하면서 지금 나온 방 쪽으로 손가락을 구부려 보였다.

"흥, 그 일은 그만두는 게 좋을걸. 이것만은 자네도 어떻게 할 수 없지. 나와 조지 베르타와의 타협은 조지 베르타 말고는 아는 사람이 없으니까. 이건 서류로 되어 있지도 않아. 두 사람 사이의 양해 사항이지."

"자, 조심해서 말하게, 록."

메이슨이 경고했다.

"지금은 이미 자네의 신문 주인이 베르타 부인이라는 것을 잊어서는 안 되네. 이 이상 돈을 지불할 마음이라면 베르타 부인과의 양해가 있어야 되겠지. 자네의 지불은 유언검인 재판소의 감사를 받아야 되는 거네."
록은 소리내지 않고 저주의 말을 하였다.
"그래, 그렇게 되는가?"
"그렇게 되는 거네."
메이슨이 말했다.
"나는 이 호텔을 나가면 자네와 헤어지네, 록. 되돌아가서 그녀를 괴롭히면 안 돼. 왜냐하면 그 여자가 무슨 말을 해도 사태는 달라지지 않으니까. 소울 스타인벡이 자네를 이 사건의 흉기를 산 남자라고 증언한 것이 옳은지 어쩐지 나는 모르네. 그러나 소울이 잘못 알았다 해도 우리들에게 필요한 것은 조지아의 검찰 당국에 한마디 알리는 일이야. 자네는 다시 재판을 받게 되겠지. 재판에 이길지도 모르고 질지도 몰라. 그러나 자네는 이 땅에서는 사라지네."
록이 이상하다는 듯이 말했다.
"이봐, 자네는 무섭고 깊은 속셈으로 말을 하고 있군. 대체 이 일의 목적은 무엇인가?"
메이슨은 부드럽게 록의 얼굴을 보았다.
"뭐 아무것도 아니네, 록. 나는 다만 의뢰인의 대리로서 이것저것 쑤셔서 어떤 일을 찾아내려고 하는 것뿐이지. 나는 탐정을 시켜서 권총의 번호를 알아냈네. 내가 경찰보다 조금 빨랐어. 녀석들은 상식적인 수속을 밟기 때문일세. 그래서 나는 살짝 한 방 쏘아 본 걸세."
록은 웃기 시작했다.
"그만두게. 누가 그걸 곧이들을 줄 아나? 그런 순진한 속임수로 나를 넘길 수 있다고 생각하나?"
메이슨은 어깨를 으쓱해 보였다.
"아, 록. 미안하게 됐네. 또 나중에 연락하지. 그동안 나는 베르타 부인의 일에서나 내 일에서나 두 가지 모두 조금이라도 비티웃 인의 일이든 또는 허리슨 박 등에 관계가 있는 일이든 언급하지 않도록 충분히 조심할 테니 말일세."

"시끄러워, 이제 그 일은 더 말하지 말게. 나는 죽을 때까지 그런 일과는 인연을 끊기로 했어. 항복한 것은 내 잊지 않지. 대체 자네는 조지아의 일을 어떻게 할 셈인가? 어쩔 생각이지?"

"나는 탐정도 아니고 공무원도 아니네. 다만 변호사일 뿐이지. 베르타 부인을 대리하고 있을 뿐이야."

엘리베이터는 호텔 로비에 두 사람을 내려놓았다. 메이슨은 현관으로 가서 택시에 손을 들었다.

"그럼 잘 가게, 록. 또 만나세."

택시가 떠나는 것을 록은 현관에 서서 빌딩 벽에 기댄 채 바라보고 있었다. 그 얼굴은 창백하고, 입술은 얼어붙은 듯한 미소로 일그러져 있었다.

15

페리 메이슨은 호텔 방에 있었다. 눈 가장자리에 검은 테가 둘러지고 얼굴은 피로로 거멓게 되어 있었다. 그러나 눈은 여전히 냉정한 정신 집중으로, 명확하게 얼굴 전체를 지배하고 있었다.

아침 햇살이 창으로 흘러들어왔다. 침대 위에는 신문이 어지럽게 흩어져 있었다. 베르타 사건이 큰 활자로 박혀 있었는데, 노련한 기자라면 세상이 깜짝 놀랄 일이 곧 일어나리라는 예감이 들만큼 다양한 각도에서 흥미롭게 다루고 있었다.

〈이그재미너〉지의 제1면은 '살인 사건으로 폭로된 로맨스'라는 큰 표제가 차지하고 있었다. 그 아래의 작은 표제에는

'피해자의 조카, 가정부의 딸과 약혼. 비밀의 로맨스를 경찰이 폭로

──베르타 집안의 유산으로 유언에 이의 신청. 상속권을 빼앗긴 미망인은 유언장 위조를 주장──경찰은 흉기 소지자의 실종을 발견──미망인의 진술로 변호사의 행방 수사.'

이들 표제는 제1면의 갖가지 기사 위에 나 있었다. 2면 아래서는 이바 베르타가 무릎을 모으고 손수건으로 눈을 가리고 있는 사진이 실려 있었다. 그 옆에는 유명한 여기자의 서명을 넣은 '경찰 신문에 눈물 흘리는 미망인'이라는 표제가 있었다.

신문을 읽고 나서, 메이슨은 상황을 모조리 머릿속에 넣었다. 경찰은 권총의 소지자를 추궁해서 피트 미첼이라는 사람을 발견했지만, 그는 사건 바로 뒤에 행방이 묘연해졌다. 그러나 미첼은 범행 시간에 완전한 알리바이가 있다. 그는 그 권총을 준 인물을 감추고 있다는 것이 경찰의 추정이다.

이름은 밝히지 않았지만 메이슨은 경찰이 허리슨 박에게 접근하고 있다는 것을 알 수 있었다. 특히 흥미를 갖고 메이슨이 읽은 것은 이바 베르타가 저도 모르게 입에 올린 진술로 해서, 경찰이 그녀를 대리하고 있는 모변호사의 행방을 찾기 시작했다는 기사였다. 이 변호사도 역시 사무실에서 갑작스럽게 행방을 감췄다. 경찰은 24시간 안에는 사건의 수수께끼를 해결할 것이고, 치명적인 한 방을 쏜 인물을 붙잡을 수 있으리라고 자신있게 장담하고 있었다.

누군가가 문을 두드렸다.

페리 메이슨은 읽고 있던 신문을 놓으며, 머리를 한쪽으로 갸우뚱하고 귀를 기울였다.

다시 두드리는 소리가 들려왔다.

메이슨은 어깨를 올리고 문가로 가서 손잡이를 돌려 문을 열었다.

델라 스트리트가 복도에 서 있었다.

그녀는 재빨리 방으로 들어오자 문을 꼭 닫고 잠그었다.

"위험하니까 오지 말라고 했는데……."
메이슨이 말했다.
델라는 뒤돌아서서 메이슨을 바라보았다. 그녀의 눈은 조금 붉어져 있고, 눈에는 검은 것이 끼어 지쳐 보였다.
"상관없어요."
그녀는 말했다.
"걱정 마세요. 전 겨우 그들을 떼놓고 왔어요. 벌써 1시간이나 술래잡기를 했거든요."
"아니야, 델라. 그 녀석들이 하는 짓은 도저히 마음을 놓을 수가 없어. 재빠르니까 말이야. 때로는 델라가 가는 곳을 밝혀내기 위해 일부러 따돌려진 체할 때조차 있을 테니까."
"아니에요, 저는 속지 않아요."
곤두선 신경으로 이야기하듯이 강조했다.
"절대, 제가 온 곳을 몰라요."
메이슨은 그녀 목소리에 히스테리가 섞여 있는 것을 알았다.
"어쨌든 와 주어서 고마워. 나는 지금 마침 좀 구술해 둬야 할 것이 있었어."
"어떤 것을요?"
"이제부터 일어나려고 하는 일이지."
델라는 침대 위의 신문 쪽을 손짓하며 조목조목 따지듯 말했다.
"소장님, 그 여자가 당신을 곤란한 입장에 몰아넣는다고 제가 말했었지요? 어제 사무소로 와서 그 서류에 서명했어요. 물론 신문기자가 몇 명이나 망을 보고 있었으니까, 바로 그 여자를 뒤쫓았어요. 그리고 형사들이 잡아서 경찰본부로 데려가 신문했어요. 그래서 그 여자가 어떻게 했는지는 알고 계시지요?"
메이슨은 고개를 끄덕였다.

"그건 그것으로서는 상관없어. 흥분하지 마, 델라."

"흥분하지 말라고요? 그 여자가 어떻게 했는지 아세요? 사건 현장에서 당신 목소리를 들었다고 진술한 거예요. 베르타가 총을 맞았을 때, 방에 있던 사람이 당신이었다고요. 그것을 말한 뒤에 기절해 보이고, 굉장한 히스테리를 일으키며 온갖 연극을 다했어요."

"괜찮아, 델라. 그것은," 하고 어린아이를 달래듯 메이슨이 말했다.

"그렇게 하리라는 것을 나는 알고 있었지."

델라는 눈을 둥그렇게 뜨고 그를 보았다.

"알고 계셨어요? 어머, 그걸 알고 있는 것은 나뿐일 거라고 생각했는데……."

그는 고개를 끄덕였다.

"그렇지, 델라는 알고 있었어. 그러나 나도 알고 있었어."

"그 여잔 생쥐예요, 거짓말쟁이예요!"

메이슨은 어깨를 치켜세우고 전화기 있는 데로 갔다. 드레이크 탐정 사무소의 번호를 대서 폴 드레이크를 불러냈다.

"이봐, 폴. 뒤를 밟히지 않게 조심해서, 호텔 리프리의 518호실로 몰래 와 주게. 속기용 노트와 연필도 한 묶음 가지고 오는 게 좋겠네. 알았나?"

"지금 말인가?"

탐정이 물었다.

"응. 지금 8시 45분인데, 연극은 9시에 막이 오를 테니까."

그는 전화를 끊었다.

델라 스트리트는 이상한 듯이 물었다.

"뭐예요, 소장님?"

"이바 베르타가 9시에 여기로 올 거야."

메이슨은 짤막하게 대답했다.
"그런 여자가 왔을 때 전 여기 있고 싶지 않아요."
델라 스트리트가 말했다.
"전 그 여자와 함께 있으면, 자신을 믿을 수 없어요. 그 여자는 처음부터 당신을 속이고만 있는걸요. 얄미워 못 견딜 지경이에요. 정말이지 생쥐같이 더러운 여자예요."
메이슨은 그녀 어깨에 손을 얹었다.
"의자에 앉아서 마음을 가볍게 가져요, 델라. 이제부터 재미있는 일막을 보여 줄테니."
문을 두드리는 소리가 났다. 손잡이가 돌려지고 문이 열리며 이바 베르타가 들어왔다.
그녀는 델라 스트리트를 보자 깜짝 놀라는 시늉을 했다.
"어머, 함께 계셨군요."
"마침내 입을 연 모양이더군요."
메이슨은 침대 위에 겹쳐져 놓여 있는 신문 쪽을 가리켜 보였다.
이바는 델라를 아랑곳하지 않고 곧바로 그의 곁으로 가더니, 두 손을 그의 어깨에 얹고 그윽이 그의 눈을 올려다보았다.
"페리, 전 지금까지 이렇게 허망한 기분을 가져 본 일이 없어요. 어떻게 해서 그 일을 말해 버렸는지, 전혀 알 수 없어요. 형사들이 나를 본부로 끌고 가서 몹시 윽박질렀어요. 이쪽저쪽에서 쉰소리로 여러 가지를 마구 물어 오더군요. 그런 일은 전 처음이에요. 설마 그렇게 당하리라고는 꿈에도 생각지 못했어요. 저는 당신을 두둔하려고 했지만 못했어요. 어쩌다 한마디 실수했더니, 그 한마디로 모두 한 패거리가 되어서 나를 못 살게 굴었는걸요. 나를 협박하며 사후 종범이다 해서……."
"당신은 무엇을 말했습니까?"

메이슨이 물었다.

그녀는 그의 눈을 보고, 침대로 가 앉아서는 핸드백에서 손수건을 꺼내어 훌쩍훌쩍 울기 시작했다.

델라 스트리트가 재빨리 두어 걸음 그녀 쪽으로 다가섰으나 메이슨이 그 팔을 잡아 끌어당겼다.

"나한테 맡겨 줘" 하고 그는 말했다.

이바 베르타는 언제까지나 손수건을 얼굴에 대고 울고 있었다.

"자, 말해 주십시오. 경찰에게 무슨 말을 했습니까?"

그녀는 머리를 흔들었다.

"우는 흉내는 그만둬요. 지금 이 경우는 그것이 아무 소용없소. 그보다 우리는 곤경에 빠져 있으니, 당신이 진술한 것을 나에게 말해 주시오."

그러나 여자는 여전히 울고 있었다.

"전, 당신의…… 소, 소리를, 들, 들었다고 이야기해 버렸어요."

"내 목소리라고 말했습니까? 내 목소리같이 들렸다고 말입니까?"

"전…… 모두 말했어요. 당신의 소, 소리였다고……."

메이슨의 말투가 엄격해졌다.

"내 소리가 아니었던 것은 잘 알고 있을텐데."

"말할 생각이 아니었어요."

여자는 우는 소리로 덧붙였다.

"그렇지만 그건 사실이에요. 당신 소리였어요."

"좋소. 그럼, 그렇다고 해 둡시다."

메이슨이 말했다.

델라 스트리트가 무슨 말을 하려다가 메이슨이 그녀 쪽으로 돌아서서 조용한 눈으로 눈치를 주었기 때문에 그만두었다.

잠시 동안 방 안은 조용해져서 가끔 거리의 소음이 들려 오는 것과 이바의 흐느낌만이 침묵을 깨고 있었다.

1, 2분 지나서 문이 열리며 폴 드레이크가 들어왔다.

"여어, 안녕하십니까, 여러분" 하고 그는 명랑하게 인사했다.

"조금 늦었나? 기회를 잘 잡았기에 말이야. 아무도 내 존재나 내 행동에 주의를 기울이고 있는 기색이 없었어."

"이 앞을 누가 어정거리고 다니는 것 같지는 않던가?"

메이슨이 물었다.

"델라가 미행당하지 않았다고 나는 확신할 수가 없어."

"아무도 있는 것 같지 않던데."

메이슨은 침대 위에 다리를 꼬고 앉아 있는 여성 쪽으로 손을 흔들어 보이고 말했다.

"이 여자가 이바 베르타야."

드레이크는 히죽 웃고 그 다리를 보았다.

"응, 신문의 사진에서 보았기에 곧 알아보았어."

이바 베르타는 손수건을 눈에서 떼고 드레이크를 쳐다보았다. 그녀는 애교있게 폴에게 미소했다.

델라 스트리트가 격렬한 말투로 말했다.

"당신은 눈물까지 진짜가 아니로군요!"

이바 베르타는 뒤돌아 델라 쪽을 보자 그 순간 파란 눈이 험악해졌다.

페리 메이슨이 재빨리 델라 쪽을 돌아보고 말렸다.

"델라, 안 돼."

"오늘의 연출은 내가 해요."

그리고 폴 드레이크에게 물었다.

"노트와 연필을 갖고 왔나, 폴?"

탐정은 끄덕였다.

메이슨은 노트와 연필을 받아서 그것을 델라 스트리트에게 건네주었다.

"그 테이블을 거기로 옮기고 속기를 해주겠어, 델라?"

"해보겠어요." 델라는 목이 잠긴 듯한 소리로 대답했다.

"그럼 됐어. 정신을 차리고 저쪽에서 하는 소리를 받아쓰는 거야" 하고 엄지손가락을 이바 베르타 쪽으로 흔들어 보였다.

이바 베르타가 그것을 보고 물었다.

"어머, 뭐예요? 당신들 뭘 하고 있어요?"

"일을 분명히 하려는 겁니다."

메이슨이 대답했다.

"나도 여기에 있는 건가?"

폴 드레이크가 물었다.

"물론, 자네는 증인이네."

"왠지 나는 기분이 나쁘군요." 이바 베르타가 말했다.

"마치 지난밤 같아요. 지방검사국에서도 모두 나를 둘러싸고 노트와 연필을 가지고 앉아 있었어요. 자기가 말하는 것을 필기당한다는 것은 기분이 좋지 않아요."

메이슨은 미소했다.

"그렇지, 그러리라고 생각돼요. 검사국에서는 흉기에 대한 걸 묻던가요?"

이바 베르타는 언제나처럼 순진한듯이 눈을 둥글게 해 보였다. 그러자 갑자기 그녀는 어린아이같이 애처로워 보였다.

"그건 무슨 뜻이지요?"

"내가 말하는 뜻은 잘 알 텐데요."

메이슨은 되받았다.

비로드의 손톱 223

"당국은 왜 당신이 권총을 갖고 있었는가에 대해 무엇을 물었습니까?"
"그렇습니다."
메이슨이 말했다.
"허리슨 박이 그것을 당신에게 주었지요? 그래서 당신은 박에게 전화를 하지 않으면 안 되었소. 범행에 사용된 것은 그의 권총이라는 것을 알리기 위해서."
델라 스트리트의 연필은 노트 위를 구르듯이 달렸다.
"난 당신이 무슨 말을 하는지 조금도 모르겠어요."
이바 베르타가 위엄있는 목소리로 말했다.
"아니, 아니지요. 알고 있을 겁니다."
메이슨이 말했다.
"당신은 박에게 전화해서 사고가 일어났다는 것과 거기에 그의 권총이 관계가 있다는 것을 알렸소. 박은 미첼이라는 친구로부터 그 권총을 받았기 때문에 곧 차로 달려가 미첼을 태우고 둘은 지하에 숨어 버렸소."
"어머, 전 그런 소리는 지금 처음 듣는걸요."
"그런 딴소리를 해도 아무 소용없어요, 이바."
메이슨이 말했다.
"왜냐하면 나는 허리슨 박을 만나서 그의 서명이 있는 진술서를 손에 넣었으니 말입니다."
이바는 갑자기 당황해서 몸을 긴장시켰다.
"허리슨이 서명한 진술서를, 당신이?"
"그렇소."
"나는 당신이 나의 대리인이라고 생각하고 있었는데……."
"내가 당신을 대리해서 박의 진술서를 갖고 있는 것이 뭐가 나쁩니까?"
"아니예요, 나쁜 건 아니지만…… 나에게 권총을 주었다고 그렇게 말했다면, 박은 거짓말을 하고 있는 거예요. 나는 지금까지 권총 같은 건 본 일도 없어요."
"그렇다면 사건은 더 간단해지지요."
"왜요?"
"이제 알게 될 겁니다. 그렇다면 다른 점을 한두 가지 분명히 해둡시다. 당신은 핸드백을 찾아냈을 때, 그것은 주인 어른의 책상 서랍에 있었지요. 기억나십니까?"
"무슨 말이지요?"
그녀는 낮은 목소리로 조심스럽게 물었다.
"내가 당신과 함께 그 방에 있었을 때 당신은 핸드백을 찾아냈었소."
"아, 네, 생각나요! 나는 그날 밤, 저녁 무렵에 그 책상 서랍에 그걸 넣어 두었어요."
"좋습니다."
메이슨이 말했다.
"그렇다면 우리 넷만이 있는 데서 이야깁니다만, 권총이 발사됐을 때 당신 주인과 함께 그 방에 있었던 것이 당신은 누구라고 생각합니까?"
여자는 짤막하게 대답했다.
"당신이었어요."
"그것도 좋습니다."
메이슨은 조금도 목소리를 높이지 않고 말했다.
"그런데 당신 주인은 권총이 발사되기 직전에 목욕을 하고 있었지요?"

비로소 이바는 불안스러운 얼굴을 하였다.

"난 잘 몰라요. 거기 있었던 것은 당신이에요. 내가 아니에요."

"아니, 아니, 당신은 알고 있소."

메이슨이 주장했다.

"주인께서는 탕 속에 있다가 밖에 나오자 몸을 닦지도 않고 욕실 가운을 걸쳤소."

"그래요?"

기계적으로 그녀는 되물었다.

"그렇다는 것을 당신은 알고 있소. 그리고 증거도 그렇다는 것을 보여 주고 있소. 그런데 만일 주인께서 목욕탕에 들어가 있었다면, 나는 어떻게 해서 그와 만날 수 있었다고 상상합니까?"

"어머, 모르긴 해도 하인이 당신을 데리고 간 게 아닐까요?"

메이슨은 싱긋 웃었다.

"하인은 그렇게 말하고 있지 않소, 그렇지요?"

"글쎄요, 전 모르겠어요. 제가 알고 있는 것은 당신 목소리를 들은 것뿐예요."

"당신은 허리슨 박과 함께 외출하고 있었소."

메이슨이 느릿한 말투로 이어 말했다.

"그리고 당신은 돌아왔소. 당신은 이브닝 드레스를 입고 있는 동안은 핸드백을 갖고 다니지 않지요?"

"네, 그때는 갖고 가지 않았어요" 하고 그녀는 대답하고 재빨리 입술을 깨물었다.

메이슨이 히죽 웃었다.

"그럼, 어떻게 해서 당신은 주인의 책상 서랍에 핸드백을 넣었습니까?"

"모르겠어요."

"당신은 내게 지불한 보수의 계약금에 대해서, 내가 써 드린 영수증을 기억하고 있습니까?"
이바는 머리를 끄덕였다.
"그것이 어디에 있습니까?"
그녀는 어깨를 움츠렸다.
"모르겠어요. 그건 잃어버렸어요."
"그렇다면 이야기가 맞습니다" 하고 메이슨이 말했다.
"무엇이 맞아요?"
"당신이 주인을 죽인 것 말입니다. 당신은 사실을 말해주지 않기 때문에, 내가 일어난 일을 당신에게 이야기하지요.

당신은 허리슨 박과 함께 외출했소. 당신은 집으로 들어오고, 박은 현관까지 데려다 주고는 당신과 헤어졌어요. 당신은 이층으로 올라갔는데, 주인이 당신이 오는 소리를 들었소. 마침 주인은 목욕을 하고 있었지요. 그때 그는 불덩이처럼 화가 나 있었소. 물에서 뛰어나와 욕실 가운을 입고, 당신에게 자기 방으로 오라고 소리쳤소. 당신이 들어가자 주인은 당신에게 두 장의 영수증을 보였소. 그것을 주인은 당신이 외출한 사이에 당신의 핸드백에서 찾아낸 겁니다. 거기에는 내 이름이 적혀 있었소. 나는 그전에 주인을 찾아가서 〈스파이시 비츠〉에 기사를 내지 말라고 말했던 겁니다. 주인은 둘에 둘을 보태서, 그때 내가 누구의 대리로 왔던가를 알았던 거지요."
"어머, 전 그런 소리를 전혀 들은 일이 없어요!"
메이슨이 히죽 웃었다.
"아니지요, 당신은 알고 있어요! 그때 당신은 일이 다 틀렸다는 걸 알았기 때문에 주인을 쏘았소. 주인은 죽었지요. 그리고 당신은 거길 도망쳤는데, 그때 정말 잘했었지요. 당신은 바닥에 권총을 떨어뜨렸소. 그것이 허리슨 박의 소지품이라는 건 알게 되겠지만, 거기서부터는 절대 알려지지 않으리라는 것을 알았기 때문에 떨어뜨렸어요. 당신은 허리슨 박을 사건에 끌어들여 그 허리슨 박이 당신을 구출케 하려고 했소. 그리고 또 당신은 같은 이유로 나를 끌어들이려고 생각했소. 당신은 언덕을 뛰어내려와서 허리슨에게 전화를 걸어 사건이 일어났다, 그 권총이 발견될 테니 빨리 어디로 숨는 것이 좋다, 그리고 나에게 충분한 돈을 보내서 나를 이 사건을 위해 일하게 하는 수밖에는 그가 살아날 길이 없다고 말했지요.

그런 다음에 당신은 나에게 전화를 걸어 그 현장으로 불러냈소. 당신은 내 도움을 얻기 위해, 주인과 함께 방에 있었던 남자의 목소리가 내 목소리인 것으로 알았다고 말했소. 또 그것은 내 소리를 알 수 있었다는 거짓말을 유용하게 이용하려는 때에 내 알리바이가 성립되지 않도록 일을 꾸미고 싶었던 때문이기도 합니다.

당신은 나와 허리슨 박을 이 소동에 끌어넣을 수 있으면, 우리가 자신을 구하려고 애쓰고 있는 동안 당신도 함께 구할 수 있으리라고 생각했소. 또 당신은 박의 돈을 배경으로 내가 활동해서 사건을 어떻게 해결할 것이고, 내 자신의 몸에 불을 당기면 더욱 더 열심히 일하리라고 생각했소.

당신은 주인과 함께 방에 있었던 남자의 목소리가 내 목소리라고 하여, 당신이 얼마나 강한 힘으로 나를 이용할 수 있는가 하는 사실에 모른 척하고 있으면 된다고 생각했소.

동시에 만일 경찰이 당신에게 눈을 돌리는 입장에 놓이게 되면, 그 혐의를 그대로 나에게 덮어씌워 박과 내가 둘이서 살려고 애쓰게 만들어 보려고도 생각했소."

이바 베르타는 백묵같이 하얘진 얼굴로, 공포가 가득한 눈을 굴리면서 메이슨을 보고 있었다.

"당신은 그런 식으로 나에게 말할 권리가 없어요."
"권리가 없으니 어쨌다는 거요!"
메이슨이 말했다.
"나는 증거를 갖고 있습니다."
"어떤 증거지요?"
메이슨은 날카롭게 소리내어 웃었다.
"지난밤에 당신이 신문받고 있는 동안에, 내가 뭘 하고 있었다고 생각합니까? 나는 허리슨 박과 연락을 취하고, 또 둘이서 가정부와도 연락했습니다. 가정부는 당신을 감싸려 하고 있지만, 당신이 박과 함께 돌아온 일이며 당신이 이층에 올라갔을 때 주인이 당신을 불렀던 것도 알고 있더군요. 주인이 초저녁에 당신을 찾고 있었던 일도, 당신의 핸드백을 들고 있었던 것도, 남의 서명이 있는 두 장의 영수증을 발견한 것도 가정부는 모두 알고 있습니다.

당신이 수취인이 없는 영수증을 만들게 했을 때, 당신은 그것으로 문제가 없으리라고 생각했지요. 그러나 거기에는 내 서명이 있기 때문에 내가 이 사건으로 활동하는 것을 주인이 알게 되지요. 그리고 또 당신 핸드백에서 그 영수증을 발견하면 바로 당신이 사건 속의 여성이라는 것이 주인에게 알려지지요. 그 일을 당신은 그만 계산하지 못했던 거요."
여자의 얼굴은 일그러지고 비뚤어졌다.
"당신은 내 변호인이에요. 당신은 내가 한 말을 써서, 나에게 불리한 설을 세울 수는 없어요. 당신은 내 이해관계에 충실하지 않으면 안 될 거예요!"
메이슨은 냉혹하게 소리내어 웃었다.
"그럼 나는 가만히 앉아서 당신이 죄로부터 벗어나도록 내 자신이 살인범이 되는 것을 감수하라는 것이오?"

"그렇게는 말하지 않아요. 다만 나에게 충실해 주기를 바랄 뿐예요."
"충실 같은 말은 당신이 쓸 말이 아니오."
여자는 달리 방어하려고 했다.
"지금 한 말은 모두 거짓말이에요. 당신은 그것을 증명할 수 없어요."
페리 메이슨은 모자를 손에 쥐었다.
"하긴 증명을 못할지도 모릅니다. 그러나 당신은 어제 저녁 지방검사에게 터무니없는 진술을 했소. 나도 이제부터 가서 진술을 하겠습니다. 내가 나가게 되면 검사나 경찰은 사건의 진상에 대해서 여러 가지 알게 될 것이 많겠지요. 권총에 관한 것부터 허리슨 박에게 전화한 일, 숨으라고 그에게 말한 일, 박과의 정사를 남편에게 발견되지 않게 막으려고 했던 동기, 경찰은 모두 굉장한 사실을 손에 넣게 되는 겁니다."
"그렇지만 나는 남편의 죽음으로 조금도 이로울 바가 없어요."
"그것도 또한 잘 짜여진 각본이오."
메이슨은 쌀쌀하게 말했다.
"그것은 당신이 한 다른 일과 마찬가지로 악랄합니다. 겉으로는 아무것도 아닌 것처럼 보는 게 문제인데, 실로 그것으로는 통하지 않을, 머리의 움직임이 모자랐소. 유언장의 위조는 대단한 일이었지만."
"그것은 무슨 뜻이지요?"
"내가 말한 대로의 뜻입니다."
메이슨은 반발했다.
"주인은 당신이 상속권을 잃었다는 것을 당신에게 말했거나, 아니면 당신이 금고 속에서 유언장을 발견했소. 아무튼 당신은 유언의 조항을 알고 있었고, 그 장소도 알고 있었소. 당신은 그 유언을 어떻게 속일까 연구했지요. 만일 그것을 찢어 버리기라도 하면 더 나쁘다는 것을 당신은 알고 있었소. 왜냐하면 칼 글리핀과 글리핀의 변호사 아서 아트웃이 그 유언장을 보았고, 주인도 그 일을 그들에게 말해 주었으니까. 만일 유언장이 분실되면, 당신이 의심을 받게 되지요.

그러나 당신은 만일 글리핀이 유언장대로 상속을 주장하고, 그 뒤에 유언장이 위조라는 것이 입증되면, 당신은 글리핀을 의문의 입장에 놓이게 할 수가 있소. 그래서 당신은 주인 자필의 유언장을 위조했고, 더구나 쉽게 위조라는 걸 알아보도록 어리석게 위조했소. 그런 뒤에 당신은 위조한 유언장이 마땅한 때에 발견되게끔 연구를 했소.

당신이 나를 집으로 끌고 가서 나에게 시체를 살펴보게 하는 동안, 당신은 감정을 억누르지 못하는 체하고 시체에 다가가려 하지 않았소. 그러나 내가 현장을 조사하고 있는 동안 당신은 진짜 이 유언장을 꺼내어 그것을 찢어 버렸소. 그리고 위조된 유언장을 대신 놓아 두었소. 과연 글리핀이나 그 변호사는 그 함정에 빠져 유언장은 진짜이고, 조지 베르타의 자필 유언장이라고 주장했소. 왜냐하면 그들은 진짜 유언장의 조항을 알고 있었으니까.

사실 그것이 너무 놀라운 위조이기 때문에, 그것이 그 사람의 필적이라는 것을 증언하기 위한 필적 감정조차 할 수가 없소. 그들은 지금에 와서는 자기들이 빠져든 입장을 알고 있지만, 그들은 이미 그 유언장을 제출해 버렸고, 그것이 진필이라는 뜻의 구술서도 제출하고 있소. 그들은 이제 뒤로 물러설 수가 없지요. 참으로 교묘합니다."

여자는 천천히 일어섰다.

"그 이야기도 증거가 없으면 아무 소용없어요" 하고 말했으나 그 목소리는 약하게 떨리고 있었다.

메이슨은 드레이크에게 고개짓을 해보였다.

"옆방으로 가 보게, 드레이크. 거기 바이티 부인이 와 있네. 이리로 데려와서 내가 말한 것을 그녀에게 입증시키기도록 하겠어."

드레이크의 얼굴은 마치 가면과 같았다. 그는 일어나서 옆방으로 통하는 문에 다가가 그것을 열었다.

"바이티 부인" 하고 드레이크는 불렀다.

옷이 끌리는 소리가 들리고 키가 큰, 뼈와 가죽뿐인 상복 차림의 바이티 부인이 초점없는 눈길로 앞을 보면서 이쪽 방으로 들어왔다.

"안녕히 주무셨어요" 하고 그녀는 이바 베르타에게 인사했다.

페리 메이슨이 갑자기 말했다.

"잠깐 기다려 주십시오, 바이티 부인. 한 가지만, 당신이 베르타 부인에게 진술하기 전에 분명히 해 두고 싶은 게 있습니다. 미안하지만 잠깐만 옆방에 가 계실 수 없겠습니까?"

바이티 부인은 발길을 돌려 먼저의 방으로 되돌아갔다.

폴 드레이크가 페리 메이슨에게 이상스러운 눈길을 던지며 문을 닫았다.

이바 베르타는 복도 쪽 문가로 두어 걸음 가다가 갑자기 앞으로 휘청거렸다.

페리 메이슨은 앞으로 고꾸라지듯하는 그녀의 몸을 부축했다.

드레이크가 와서 그녀의 다리를 들었다. 둘이서 그녀를 침대로 옮겨 거기에 눕혔다.

델라 스트리트는 연필을 놓고, 낮게 소리치며 의자를 뒤로 당겼다.

메이슨은 거의 달려들 듯이 그녀에게 말했다.

"거기 있어. 움직이면 안 돼. 내뱉는 말을 모두 옮겨 써야 해. 한

자라도 빼서는 안 돼!"

그는 세면대로 가서 수건을 찬물에 적셔 와 이바 베르타의 얼굴에 얹었다. 그리고 그녀의 옷을 느슨히 하고, 가슴을 젖은 수건으로 두드렸다.

그녀는 허덕이며 의식을 되찾았다.

메이슨을 올려다보면서 애원했다.

"페리, 부탁이에요, 날 살려 줘요."

메이슨은 머리를 내저었다.

"살려 줄 수가 없소. 나를 속이려고 드는 동안은."

"저, 모든 걸 털어놓겠어요."

그녀는 울먹이는 소리로 말했다.

"좋아요. 어떻게 됐습니까?"

"모두가 당신이 말한 대로예요. 다만 바이티 부인이 알고 있는 줄은 몰랐어요. 조지가 나를 부르는 소리며, 총소리를 들은 사람이 있으리라는 것은 미처 몰랐어요."

"당신이 쏘았을 때, 어느 정도 가까이에 있었습니까?"

"나는 방의 이쪽 편에 있었어요."

그녀는 억양없는 소리로 대답했다.

"정직하게 말하겠어요. 나는 죽일 생각은 없었어요. 아주 충동적으로 쏘아 버렸어요. 조지가 나에게 난폭한 짓을 할 때 몸을 지키기 위해, 권총을 갖고 있었어요. 나는 조지에게 죽임을 당하는 게 아닌가 무서워하고 있었어요. 그 사람은 몹시 신경질적으로 만일 나와 허리슨 박에 대해 알게 된다면, 틀림없이 어떤 무서운 짓을 하리라고 생각하고 있었어요. 발견된 것을 알았기 때문에 나는 곧 권총을 손에 쥐었어요. 남편이 나에게 달려들려고 했을 때, 나는 비명을 지르며 쏘았어요. 아마 그곳에 권총을 떨어뜨렸으리라고 생각돼요. 그때는 아무것도 분간할 수 없었어요. 정말로 허리슨 박을 사건에 끌어들일 생각은 그때는 전혀 못했어요. 너무 머릿속이 혼란되어서 아무것도 생각할 수 없었어요. 그저 정신없이 밖의 어둠 속으로 뛰어나갔어요.

나는 바보가 아니니까, 내게 닥칠 위험이 얼마나 큰지 깨닫게 되었어요. 특히 비티웃 인의 살인 사건에서 허리슨 박과의 관계가 골치아프게 되어 있는 것을 생각하자, 더욱 더 앞이 캄캄해졌어요.

정신없이 빗속으로 달려나왔을 때는, 무엇을 하고 있는지 잘 알 수 없었어요. 나는 홀의 외투걸이를 지나칠 때, 외투를 잡아든 것을 기억해요. 그러나 내 외투를 갖고 오지 않은 것으로 봐도, 얼마나 정신이 나가 있었는지를 알 수 있어요. 내 외투가 거기 있었는데, 나는 칼 글리핀이 가끔 입는 외투를 들고 나와 버린걸요. 나는 그것을 입고 달리기 시작했어요. 잠시 뒤에 어느 정도 정신이 들자 당신에게 전화를 하는 편이 좋겠다고 생각했어요. 그때는 남편이 죽었는지 어쨌는지도 모르고 있었어요. 그러나 남편과 얼굴을 맞대지 않으면 안 되게 된다면, 당신이 곁에 있어 주었으면 싶었어요.

남편은 나를 쫓아오지 않았기에, 나는 죽은 것이 아닌가 걱정이 되었어요. 정말 그것은 계획된 것이 아니었고 충동적으로 저지른 일이었어요. 남편은 내 백을 찾아서 안을 조사했어요. 편지를 뒤져내는 것이 남편의 습관의 하나였지요. 나는 그 속에 편지를 넣어둘 만큼 어리석지는 않아요. 그러나 그 영수증이 들어 있었기 때문에, 남편은 둘에 둘을 보태서 해답을 얻은 거예요.

내가 돌아왔을 때, 남편은 목욕을 하고 있었어요. 내 발소리를 들었나 봐요. 욕조에서 나와 욕실 가운을 입고, 나를 향해 소리치기 시작했어요. 내가 들어가자 남편은 그 영수증을 손에 들고 있었어요. 허리슨 박과 함께 있었던 여자는 너지, 하고 나를 욕했을 뿐 아니라 여러 가지 일로 나를 비난했어요. 그리고는 한 푼의 돈도 주지 않고 내쫓겠다고 말했어요. 나는 히스테리를 일으켜 권총을 손에 쥐자 쐈어요. 약국까지 와서 당신에게 전화를 걸려고 했을 때에야 누군가가 뒤를 보아 주지 않으면 큰일이라는 것을 알았어요. 나에게는 내 몫의 돈이 없어요. 그것은 전에도 이야기했었지요. 남편은 돈을 모두 거머쥐고 한 번에 조금씩 줄 뿐이었어요. 유언장이 칼 글리핀에게 유리하게 되어 있는 것은 알고 있었고, 그것이 검인의 수속을 받고 있는 동안은 유언장에서는 한 푼의 돈도 손에 들어오지 않는다는 것을 알고 있었어요. 허리슨 박은 자기 이름이 사건에 말려드는 것을 겁내고 있는 것은 뻔했고, 나를 구해 주지 않으리라는 것도 알고 있었어요. 나는 돈이 필요하다는 것과 누군가가 뒷받침을 해 주지 않으면 안 된다고 생각되자, 허리슨 박을 전화로 불러내어 적당히 내 편에 끌어넣었어요. 사건이 일어났는데 당신은 권총이 거기 관계되었다고 말했어요. 남편을 죽인 남자는 누군지 모르지만, 당신은 권총이 바닥에 떨어져 있는 것은 알고 있다고 말했어요.

 당신한테는 그런 속임수가 통하지 않았는지 모르지만, 박에게는 효과가 있었어요. 박은 미치광이처럼 되었어요.

 나는 말했지요. 다만 한 가지 할 수 있는 일이 있는데 그것은 당신이 숨어 버리는 일, 그리고 할 수만 있다면 권총이 당신 것이라는 걸 알려지지 않도록 하는 것이라고요. 그리고 그 동안에 메이슨 씨에게 충분한 돈을 보내어 할 만한 일은 다하게 할 필요가 있다고 말했어요. 그리고 다음에는 당신에게 전화해서 나와 달라고 한 거예요.

 당신이 차를 몰고 있는 동안에 만일 자기 몸을 구하기 위해, 어쨌든 나를 구하지 않으면 안 될 입장에 당신을 놓을 수 있다면, 그리고 또 경찰이 나에게 혐의를 돌리기 시작하면, 어떻게든 좋은 설명을 경찰에 할 수 있었으면 얼마나 좋을까 하고 생각하고 있었어요.

그 점에 관해서 당신의 생각은 맞았어요. 당신은 머리가 좋아서 여러 가지 방법을 알고 있으니까, 경찰은 도저히 당신을 죄로 몰아넣을 수는 없으리라고 나는 생각했어요. 당신이라면 틀림없이 잘 빠져나간다, 그리고 만일 내가 위험해지면 어제 내가 경찰에 말한 것처럼 하면, 경찰은 당신을 의심할 테니 내 몸은 안전하게 된다고도 생각했어요. 당신이 경찰의 공격을 받은 뒤라면, 비록 또 나에게 혐의가 돌아오더라도 그때는 잘 빠져나갈 수 있으리라고 생각하고 있었어요."

메이슨은 얼굴을 들고 폴 드레이크를 보고 머리를 내저었다.

"어떤가, 굉장한 소꿉친구 아닌가?"

그때 문을 두드리는 소리가 났다.

메이슨은 방에 있는 사람들의 얼굴을 보았다. 그리고 나서 발끝으로 다가가 문을 열었다.

시드니 드럼이 문 앞에 서 있었다. 그 뒤에 또 한 사람의 남자가 있었다.

"여어, 페리" 하고 드럼이 말했다.

"자네를 몹시 찾았다네. 이 호텔까지 델라 스트리트 양을 미행해 왔는데 자네가 어떤 가명을 쓰고 있는지, 그것을 찾아내기까지 꽤 시간이 걸렸어. 방해해서 미안하지만 나하고 잠깐 가 주어야겠네. 지방 검사가 자네한테 뭘 좀 물어볼게 있다네."

메이슨이 고개를 끄덕였다.

"우선 들어오게."

그는 말했다.

이바 베르타가 조그맣게 비명을 질렀다.
"페리, 절 도와 주지 않으면 안 돼요! 나는 자백했잖아요. 당신이 내 뒤를 밀어 주지 않으면!"
페리는 그녀를 보고 불쑥 시드니 드럼에게 말했다.
"자네에겐 좋은 기회야, 시드니. 자네는 체포할 수 있어. 이 여자가 이바 베르타, 남편을 죽인 죄를 지금 자백했거든."
이바 베르타가 앗 하고 소리치더니 휘청거리며 일어나 헛손질을 했다.
드럼이 뜻밖이라는 듯 모두의 얼굴을 바라보았다.
"그건 사실일세."
폴 드레이크가 말했다.
메이슨이 델라 스트리트 쪽을 가리켰다.
"저기 다 적혀 있지, 뚜렷하게. 증인도 있고 말대로의 진술서도 있네."
시드니 드럼이 낮게 휘파람을 불었다.
"어처구니없군, 페리."
그는 말했다.
"자네한테는 운이 좋은 결과야! 검사국은 자네한테 살인 혐의를 두려고 했거든."
메이슨의 말소리는 거칠었다.
"무슨 운이 좋은 게 있어? 나는 이 여자가 정직하게만 나온다면, 할 수 있는 한의 일은 다 해주려고 했던 거야. 그러나 내게 누명을 씌우려는 것을 신문에서 읽고, 나도 결단을 내려 진상을 폭로할 생각을 한 걸세."
폴 드레이크가 말했다.
"자네는 정말 허리슨 박이 있는 곳을 알고 있나?"

"당치도 않은 소리, 알긴 뭘 알아! 나는 지난밤에 이 방에서 나가지도 않았는걸. 다만 여기 앉아서 생각을 했지. 바이티 부인에게는 연락했지만, 이바 베르타에게는 오늘 아침 이곳으로 와서 신문기자들과 이야기할 말을 맞추고 싶다고 그렇게 말했어. 그리고 택시를 보내서 바이티 부인을 여기로 오게 한 거야."
"바이티 부인은 이 진술의 입증을 하지 않는 건가?"
드레이크가 물었다.
"글쎄, 모르겠는데" 하고 메이슨이 말했다.
"아마 하지 않을 걸세. 나는 바이티 부인과는 아무 이야기도 하지 않았으니까. 나하고는 이야기를 하고 싶어하지 않아. 그 여자가 뭔가 감추고 있는 것은 알고 있지만, 나에게는 무엇인가 알고 있다는 것만으로 충분해. 다만 자네한테 문을 열게 해서 이바 베르타에게 모습을 보여 주기만 하면, 얼마쯤 압력이 된다고 생각했던 거야."
이바 베르타가 창백한 얼굴로 페리 메이슨을 보았다.
"악당, 배신자, 거짓말쟁이!"
이 장면에 한 가닥 비꼼을 보탠 것은 시드니 드럼이었다.
"이상하군, 자네가 있는 곳을 우리에게 가르쳐 준 것은 이바 베르타였네, 페리. 오늘 아침 이제부터 메이슨을 만나러 가니까, 누군가 이리로 오면 그 사람의 뒤를 쫓아온 척하고 들어오라는 거야. 베르타 부인은 자기가 아니라 델라 스트리트나 누군가가 미행당했다고, 자네가 생각케 하고 싶었던 도양이네."
메이슨은 아무 말도 하지 않았다. 그의 얼굴은 갑자기 매우 피로하고 우울한 듯이 보였다.

16

페리 메이슨은 몹시 피곤한 얼굴로 사무실에 앉아 있었다.

델라 스트리트가 책상 맞은편에 앉아 그의 눈길을 피하고 있었다.
"나는 델라가 그 여자를 좋아하지 않는 줄 알았는데."
메이슨이 말했다.
그녀는 눈을 돌린 채 말했다.
"네, 좋아하지 않아요. 하지만 저는 소장님이 그 폭로를 하지 않으면 안 되었다는 것이 화나요. 그 여자는 소장님이 도와 주리라 생각하고 믿고 있었어요. 그 믿고 있는 사람을 당신이 당국에 넘겨 버린 거예요."
"나는 그런 일은 안 해. 나는 다만 희생이 되는 것을 거부했을 뿐이야."
그녀는 어깨를 으쓱했다.
"저는 소장님과 일한 지 5년이 돼요. 그동안 언제나 의뢰인 쪽에서 부탁해 왔어요. 소장님은 사건을 만드는 일도 의뢰인을 만드는 일도 하지 않았고, 언제나 저쪽에서 부탁해 오는 것만 맡아서 해 왔어요. 의뢰인 중에는 사형이 된 사람도 있었고, 석방이 된 사람도 있어요. 그러나 당신은 의뢰인을 대리하고 있는 동안, 단 한 번도 그들에게 등을 돌린 일은 없었어요."
"그건 뭐지, 델라? 설교인가?"
"네."
"그럼, 다음을 계속해 봐."
델라는 머리를 흔들었다.
"이제 끝났어요."
페리 메이슨은 일어나서 델라 곁으로 가 그녀의 어깨에 손을 얹었다.
"델라, 한 가지 델라에게 부탁할 게 있어."
"뭔데요?"

"제발, 나를 믿을 수 없겠어?"
겸손한 말이었다.
비서는 얼굴을 들고 내려다보는 그와 눈을 마주쳤다.
"그럼, 저……?"
그는 끄덕였다.
"배심이 어떤 죄로 유죄를 판결하기 전까지, 이바 베르타는 결코 죄가 결정된 게 아니야."
"그렇지만……" 하고 델라 스트리트가 말했다.
"그 사람은 이제 소장님과 손을 끊을 거예요. 다른 변호사에게 부탁하게 될 거고, 게다가 자백을 해 버렸어요. 그 자백으로부터 어떻게 헤어날 길이 있겠어요? 그 사람은 경찰에도 같은 자백을 하고, 거기에 서명을 했어요."
"나는 그다지 그 자백으로부터 달아날 필요는 없어. 이치에 맞는 이상한 점이 하나도 없으면, 유죄가 되지 않으면 안 돼. 그러나 한 곳에라도 이치에 맞는 이상한 점을 인정하면 배심은 유죄를 선고할 수가 없어. 나는 아직도 그 여자를 자유롭게 할 수가 있어."
델라는 그를 험한 눈으로 노려보았다.
"왜 당신은 폴 드레이크를 시켜 경찰에 줄을 쳐서, 경찰에서 그 사람을 신문케 하도록 하지 않았어요? 왜 소장님이 사실을 경찰에 말하지 않으면 안 되게 했어요?"
"그것은 말이야, 경찰의 신문이라면 그 여자가 거짓말을 해서 속여 버리기 때문이야. 그 여자는 현명해요. 나한테 도움을 청하면서, 자기가 위태롭게 되면 언제나 나를 늑대 밥으로 만들 생각을 하고 있었어."
"그래서 거꾸로 당신이 그 여자를 집어던진 셈이에요?"
"그렇게 말하고 싶다면 해도 좋아."

메이슨은 델라의 어깨에서 손을 뗴었다.
그녀는 일어나서 대기실 쪽으로 걸어갔다.
"칼 글리핀이 와 있어요."
그녀는 말했다.
"변호사 아서 아트웃과 함께."
"들여보내요."
메이슨은 힘없는 목소리로 말했다.

델라는 대기실로 통하는 문을 열고, 그 문 손잡이에 손을 얹은 채로 두 명의 손님을 들어오게 했다.

칼 글리핀의 얼굴에는 방탕의 피로가 보였으나, 그래도 몹시 침착하여 아주 부드러운 신사다웠다. 그는 문을 들어설 때 델라 스트리트의 앞을 지나며 실례를 양해받는 인사를 하고, 별뜻이 없는 사교적인 미소를 페리 메이슨에게 보내면서 "안녕하십니까" 하고 말했다.

아서 아트웃은 50살 가까운, 조금도 햇빛을 받는 일이 없는 듯한 가라앉은 얼굴빛의 남자였다. 눈은 매우 반짝거렸으나 좀 침착성이 없어 보였다. 이마에서 머리 중앙에 이르는 데까지 둘레에만 테를 두른 듯 머리가 남아 있기 때문에, 뒤에서 보면 요란스러운 원광을 이고 있는 것 같이 보였다. 입술에는 전혀 뜻이 없는 직업적인 미소가 끊임없이 떠올라 있다. 그 미소로 인해 자연히 얼굴에는 깊은 주름이 생기고, 코 양옆에서 양쪽 입가에 이르는 여덟팔자형의 선, 게다가 양쪽 눈꼬리에서 퍼지고 있는 잔주름이 있다. 이 남자의 인품은 한눈으로는 알아보기 힘들지만, 한 가지 분명한 것은 적으로 돌리면 몹시 위험한 인물이라는 것이다.

페리 메이슨은 손님에게 의자를 권하고 델라 스트리트는 문을 닫고 대기실로 나갔다.

칼 글리핀이 이야기를 시작했다.

"저는 당신에게 용서를 빌지 않으면 안 되겠습니다, 메이슨 씨. 이번 사건에서 처음에는 당신의 진의를 오해한 것이 아닌가 싶어서요. 베르타 부인이 자백한 것은 주로 당신의 총명한 탐정적 활동의 덕분이라고 저는 생각하고 있습니다."
아서 아트웃이 조용하게 끼어들었다.
"그 이야기는 나한테 맡겨 주지 않겠소, 칼."
글리핀은 너그럽게 자기 변호사에게 동의했다.
아서 아트웃은 의자를 책상 가까이에 당기고 앉아 페리 메이슨을 보았다.
"어떻습니까, 서로 잘해 나갈 수 있을 듯합니다만. 나는 그렇게 보는데……."
"글쎄 어떨지요, 나는 확신을 가질 수 없습니다."
메이슨이 말했다.
아트웃의 입술은 그 끊임없는 미소로 움직였으나 그 빛나는 눈에는 유머라고는 그림자도 없었다.
"이바 베르타의 유언 검인에 대한 이의 신청에 대해서, 또 그녀를 특별 유산 관리인으로 하는 관리권의 신청에 대해서 당신은 그녀의 대리인으로 등록하고 있지요. 만일 그 이의 신청과 관리권 신청을──물론 아무런 편견 없이 말입니다──당신이 취하해 주신다면, 사태는 참으로 간단하게 될 것입니다."
"누구를 위해서 사태가 간단해질까요?"
메이슨이 물었다.
아트웃은 자기 의뢰인 쪽의 손을 들어 보이고 강력하게 말했다.
"물론 글리핀 씨에게 있어서 말입니다."
"나는 글리핀의 의뢰인이 아닙니다."
매달릴 데 없는 대답이었다.

아트웃의 눈도 금세 입술의 미소와 모양을 맞추었다.
"아니, 물론 그야 말씀대로 현재에 있어서는 그렇습니다. 하지만 솔직하게 말합니다만, 나의 의뢰인은 이번 사건에서 당신이 보여준 비할 바 없는 재능과, 처음부터 끝까지 당신의 행동이 특징지운 공정불변의 정신에 크나큰 감명을 받기에 이르렀습니다. 물론 여기에는 괴로운, 서로가 불쾌한 생각을 해야 할 사정이 얽혀 있었습니다. 나의 의뢰인에게는 참으로 커다란 충격이었습니다. 그러나 지금에 이르러서는 과거의 일은 이미 문제가 되지 않으며, 게다가 나의 의뢰인은 상속한 재산을 운영해 가는 데 있어서 충분히 유능한 조언자를 필요로 하는 바입니다. 내가 말하는 뜻을 알아 주실 줄 압니다만……."
"한마디로 말해서 어떤 생각이라는 겁니까?"
아트웃이 탄식했다.
"그럼, 저, 지금 우리는 세 사람이 모두 동석한 자리이니 차라리 솔직히 아니, 노골적으로 말한다면 말입니다. 나의 의뢰인은 〈스파이시 비츠〉의 경영이라는 것이 아주 전문적인 감독을 필요로 하는 일이라는 것을 인정할 가능성이 매우 큽니다. 물론 나는 자신의 경영을 대리하는 일로 바쁘기 때문에, 나의 의뢰인은 특히 그 신문의 운영에 관해서 유능한 변호사의 조언을 의뢰하는 것이 어떻겠느냐고 나에게 의논했던 것입니다. 사실 적어도 유산 검인 중의 기간은 이 신문의 발행을 계속할 필요가 있으니까요."
아트웃은 말을 끊고, 그 꺼멓게 빛나는 눈으로 뜻있게 페리 메이슨을 보았다. 그리고 메이슨이 아무 말도 하지 않자 또 말을 계속했다.
"그 때문에 당연히 시간을 내주시지 않으면 안 됩니다. 물론 그 보상은 받으실 수 있습니다. 아주 좋은 조건의 보상을 말입니다."
메이슨은 무뚝뚝하게 말했다.

"알았습니다. 왜 빙빙 돌려서 여러 말을 하십니까? 당신들이 나에게 요구하는 것은, 현재 하고 있는 신청을 취하하고 글리핀 씨에게 모든 재량권을 주라는 거지요? 그러면 그 대신 나에게 얼마쯤의 돈을 주겠다는 제안이지요?"
아트웃은 입을 다물었다.
"아니, 정말이지 메이슨 씨. 나 자신은 그렇게까지 노골적인 말로 방침을 말하는 데엔 망설이게 됩니다만, 지금 내가 한 말을 잘 생각해 주시면 이것이 직업적 윤리의 틀을 벗어난 제의도 아니고 더욱이 사태를 처리하는 데 충분한 조건을 들고 있다는 것을 아시리라 생각합니다."
"그런 우스꽝스러운 말은 그만 하시오."
페리 메이슨은 말했다.
"나는 툭 터놓고 이야기하고 싶습니다. 당신은 싫더라도 나는 알기 쉬운 말로 하겠습니다. 당신과 나는 서로 적이지요. 당신은 글리핀 씨를 대리해서 유산을 손에 넣고 싶다고 생각하며 그 잡은 손을 펴고 싶지 않다고 생각하고 있소. 나는 베르타 부인을 대리해서 그 유언을 법정에서 내던져 버리려 하고 있소. 그것은 위조요. 그것은 당신도 알고 있소."
아트웃의 입술은 여전히 미소 짓고 있었으나, 눈은 차갑고 엄격해졌다.
"그렇게는 잘 되지 않습니다. 유언이 위조든 아니든 변함이 없소. 부인은 유언의 원본을 파기했습니다. 그것을 자백 속에서 인정하고 있습니다. 우리는 그 파기된 유언의 내용을 입증할 수가 있고, 그것을 근거삼아 상속할 수가 있습니다."
"좋습니다. 그것이 소송이오. 당신은 할 수 있다고 생각하고, 나는 할 수 없다고 생각하오."

"뿐만 아니라," 하고 아트웃이 말했다.
"베르타 부인은 남편을 살해했으니까, 그 유산을 상속할 수가 없소. 유언이 어떻든 다른 수단이 어떻게 사용되든, 자기가 살해한 사람의 유산을 상속하는 것은 법에 위배됩니다."
메이슨은 대답하지 않았다.
아트웃은 그의 의뢰인과 눈길을 마주쳤다.
"그 점에 당신은 의문을 갖습니까?"
그는 메이슨에게 질문했다.
"네, 갖고말고요."
메이슨은 대답했다.
"그러나 지금 여기서 당신과 그것에 관해 이야기할 생각은 없소. 나는 배심원들 앞에 나섰을 때에만 자신의 논점을 이야기하지요. 내가 어제 태어난 갓난아기라고 생각하면 큰 잘못입니다. 나는 당신의 생각을 알고 있소. 당신은 이바 베르타를 제1급 살인죄에 몰아넣는 일을 확실하게 해 두고 싶은 거요. 살인 동기를 입증함에 의해 사전 계획이 있었던 것을 제시하여, 내가 당신들을 도울 수 있다고 생각한 거요. 만일 그녀를 제1급 살인죄에 떨어뜨릴 수 있으면, 그녀는 유산을 상속할 수가 없소. 그건 법률이오. 살인자가 유산을 상속할 수 없는 것은 말이오. 그러나 이바 베르타가 살인죄만 벗어나면, 비록 그녀가 과실치사죄로 다스려진다 해도 상속할 수는 있소. 당신들은 유산이 탐나니까 나한테 뇌물을 먹이려고 하지만, 그 수법엔 넘어가지 않습니다."
"만일 그러한 입장을 밀고 나가려고 한다면 메이슨 씨, 당신이야말로 배심원들 앞에 서게 될 겁니다."
"호오, 그런가요?" 메이슨이 말했다.
"지금의 말은 영어로 번역하면 어떻게 됩니까, 협박입니까?"

"당신은 우리들이 언제까지나 유산에 손을 대지 못하도록 해 놓을 수는 없습니다. 만일 우리가 권한을 잡게 되면, 몇 가지의 중요한 결정을 하게 되오. 그 속에서 당신의 활동에 영향을 줄 결정도 포함되어 있을지 모릅니다."

페리 메이슨은 일어섰다.

"이젠 이런 똑같은 말의 되풀이는 그만두겠소. 나는 내가 말하고 싶은 바를 분명히 말하겠소."

"흐음." 아트웃은 그래도 정중한 어조로 물었다.

"정확하게 말한다면, 어떤 말을 하고 싶습니까?"

메이슨은 폭발했다.

"거절이오!"

칼 글리핀이 변명 비슷한 기침을 했다.

"두 분 모두 잠깐만, 저로서도 이 상황을 단순화할 수 있는 말을 할 수가 있다고 생각되는데요."

"아니, 안 되오." 아트웃이 말했다.

"그건 내가 말해야 하는 거요."

글리핀은 메이슨에게 미소를 지어 보이고 조용히 말했다.

"메이슨 선생, 기분 나쁘게 생각하지 마십시오. 이것은 사무적인 이야기입니다."

"여보시오, 칼······."

아트웃은 자기의 의뢰인을 가만히 바라보면서 말했다.

"네, 알고 있습니다."

글리핀이 얌전히 물러섰다.

메이슨은 문 쪽을 손짓해 보였다.

"그럼, 수고하셨습니다. 이것으로 회담은 끝난 것 같습니다."

아트웃이 다시 한 번 물고 늘어졌다.

"만일 당신이 신청을 취하하는 수고만 해 주신다면, 시간의 낭비를 줄일 수 있습니다. 요컨대 우리의 입장이 완전히 유리한 것은 당신도 인정 않는 바가 아니겠지요. 다만 우리는 이기기 위해 필요한 시간과 비용을 아끼자는 겁니다."

메이슨은 꿈적도 않고 상대방을 보면서 말했다.

"그렇습니까, 당신들의 입장이 완전히 유리하다고 생각하는 것은 자유입니다. 그러나 현재로선 권한을 갖고 있는 것은 나이고, 나는 말 안장에서 내릴 마음은 없습니다."

아트웃은 마침내 신경질을 터뜨렸다.

"당신은 지금부터 24시간은 말 안장에 오를 수 없다니까!"

"그렇게 생각하십니까?"

"죄송하지만 주의를 당부드립니다. 어쩌면 당신은 사후종범으로 몰릴지도 모르니까요. 지금은 내 의뢰자가 합법적인 상속인이 된 이상 경찰들도 틀림없이 우리 생각을 존중해 줄 겁니다."

메이슨은 아트웃에게 다가갔다.

"마음대로 하십시오. 만일 오늘 이야기에 도무지 동의하실 생각이 없으시다면 그때는 다른 방법을 동원할 테니."

"그러시게나. 나는 오늘 얘기에는 동의할 수 없으니"

메이슨은 대답했다.

아트웃은 그의 의뢰인에게 눈짓했다. 두 신사는 문가로 걸어갔다.

아트웃은 망설임없이 밖으로 나갔으나, 칼 글리핀은 손잡이를 잡은 채 멈춰서서 뭔가 이야기하고 싶은 듯한 표정이었다.

그러나 메이슨의 태도가 무뚝뚝했기 때문에 글리핀은 어깨를 으쓱하고 자기 변호사의 뒤를 따라 밖으로 나갔다.

두 사람이 돌아가자 델라 스트리트가 들어왔다.

"이야기는 잘됐나요?"

메이슨은 머리를 저었다.

"우리가 지는 게 아닐까요?"

그의 눈길을 피하면서 델라가 물었다.

메이슨은 10년이나 나이가 더 든 듯한 얼굴이 되었다.

"이봐, 델라. 나는 시간을 얻으려고 싸우고 있어. 만일 나에게 조금만 더 시간의 여유와 행동의 여지가 주어진다면, 지금의 상황에서도 잘 빠져나갈 수 있는데 말이야. 그런데 그 여자가 자기만 살려고 나를 진흙탕 속으로 끌어넣었으니, 그 때문에 나에게 남겨진 수단은 하나밖에 없었어. 나 자신이 움직일 수 있게 되기 위해, 효과적으로 일하기 위해 여자를 끌어넣을 수밖에 없었어."

"그런 변명은 하지 않아도 돼요, 소장님."

델라는 말했다.

"제가 비슷한 말을 했다면 용서해 주세요. 그 일이 너무나 뜻밖이었고 전혀 소장님답지 않았기 때문에 저는 놀랐던 거예요. 그뿐이에요. 제발 잊어주세요."

그러나 그녀의 눈은 아직 그를 피하고 있었다.

"알고 있어."

그는 말했다.

"폴 드레이크의 사무실에 갔다 오겠어. 무슨 중요한 일이 있거든 전화로 연락해 줘. 그러나 내가 있는 곳은 아무에게도 말하지 말아"

17

폴 드레이크는 사무실 한구석의 낡아빠진 책상 앞에 앉아서 웃는 얼굴로 페리 메이슨을 맞았다.

"잘 했네."

그는 말했다.
"그것은 처음부터 재료를 갖춰 놓고 있었던 건가, 아니면 정세가 나빠졌기 때문에 여자에게 뒤집어씌운 건가?"
메이슨의 눈빛은 침통했다.
"나는 사건에 대해서 어느 정도 짐작은 하고 있었지만, 짐작을 하고 있는 것과 증거를 손에 넣는 것은 다르니까 말이야. 이제부터 나는 그 여자를 구하지 않으면 안 돼."
"그만둬." 드레이크가 말했다.
"첫째, 그 여자는 구해 줄 가치가 없는 여자야. 둘째로, 자네로서도 구해낼 수 없어. 다만 하나의 방법은 정당방위인데, 방 저쪽과 이쪽에서 쏜 것을 인정하고 있으니까 그것도 안 돼."
"아니야." 메이슨이 말했다.
"의뢰인은 의뢰인일세. 나는 어디까지나 의뢰인의 편이네. 그 여자가 내 손을 묶으려 했기 때문에 할 수 없이 그런 수를 썼어. 그렇게 하지 않으면 두 사람 다 움직일 수 없기 때문일세."
"나는 그 여자에 대해서 조금도 생각해 줄 마음이 없네."
드레이크가 말했다.
"그 여자는 돈과 결혼할 기회를 잡은 표리부동한 못된 여자에 지나지 않아. 게다가 그 뒤로 줄곧 사람을 속여 온 여자야. 그야 의뢰인에 대한 의무라는 자네의 입버릇도 좋지만, 그 의뢰인이 자네에게 살인죄를 뒤집어 씌우려고 하는 데야 이야기가 다르지 않나."
메이슨은 어두운 눈으로 탐정을 바라보았다.
"그런 것은 어쨌든 좋아. 나는 역시 그 여자를 구하겠네."
"어떻게 하면 구할 수 있는가?"
"공평하게 생각해 보게."
페리 메이슨은 말했다.

"유죄 결정이 내리기까지, 그 여자는 아무 죄도 없어."
"자백을 하지 않았는가!"
"그래도 역시 마찬가지야. 자백은 피고에게 불리하게 이용될 위험이 있는 증거임에는 틀림없지. 그러나 그 이상의 것은 아니야."
"글쎄, 배심원들은 어떻게 생각할까? 자네가 그 여자를 구하려면, 정신 이상이나 정당 방위 말고는 도리가 없겠지. 게다가 그 여자는 자네를 미워하고 있어. 아마도 이제 다른 변호사에게 의뢰할 걸세."
"그것이 문제야."
메이슨이 말했다.
"그녀가 구제를 받으려면 몇 가지 방법이 있겠지. 지금 나는 그 방법에 대해서 이야기하고 있는 게 아니야. 지금 말하고 있는 것은 결과에 대해서일세. 나는 지금 자네한테 온 힘을 다하여 그 바이티 모녀에 대해 조사해 줄 것을 부탁하네. 그 집안의 시초부터 말이야."
"그 가정부 말인가?"
"가정부와 그 딸이지. 그들 모두에 관해서이네."
"그럼, 가정부가 아직 무엇을 숨기고 있다고 생각하나?"
"숨기고 있는 것이 틀림없어."
"알았네, 사람을 보내 가정부에 대해 조사하지. 조지아의 것은 얼마간 도움이 됐나?"
"굉장했어."
"가정부에 대해서 어떤 것을 조사하면 되겠나?"
"무엇이든지. 그리고 딸에 대해서도, 어떤 조그마한 일도 놓치지 말게."
"여보게, 자네는 아직 무슨 재료가 있는가, 페리?"

"나는 그 여자를 구하겠네."
"어떤 방법으로 구할 수 있는지, 알고 있나?"
"하나의 생각은 가지고 있어. 아무 생각도 없으면 의뢰인을 도울 수 없네. 첫째 나는 그 여자가 체포되도록 하지 않았을 거야."
"자네한테 살인죄를 뒤집어씌워도 말인가?"
이상한 듯이 드레이크가 물었다.
"비록 나에게 살인죄를 뒤집어씌우려고 했을지라도 말이네."
메이슨은 고집스럽게 말했다.
"정말이지, 자네라는 사람은 죽어도 의뢰인을 버리지는 않겠군."
"그것을 다른 몇 사람에게도 잘 납득시키고 싶은데 말이야."
변호사는 괴로운 듯이 말했다.
드레이크는 날카로운 눈으로 그를 보았다. 페리 메이슨은 말을 계속했다.
"이건 내 신조야, 폴. 나는 변호사일세. 나는 곤란에 빠진 사람의 부탁을 받고 그 곤경으로부터 구하려고 하네. 나는 검찰의 입장에서 사건을 대리하는 게 아니야. 피고의 입장을 대리할 뿐이지. 지방검사는 원고의 입장에서 되도록 유리한 주장을 전개하지. 그것에 맞서서 반대의 입장에서 될 수 있는 대로 유리한 주장을 전개하는 것이 나의 의무이고, 그리고 나서 결정을 내리는 것은 배심원들의 임무야. 이것이 법의 정의를 행하기 위한 방법이지. 만일 지방검사가 공정하게 하면, 나도 공정하게 할 수 있네. 그러나 지방검사는 유죄 판결을 얻기 위해 가능한 모든 수단을 쓰지. 나도 무죄를 얻어내기 위해 가능한 모든 수단을 쓰네. 이를테면 두 팀이 축구를 하고 있는 격이지. 한 편은 될 수 있는 대로 하나의 방향으로 가려고 하고, 다른 편은 지지 않고 반대쪽을 향해 될 수 있는 대로 가려고 하는 걸세.

비로드의 손톱

의뢰인을 위해 최선을 다한다는 것은, 나에게 있어서는 하나의 망집 같은 거야. 나의 의뢰인도 청렴결백하지만은 않아. 나쁜 사람도 많아. 그 속에는 꽤 무서운 죄를 지은 사람도 있을 걸세. 그것은 내가 정하는 게 아니야. 정하는 것은 배심원의 임무지."
"자네는 그 여자가 미치광이라는 것을 입증하기라도 할 셈인가?"
탐정이 물었다.
메이슨은 어깨를 치켜올렸다.
"나는 배심이 유죄 선고를 내리는 것을 막으려는 걸세."
"그렇지만 그 자백은 어쩔 수 없지 않은가. 그것은 분명히 살인을 증명하고 있어."
"자백이 있건 없건 배심이 유죄라고 하기까지는 유죄가 인정되지 않아."
드레이크는 어깨를 으쓱해 보이며 말렸다.
"이봐, 언제까지 이래 봐야 별 수 없어. 나는 사람을 보내어 바이티 모녀에 대해 알게 된 일을 모조리 보고하겠네."
"자네한테 더 말할 필요도 없지만, 일분일초가 귀중해. 내가 오늘까지 싸워 온 것도, 내가 바라는 증거를 손에 넣기까지의 시간을 위해서였어. 서둘러 해 주게, 이건 시간 문제야. 그밖에 도리는 없어."
페리 메이슨은 사무실로 돌아왔다. 피로에서 온 눈 밑의 기미는 더욱 두드러지게 눈에 띄었지만, 눈빛은 여전히 강렬하고 날카로웠다.
사무실 문을 여니 델라 스트리트가 타이프를 치고 있었다. 그녀는 눈을 들어 그를 보았으나, 곧 일로 되돌아갔다. 메이슨은 문을 소리 내어 닫고 그녀의 곁으로 갔다.
"이봐, 델라, 부탁이야. 나를 믿어 주지 않겠어?"
델라는 힐끗 그를 보았다.

"물론 믿고 있어요."
"아니, 델라는 믿고 있지 않아."
"전 놀라서 잠깐 머리가 혼란했던 거예요, 그뿐이에요."
메이슨은 음울하고 정나미가 떨어지는 듯한 눈으로 비서를 내려다보았다.
"그래, 좋아" 하고 그는 마침내 말했다.
"주의 인구통계국을 전화로 불러서, 이쪽에서 알고 싶은 사실을 알아낼 때까지 전화를 계속해 줘. 가능하면 그 부서의 부장을 전화로 불러내 줘. 돈은 얼마가 들어도 상관없어. 그 정보가 지금 당장 꼭 필요해. 알고 싶은 것은 노마 바이티가 결혼한 일이 있는가 없는가 하는 것이야. 내가 보기에는 있었으리라고 생각해. 그리고 또 하나, 이혼 사실이 있는지 없는지도 알고 싶어."
델라 스트리트는 뜻밖인 듯이 그를 쳐다보았다.
"그것이 살인 사건과 무슨 관계가 있나요?"
"내게 맡겨요" 하고 그는 대답했다.
"바이티라는 것은 아마 본디 이름일 거야. 이를테면 어머니의 성이니까, 결혼 허가장에는 그녀가 결혼했을 때의 이름으로 적혀 있을 거야. 물론 결혼한 일이 없을지도 모르고 다른 주에서 결혼했는지도 몰라. 그러나 그 모녀의 행동에는 아무래도 이상한 데가 있고, 그 딸은 확실히 과거에 대해서 뭔가 감추고 있어. 그것이 뭔지 나는 알고 싶어."
"노마 바이티가 어떤 형태로든 사건과 관계가 있다고 생각하고 계시는 건가요?"
델라 스트리트는 다시 이상하다는 듯 물었다.
메이슨의 눈은 차갑고, 그 얼굴에는 결의의 빛이 넘쳐 있었다.
"내가 할 일은 오직 하나, 배심원들의 머리에 '이치에 맞는 이상함'

을 불러일으키게 하는 거야."

그는 델라에게 말해 주었다.

"그것을 잊어서는 안 돼. 자, 전화를 걸어서 사실을 알아봐요."

그는 자기 방으로 들어가더니 문을 닫았다. 양쪽 엄지손가락을 주머니에 넣고, 머리를 조금 수그리고는 생각에 온 정신을 집중시키면서 방 안을 왔다갔다했다.

왔다갔다하는 사이에 30분이 지나고 델라 스트리트가 문을 열었다.

"짐작이 맞으셨어요."

"어떤데?"

"노마 바이티는 결혼한 일이 있어요. 6개월 전에 하리 로링이라는 이름의 남자와 결혼했어요. 그런데 이혼 기록은 없어요."

페리 메이슨은 겨우 세 걸음으로 문까지 가서 답답한 사람처럼 그것을 열고 대기실로 나가더니, 그 다음에는 거의 뛸 듯이 복도를 지나 계단 쪽으로 갔다. 그 계단을 폴 드레이크의 사무실이 있는 층계까지 내려가 드레이크의 방문을 다급하게 두드렸다.

폴 드레이크가 문을 열었다.

"뭐야, 자넨가! 얌전히 사무실에서 의뢰인을 기다리고 있을 수는 없나?"

"이봐!"

메이슨이 말했다.

"결국 잡았어. 노마 바이티는 기혼녀야!"

"그게 어떻게 됐는데?"

"그런데 칼 글리핀과 약혼했거든."

"흠, 이혼도 하지 않고?"

"그래, 이혼하지 않았어. 이혼할 틈이 없었던 거야. 결혼한 것이 겨우 6개월 전이니 말이야."
"좋아."
드레이크가 말했다.
"이제부터 어떻게 해야 하나?"
"남편을 찾아 주게. 이름은 하리 로링. 둘이 언제 별거했는지, 그 이유를 알고 싶어. 또 특히 알고 싶은 것은, 이번에 그 여자가 베르타 저택으로 오기까지 칼 글리핀을 알고 있었는지에 대한 여부야. 다시 말하면, 이번에 그 집으로 오기 전에 어머니가 베르타 저택에서 일하고 있는 동안, 어머니를 찾아온 일이 있는가 없는가 하는 거야."
탐정은 휘파람을 불었다.
"어처구니없군!"
그는 말했다.
"자네는 극도의 감정적인 흥분에 의한 정신착란과 불문율(개인의 명예 옹호, 특히 정조 유린 등에 대한 복수에서의 살인은 어느 정도 정당하다고 하는 가상적인 법규범에 관한 것)에 의해 이바 베르타의 변호 이유를 꾸미려고 하고 있는 것 같은데."
"지금 말한 일에 곧 착수할 수 있겠나?"
"그 남편이 시내 어딘가에 있다면, 30분이 지나기 전에 조사할 수 있네."
"빠르면 빠를수록 좋아. 사무실에서 기다리겠어."
메이슨은 델라 스트리트에게는 말도 걸지 않고 자기 방으로 들어가려고 했다.
델라가 불러세웠다.
"허리슨 박이 전화를 걸어 왔어요."
메이슨은 눈썹을 치켜올렸다.

"어디 있는데?"
"그것은 말하지 않았어요. 나중에 또 걸겠대요. 전화 번호조차 가르쳐 주지 않았어요."
"호외를 읽고 사건의 새로운 발전을 안 모양이군."
"아무 말도 하지 않았어요. 그저 나중에 전화한다고만……."
전화가 울렸다.
델라는 메이슨의 방으로 연결한다는 뜻을 손짓해 보였다.
"틀림없이 허리슨 박의 전화일 거예요."
메이슨은 자기 방으로 들어갔다.
델라 스트리트가 말하고 있는 것이 들렸다.
"잠깐 기다려 주세요, 박 씨."
그리고 그가 수화기를 들자, 박의 목소리가 들려 왔다.
"안녕하십니까, 메이슨 씨."
허리슨 박의 목소리는 여전히 울림이 좋았으나, 어딘가 당황하고 있음을 숨기지 못했다. 목소리가 곧잘 높아지고 뻑뻑거리는 금속성을 내었으며, 본디의 목소리로 돌아가려고 노력하고 있는 것 같았다.
"이거, 아무래도 난처하게 되는 것 같군요. 지금 신문을 읽었습니다만……."
메이슨이 말했다.
"그렇게 걱정할 것은 없습니다. 당신은 살인 사건에서는 벗어나 있어요. 다만 가상적인 친구의 한 사람이라는 얼굴을 하고 있으면 돼요. 좀 불쾌한 일은 있겠지만, 살인혐의를 받기보다는 낫겠지요."
"그러나 이것이 선거에 악이용될 것 같아서요."
"뭘 이용합니까?"
"나와 그 여자의 교제를 말입니다."
"그것은 내 힘으로는 어쩔 수 없소."

메이슨은 말했다.
"그러나 당신을 끌어들이지 않으려고 노력하고 있어요. 지방검사는 이 사건에 당신 이름을 내지 않을 겁니다. 공판에서 동기를 설명하지 않으면 안 될 경우엔 별문제지만……."
박의 목소리는 차츰 위엄을 되찾는 듯했다.
"바로 그 점에 대해서 당신과 의논하고 싶었습니다. 지방검사는 아주 공정해요. 공판이 되지 않는 한, 내 이름이 나오는 일은 없는 모양입니다. 그러니까 한 가지, 공판이 되지 않도록 연구해 줄 수 없겠습니까?"
"어떻게?"
메이슨이 물었다.
"그녀를 설득하여 제2급 살인죄에 따르게는 할 수 있겠지요. 당신은 지금도 그녀의 변호인 자리에 있소. 지금 말한 대로 양해를 얻는다면, 지방검사는 그녀를 당신과 만나게 해 준다고 했어요. 나는 방금 검사와 이야기했습니다."
메이슨은 곧장 딱 잘라 말했다.
"그렇게는 할 수 없소! 나는 당신의 이익을 지키는 입장에 서려고 노력하고 있지만, 그것은 내 방식으로 하는 거요. 당신은 당분간 더 숨어 있어요."
"그렇게 해 주시면 충분히 사례하겠습니다."
허리슨 박은 정중히 부드러운 소리로 말을 이었다.
"현금 5천 달러. 아니 그보다 얼마쯤 더……."
페리 메이슨은 전화기를 내동댕이쳤다.
변호사는 다시 마루를 걷기 시작했다. 15분인가 20분이 지났을 때, 전화가 울렸다.
메이슨이 수화기를 들자, 폴 드레이크의 목소리가 들려 왔다.

"찾고 있는 그 사나이의 주소를 알아낸 모양이야. 벨베디아 아파트에 하리 로링이라는 이름의 사람이 있어. 부인은 일주일 전쯤에 나가서 어머니와 함께 살게 됐다고 하네. 그 사나이를 잡고 싶은가?"
"잡지 않고 어떻게 하나."
메이슨이 말했다.
"그것도 아주 빨리! 자네, 함께 가 주지 않겠나? 증인이 필요해 질 테니까."
"좋아."
드레이크가 말했다.
"괜찮으면, 내 차로 갈까?"
"따로따로 가세. 차가 두 대 필요하게 될지도 모르니까."

18

하리 로링은 여윈, 신경질적인 사나이로 쉴새없이 눈을 껌벅이며 혀 끝으로 입술을 적시는 버릇이 있었다. 그는 새끼로 묶어 놓은 트렁크 위에 앉아서 폴 드레이크에게 머리를 흔들었다.
"아니, 잘못 아셨습니다. 나는 결혼하지 않았습니다."
드레이크는 페이 메이슨의 얼굴을 보았다. 메이슨이 가볍게 어깨를 들어올렸기 때문에 드레이크는 그것을 자기에게 말하라는 신호로 보았다.
"노마 바이티라는 부인을 모르나?"
드레이크는 물었다.
"전혀."
로링은 혓바닥으로 날름 입술을 핥았다.
"이사를 하는 건가?"

"네, 여기 방값을 물지 못해서요."
"한 번도 결혼한 일이 없단 말이지?"
"네, 나는 독신자입니다."
"어디로 이사하나?"
"아직 정하지 않았습니다."
로링은 눈을 껌벅이면서 두 남자의 얼굴을 차례로 보았다.
"당신들은 관청에 계신 분들입니까?"
그가 물었다.
"우리들의 일은 걱정하지 않아도 돼." 드레이크가 말했다.
"자네 이야기를 하고 있는 거니까."
로링은 "네" 하고 대답하고는 입을 다물어 버렸다.
드레이크는 다시 메이슨에게 눈짓을 했다.
"보아하니 갑자기 이사를 하는 것 같군."
로링은 어깨를 으쓱했다.
"뭐, 갑자기 해도 상관없지요. 짐이라곤 별로 없으니까요."
"자, 잘 들어 보게" 하고 드레이크가 말했다.
"이렇게 해서 우리를 언제까지나 붙잡고 있어야 별수 없어. 조사하면 곧 사실이 밝혀지니까. 자네는 한 번도 결혼한 일이 없다고 하는데 정말인가?"
"네, 저는 독신입니다. 아까 말씀드린 대로요."
"좋아, 그런데 이웃 사람들은 자네가 결혼했었다고 말하던데. 이 아파트에 자네 아내로서 함께 살고 있던 여자가 1주일 전까지 있지 않았나?"
로링은 몹시 눈을 껌벅였다. 신경질적으로 트렁크 위에서 몸을 움직였다.
"그건 여편네가 아닙니다."

그는 말했다.

"언제부터 알고 있었지?"

"2주일쯤 전이에요. 어느 레스토랑에서 웨이트레스를 하고 있던 여자지요."

"레스토랑의 이름은?"

"이름은 잊었어요."

"그 여자의 이름은?"

"여기서는 로링 부인이라고 불려지고 있었지요."

"그건 알고 있어. 본디 이름은 뭐지?"

로링은 말이 막혀 또 날름 혓바닥으로 입술을 핥았다. 침착성없이 이리저리 방 안을 두리번거렸다.

"존즈입니다, 메어리 존즈."

드레이크는 잔뜩 비꼬임을 담고 웃었다.

로링은 잠자코 있었다.

"지금 그 사람은 어디 있나?"

드레이크가 불쑥 물었다.

"모릅니다. 저를 버리고 갔어요. 누군가 다른 남자와 함께 어디로 갔겠지요. 우리는 싸웠어요."

"뭣 때문에 싸웠지?"

"네? 아니 모르겠어요. 그냥 싸웠어요."

드레이크는 다시 한 번 메이슨을 보았다.

메이슨이 나서서 대화를 이끌었다.

"자네는 신문을 읽고 있나?"

"가끔 봅니다. 그렇게 자주 보지는 않아요. 때로는 제목만 봅니다. 신문에는 그다지 흥미가 없어요."

메이슨이 안주머니에 손을 넣어서 아침 신문 쪽지를 꺼내어 놓았다. 거기에 노마 바이티의 사진이 나 있는 것을 보였다.
"자네와 함께 살고 있었던 사람이 이 여자인가?"
로링은 사진을 똑똑히 보지도 않고 세차게 머리를 흔들었다.
"아니, 그 여자가 아닙니다."
"사진을 제대로 보지도 않았지 않나. 아니더라도 잘 보고나 말하게."
그는 사진을 로링의 코밑에 바짝 들이밀었다. 로링은 그것을 받아서 10초, 15초, 들여다보았다.
"아니, 그 여자가 아닙니다."
"이번에는 결심하기까지 꽤 시간이 걸린 것 같군."
메이슨이 추궁했다.
로링은 대답하지 않았다.
메이슨은 갑자기 드레이크를 보고 끄덕였다.
"아무튼 좋아" 하고 그는 로링에게 말했다.
"어디까지나 그런 태도를 보인다면, 후회할 일을 당해야겠지. 그렇게 거짓말하면, 우리는 자네를 도와 줄 수가 없으니까."
"거짓말을 하고 있지 않아요."
"가세, 드레이크."
메이슨이 내던지듯이 말했다.
둘은 방을 나와서 문을 닫았다. 복도에서 드레이크가 말했다.
"이 사나이를 어쩔 셈인가?"
"저 사람은 배짱이 전혀 없어. 그렇지 않으면 화를 내는 체하며 쓸데없는 참견 말라느니 뭐니 했을 거야. 마치 과거에 떳떳치 못한 것이 있어서 법률의 눈을 두려워하고 있는 것처럼 보이는군. 저 녀석 형사에게 들볶이는 버릇이 있는 사나이야."
"나도 대충 그렇게 생각했는데" 하고 드레이크가 말했다.

"이제부터 어떻게 할까?"

"응. 이 사진을 갖고 다니면서 이 아파트에 살고 있는 사람 가운데, 그 여자라고 확인하는 사람이 있는지 어떤지를 알아보는 걸세."

"이 신문의 사진은 좋지 않아. 다른 사진을 얻을 수 있으면 좋을 텐데."

"우리는 시간이라는 무서운 적과 싸우고 있네. 이러고 있는 동안에도 무슨 일이 일어날지 몰라. 이쪽은 어떻게든 앞질러 나가지 않으면 안 돼."

"우리가 너무 얌전했던 게 아닐까?"

드레이크가 말했다.

"그 사나이는 더 사납게 다루면, 금방 허리를 굽힐지도 몰라."

"그래, 다음에는 그렇게 하세. 나는 할 수만 있다면 좀더 그 사나이에 대해 무엇을 잡고 싶네. 조금만 세게 억누르면, 그 녀석 대번에 파래질 거야."

계단을 올라오는 발소리가 들렸다.

"가만, 누가 오는 모양이야" 하고 드레이크가 말했다.

어깨가 떡 벌어진 뚱뚱한 남자가 힘드는 듯이 계단을 올라와 복도를 걸어왔다. 옷에는 때가 묻고 소매 끝은 주름이 져 있다. 그러나 태도에는 의연한 데가 있었다.

"영장 송달사(令狀送達士)야."

메이슨이 드레이크에게 속삭였다.

남자는 두 사람 가까이 다가왔다. 그의 태도에는 지난날 경찰로 지냈던 탓인 듯 관리풍의 의젓함이 아직 남아 있었다.

그는 두 남자를 보고 물었다.

"당신들 중의 어느 쪽이 하리 로링씨가 아니오?"

메이슨이 곧바로 되받았다.

"네, 네, 제가 로링입니다."

사나이는 주머니에 손을 넣었다.

"아마 당신은 무슨 용건인지 알고 있겠지요? 나는 여기 소환장과 고소장 사본, 그리고 노마 로링과 피고 하리 로링의 민사 소송 소환장 사본을 갖고 왔소. 소환장의 원본을 당신에게 보여 드리지요. 그리고 소환장과 고소장 사본도 드리겠습니다."

그는 어두운 웃음을 지었다.

"이것은 당신이 잘 양해하고 있는 일이라고 생각되오. 확실히 이 소송에는 이의가 없는 듯했으니, 당신은 내가 오는 것을 기다리고 있었겠지요?"

메이슨은 서류를 받았다.

"네, 이것으로 됐습니다. 알고 있어요."

"나쁘게 생각지 마십시오."

"아니, 당신이야말로" 하고 메이슨이 대답했다.

영장 송달사는 소환장의 원본 뒤에 연필로 무엇을 적어넣더니, 천천히 틀에 박힌 걸음걸이로 계단 쪽으로 걸어갔다. 그가 내려갈 때 메이슨은 드레이크를 보고 히죽 웃었다.

"됐어" 하고 그는 말했다.

두 사람은 접혀져 있는 고소장의 사본을 폈다.

"이것은 이혼이 아니고 혼인 파기 소송인데."

메이슨이 말했다.

두 사람은 소장 신청서를 읽었다.

"그렇군, 결혼날짜도 틀림없고. 여보게, 되돌아가세."

두 사람은 로링의 방문을 두드렸다.

방 안에서 "누굽니까?" 하는 로링의 목소리가 들렸다.

비로드의 손톱 263

"서류 송달로 왔습니다" 하고 메이슨이 말했다.

로링은 문을 열고, 아까의 두 사람이 서 있는 것을 보자 주춤했다.

"당신들이오!"

그는 소리쳤다.

"이젠 간 줄 알았더니……."

메이슨은 어깨로 문을 밀고 방 안으로 들어갔다. 드레이크도 따랐다.

메이슨이 송달사로부터 받은 서류를 들이밀었다.

"이것 봐요, 이상한 일이군. 우리는 자네에게 송달할 서류를 가지고 있는데, 자네는 그것에 관해 잘 양해하고 있는 걸로 알았네. 그런데 송달을 하기 전에 우리는 틀림없이 당사자에게 송달되는 것인가 확인하지 않으면 안 되네. 그래서 자네의 결혼에 대해서 물었던 것인데, 자네는……."

로링이 기세좋게 말했다.

"아, 그렇습니까, 그 일입니까! 그럼 왜 그렇게 말해 주지 않았습니까? 틀림없습니다. 그것을 저는 기다리고 있었어요. 서류가 오기까지 여기서 기다리고 있다가 송달이 되면 곧 여기를 떠나라고 해서……."

메이슨은 불쾌한 듯한 목소리로 나무랬다.

"뭐요, 그렇다면 이렇게 귀찮게 하지 말고 그렇다고 빨리 말해주었으면 좋지 않았는가. 자네 이름은 하리 로링, 그리고 자네는 노마 바이티와 이 소장에 씌어 있는 날짜에 결혼했어. 그것은 틀림이 없겠지?"

로링은 소장에 기입되어 있는 날짜를 들여다보았다.

메이슨은 거기를 손가락으로 가리켰다.

로링은 끄덕였다.

"틀림없습니다."
"그리고 자네는 이 날짜로 별거했네. 그것도 틀림없겠지?"
메이슨은 손가락을 다음 행의 날짜로 옮겼다.
"틀림없습니다."
"좋아. 이 소장에 자네가 결혼했던 날짜에는 살아 있는 다른 아내가 있었고, 아직 이혼하지 않았어. 따라서 그 때문에 결혼은 위법이며, 원고는 이 혼인 계약을 파기하고 싶다는 거겠지?"
다시 한 번 로링은 끄덕였다.
"그럼 또 묻겠는데, 이건 잘못된 게 아닌가?"
메이슨이 말했다.
틀림없다는 뜻으로 로링은 머리를 옆으로 저었다.
"틀림없습니다. 노마는 이러한 이유로 결혼을 취소한다는 겁니다. 이것으로 좋아요."
메이슨이 물었다.
"이건 사실인가?"
"물론 사실입니다."
"그렇다면 나는 자네를 중혼죄로 체포할 의무가 있군."
로링의 얼굴은 파랗게 질렸다.
"그런 귀찮은 일은 일어나지 않을 거라고 했는데요."
"누가 그렇게 말했지?"
"나한테 온 변호사가요. 노마의 변호사 말입니다."
"자네를 속인 거야, 그건," 하고 메이슨이 잘라 말했다.
"자네와의 결혼을 취소하고, 노마를 몇 백만 달러의 유산 상속인과 결혼시키려는 거야."
"그렇게 말하더군요. 그래서 저한테는 그다지 귀찮은 일이 없다면서, 다만 수속상의 문제라고 했어요."

"뭐가 수속상이야! 자네는 중혼이 죄라는 것도 모르나?"
"그렇지만 저는 중혼의 죄를 범하고 있지 않아요!"
"아니, 범하고 있어. 여기 분명히 씌어 있지 않은가. 변호사가 서명하고 노마가 선서하고, 자네는 결혼할 때, 따로 생존해 있는 아내가 있으면서 그 사람과 이혼하지 않았다고, 분명히 씌어 있지 않은가. 그래서 우리는 자네에게 경찰본부로 동행해 줄 것을 요구하네. 이 문제로 자네는 꽤 곤경을 당하게 될 걸세."
로링은 걱정스러운 표정이었다.
"그건 사실이 아니에요" 하고 마침내 말했다.
"사실이 아니라는 것은 무슨 뜻인가?"
"사실이 아니라는 뜻입니다. 이를테면 저는 전에 결혼한 일이 없다는 겁니다. 노마도 그것을 알고 있어요! 변호사도 알고 있고요! 우리는 타협을 했는데 저쪽에서 말하기를 '이혼을 하려면 오랜 시일이 걸리니까 그 때까지 기다리고 있을 수 없다, 그러나 그 남자와 결혼할 행운이 찾아왔으니까 이러한 소송을 제기하는 것을 양해해주면 나한테도 얼마쯤의 돈을 주겠다'는 것이었어요. 그 뒤로 나는 답변서인가 뭔가 제출해서 정말은 아내가 있었지만, 결혼 당시에는 이혼하고 있었던 것으로 안다고 주장하면 된다는 이야기였어요. 그렇게 하면 나는 죄가 되지 않고, 노마는 예정대로 결혼이 해소된다는 것이었어요. 변호사가 벌써 그러한 답변서를 작성해 가지고 왔기에, 저는 거기에 서명만 했습니다. 변호사는 내일 그것을 제출한다고 했어요."
"그렇게 해 놓고 급히 혼인 파기를 해 버리자는 건가?"
메이슨이 물었다.
로링은 끄덕였다.
"흠, 그렇게 해서 사실을 캐내려는 사람들을 속이려 해도 자네의 이득은 되지 않네. 그런데 왜 자네는 처음부터 이런 이야기를 하지 않았나?"
"변호사가 잠자코 있으라고 했어요."
"그런 변호사는 제정신이 아니야. 이 일에 관해서 우리는 보고를 내지 않으면 안 되네. 그러니까 자네는 지금 말한 것을 공술해서 우리에게 넘겨주면 좋겠네. 그러면 우리는 보고서에 그것을 첨부해서 제출할 테니."
로링은 망설였다.
"그렇지 않으면 함께 본부로 가서 거기서 진술을 하든가."
로링은 말했다.
"아니, 그건 곤란해요. 저는 공술서를 당신에게 드리겠습니다."
"좋아" 하고 메이슨은 말하고 수첩과 만년필을 주머니에서 꺼냈다.
"그 트렁크에 앉게, 그리고 공술서를 쓰게. 처음부터 모조리 순서대로 쓰는 거야. 자네는 다른 아내를 가진 일이 없다, 노마에게 급히 결혼 파기를 시켜야 할 이유를 변호사가 설명하면서 자네에게 현재 살아 있는 다른 아내가 있다는 것을 말하면 노마는 막대한 유산을 상속하게 되는 남자와 결혼할 수 있다고 말했다, 그렇게 분명히 쓰게."
"그렇게 써도 저는 곤경을 당하지 않을까요?"
"자네가 곤경을 당하지 않을 오직 하나의 방법일세."
메이슨이 말했다.
"자네에게 설명할 필요는 없지만, 자네는 자칫 잘못했다가는 크게 시끄러운 일에 말려들 뻔했어. 자네가 우리에게 정직하게 말해 줬으니 망정이지, 사실은 자네를 경찰에 끌고 가려고 했었네."
로링은 가볍게 한숨을 쉬었다.

"그럼, 좋습니다" 하고 만년필을 들었다. 그는 앉아서 힘들여 쓰기 시작했다. 메이슨은 두 다리를 크게 벌리고 선 채, 움직이지 않고 참을성있게 그것을 지켜보았다. 드레이크는 히죽히죽 웃으면서 담배에 불을 붙였다.

공술서를 쓰는 데 5분이 걸렸다. 로링은 그것을 메이슨에게 주었다.
"이것으로 됩니까? 이런 것은 해 보지 않아서 아무래도……."
메이슨은 공술서를 받아서 읽었다.
"잘 됐네. 서명을 하게."
로링은 서명을 했다.
"좋아, 그런데 그 변호사는 자네더러 여기를 나가라고 하던가?"
"네, 저에게 돈을 주고 여기 있으면 안 된다고 했어요. 누군가가 찾아내어 이야기를 시키면 안 되니까 숨어 있으라고 했습니다."
"그랬겠지."
메이슨이 말했다.
"자네는 어디 갈 데가 있나?"
"호텔로 가겠어요. 어느 호텔이건 같을 테니까요."
"좋아."
드레이크가 말했다.
"우리와 함께 가세. 방을 알아봐 주지. 누군가가 찾아내면 귀찮으니까 이름을 바꾸게. 그러나 우리하고는 계속 연락을 끊지 않도록 해야 하네. 그렇지 않으면 귀찮은 일이 생겨. 이 공술서를 누군가 증인이 있는 앞에서 자네가 사실이라고 인정해 줄 필요가 있을지도 모르니."
로링은 끄덕였다.
"변호사는 당신들의 일을 저한테 말해 주면 됐던 거예요. 덕분에

혼날 뻔했습니다."
"그렇고말고."
메이슨은 말을 멈췄다.
"경우에 따라서 지금쯤은 경찰본부로 가는 도중이었을지도 모르지. 만일 가면 간단히는 끝나지 않았을 걸세."
"노마는 변호사와 함께 여기 왔던가?"
드레이크가 물었다.
"아니, 처음에는 그녀의 어머니가 왔어요. 그리고 나서 변호사가 왔습니다."
"그럼 노마하고는 만나지 않았나?"
"네, 어머니를 만났을 뿐이에요."
"알았네."
메이슨이 말했다.
"그럼, 함께 가세. 자네를 우리가 알고 있는 호텔로 데려가 방을 구해 주지. 하리 루그란드라는 이름으로 하는 게 좋겠네."
"짐은 어떻게 할까요?"
"짐은 우리가 맡지. 나중에 짐꾼을 보내겠어. 호텔의 짐꾼이 모든 일을 처리해 주네. 자네는 거기로 가기만 하면 돼. 우리 차가 기다리고 있으니 지금 바로 오게."
로링은 입술을 핥으면서 털어놓았다.
"정말이지 덕분에 살았습니다. 서류를 가져오는 사람을 기다리느라고 여기 앉아 있는 것은 정말 괴로웠어요. 나중에는 그 변호사가 대체 까닭을 모두 알고 있는 것인가 하고 걱정이 됐었습니다."
"변호사도 그다지 잘못한 것은 아니야. 다만 자네에게 두세 가지 주의시켜 두는 것을 잊었어. 아마 마음이 급해서 흥분해 있었던 게로군."

"네, 왜 그런지 몹시 흥분해 있었어요."
로링이 긍정했다.
그들은 말없이 차를 몰아 메이슨이 존슨이라는 이름으로 방을 빌어 들고 있는 호텔 리프리로 갔다. 메이슨은 프런트의 종업원에게 가서
"이쪽은 내 고향 디트로이트에서 오신 루그란드 씨야. 4, 5일 여기에 묵고 싶다고 하네. 나와 같은 층의 방을 하나 주게."
종업원은 방의 카드를 조사하고 물었다.
"잠깐 기다려 주십시오, 존슨 씨의 방은 518호였지요?"
"그렇네."
"522호면 되겠지요?"
"아, 좋아. 그리고 짐을 가져오고 싶은데 내가 짐꾼에게 이야기하지."
그들은 로링과 함께 그 방으로 갔다.
"됐어."
메이슨이 로링에게 말했다.
"그럼 여기 있으면서 밖엔 나가지 않도록 하게. 우리가 전화하면, 곧 받을 수 있도록. 우리는 본부에 보고하지 않으면 안 되네. 그리고 나면 본부에서는 자네에게 뭔가 묻고 싶다고 할지 모르지만, 우리가 이미 자네의 공술서를 가지고 있으니까 그쪽은 걱정없어. 자네는 안전해."
"고맙습니다."
로링이 말했다.
"당신이 시키는 대로 하겠습니다 내가 장소를 옮기면 곧 연락하라고 변호사가 말했는데 알려야 할까요?"
"아니, 그럴 필요는 없어, 자네는 우리와 연락을 취하고 있으니까. 아무하고도 연락하면 안 돼. 우리에게서 연락이 올 때까지 여기 가

만히 있게. 우리가 경찰본부에 보고할 때까지 어떤 일도 해서는 안 되네."

"알았습니다. 모든 것을 당신 말대로 하겠습니다."

드레이크가 메이슨을 돌아보고 히죽 웃었다.

"어떤가, 잘 됐지? 이제부터 어떻게 할 건가?"

메이슨은 엘리베이터 쪽으로 걸어가며 말했다.

"자, 이제부터 구경거리라네."

"때려부수게."

드레이크도 맞장구쳤다.

메이슨은 로비에서 걸음을 멈추고 경찰본부에 전화를 걸어 수사과의 시드니 드럼을 대달라고 부탁했다. 조금 뒤에 드럼의 목소리가 들려 왔다.

"드럼인가, 나 메이슨이네. 그 베르타 사건에서 또 새 단서를 잡았어. 그런데 그것에 대해서는 자네가 도와 주지 않으면 안 될 것 같아. 자네한테는 이바 베르타 체포의 기회를 주었는데, 이번에는 나에게도 기회를 한 번 주게."

드럼은 또 웃기 시작했다.

"나는 자네가 기회를 주었는지 어쨌는지 잘 모르겠는걸. 내가 들어가자 자네는 자기의 소중한 재료들을 감추기 위해 재빨리 도망쳐 버렸어."

"글쎄, 그 일로 토론은 그만두세."

메이슨은 말했다.

"나는 자네한테 기회를 주었고, 그것은 자네의 공이 되지 않았나."

"좋아, 그런데 무슨 일인가?"

드럼이 물었다.

"호프만 부장을 데리고 엘므드 거리의 언덕 아래까지 와 주게. 자네들과 함께 베르타의 저택으로 가고 싶네. 거기서 자네들에게 보여 주고 싶은 게 있어."
"글쎄, 부장을 잡을 수 있을지 어떨지 모르겠네. 벌써 퇴근했는지도 몰라. 늦었으니 말이야."
"퇴근했으면 찾아서 데려와 줘. 그리고 이바 베르타도 함께 데리고 와 주게."
"뭐라고? 그건 어려워. 그 여자를 밖으로 데리고 나가면 눈에 띄어 안 될 걸세."
"몰래 데리고 나오면 되지 않나. 자네 편에서는 필요한 만큼 경관을 데리고 나와도 좋아. 다만 소동은 피우지 말고."
"부장이 뭐라고 할지 모르겠군."
드럼은 반대했다.
"그 일은 백만 분의 하나도 가망이 없을 것 같네."
"아무튼 가능한 한 해 보게. 이바 베르타를 데려올 수 없으면, 부장만이라도 꼭 끌어내 주게. 나로서는 그 여자도 와 주었으면 싶지만, 그보다 자네들 두 사람은 꼭 와 주어야 해."
"알았네. 별다른 잘못이 없는 한, 언덕 아래에서 만나세. 부장이 여기 있으면 끌고 가겠네."
"아니, 그래서는 안 돼. 우선 지금 한 말이 어떻게 되는지 확인한 뒤에 만나기로 하게. 5분쯤 있다가 다시 한 번 전화할 테니, 자네가 올 수 있다면 언덕 아래에서 기다리기로 하세. 올 수 없다면 헛수고해야 별수없으니까."
"좋아, 그럼 5분 있다가 또……."
드럼은 전화를 끊었다.
드레이크가 메이슨에게 말했다.
"여보게 메이슨, 너무 무리하지 말게."

"염려 마. 무리는 하지 않아."
"그렇지만 뭔가 잘못 짚고 있는 건 아닌가?"
"그렇지는 않을 걸세."
"그 여자의 변호를 위해서 하려는 일이라면, 공판에서 깜짝 놀라도록 경찰에 알리지 않고 하는 편이 좋을 것 같은데."
"이것은 그러한 변호의 경우와는 다르네."
메이슨이 말했다.
"나는 경찰이 입회해 주기를 바라네."
드레이크는 어깨를 치켜올렸다.
"스스로 자기 무덤을 파는 결과가 되어 버릴지도 몰라."
메이슨은 끄덕이고, 담배가게로 가서 담배를 샀다. 5분이 지났으므로 그는 드럼을 불러냈다.
드럼이 말했다.
"빌 호프만을 만나 자네 생각을 말했는데, 메이슨, 이바 베르타를 데리고 갈 수는 없다고 말했네. 구치소 둘레에는 20명이 넘는 기자들이 진을 치고 있어서, 뒤를 밟히지 않고 여자를 끌어내기란 도저히 어렵다는 거야. 호프만은 자네가 그 집으로 자기를 불러내어 신문이 대서특필할 만한 연극을 해서 창피를 주는 게 아닌가 하고 걱정하고 있네. 그러나 나갈 마음은 있는 것 같아."
"알았네."
메이슨이 말했다.
"그것으로 어떻게 잘될 거야. 그럼 엘므드 거리 언덕 아래에서 만나세. 우리는 비크의 쿠페 속에서 기다리고 있겠네."
"알았어" 하고 드럼은 말했다.
"이제 5분 뒤엔 떠나겠네."
"그럼 그때 다시" 하고 메이슨은 수화기를 가만히 놓았다.

19

4명의 사나이는 베르타 저택 포치의 계단을 올라갔다.
호프만 부장은 눈썹을 모으고 메이슨에게 말했다.
"여보게, 묘한 거래를 하겠다면 곤란해. 나는 이 사건에서 자네를 신용하고 있으니까."
"눈과 귀를 잘 열어 놓고 있기만 하면 되오. 그리고 내가 뭔가 새로운 사실을 폭로한다고 생각한다면, 따라와 주시오. 그러나 거꾸로 뭔가 자네들을 속이려 한다고 생각되면, 언제든지 돌아가도 좋소."
호프만이 말했다.
"그렇다면 공정하군."
"시작하기 전에 한두 가지 기억을 확인해 둡시다."
메이슨이 주의를 주었다.
"나는 언덕 기슭의 약국에서 베르타 부인을 만났소. 그리고 이 집까지 함께 왔지. 부인은 열쇠는 물론 핸드백도 갖고 있지 않았소. 뛰쳐나왔을 때, 돌아오면 바로 들어가도록 문에 쇠를 잠그지 않았던 거요. 문에는 쇠를 잠그지 않았다고 부인은 내게 말했소. 그러나 내가 문을 열어 보니 잠겨 있었소, 빗장이 내려져 있었지요."
드럼이 말했다.
"그 거짓말쟁이 여자의 이야기라면 난, 문이 열려 있었다고 하면 잠겨 있을 거라고 생각하겠네."
"그것도 그렇지만…… 그러나 부인이 열쇠를 갖고 있지 않은 것을 잊어서는 안 되네. 또한 부인은 빗속으로 뛰쳐나왔어. 어떻게 해서든지 집에 다시 들어갈 것을 생각하고 있었을 걸세."
메이슨은 고집스럽게 주장했다.
"정신이 뒤집혀 있었는지도 모르지."

호프만이 지적했다.
"그 여자만큼은 그런 일이 없을 거요."
메이슨이 말했다.
"그래서, 다음을 계속하게."
호프만은 흥미를 느끼고 재촉했다.
"다음은 뭔가?"
"내가 집 안으로 들어가자, 우산걸이에 우산이 하나 있었는데 젖어 있었소. 우산에서 흐른 물이 아래 바닥에 괴어 있었지요. 당신도 아마 왔을 때 그것을 보았겠지요?"
호프만 부장은 눈을 가늘게 뜨고 수긍했다.
"그래, 지금 생각하니 확실히 그랬네. 그것이 어떻게 되었단 말인가?"
"아니, 아직은 아무것도 아니오."
메이슨은 대답하고 초인종을 눌렀다.
조금 있다가 하인 버틀러가 문을 열고 그들의 모습을 보더니 눈을 크게 떴다.
"칼 글리핀은 집에 있나?"
메이슨이 물었다.
버틀러는 머리를 저었다.
"아니오, 나가셨습니다. 무슨 사무적인 볼일로……."
"가정부 바이티 부인은 있는가?"
"네, 물론 있습니다."
"딸 노마도?"
"네."
"좋아" 하고 메이슨이 말했다.
"우리는 베르타의 서재로 가네. 아무한테도 우리가 온 것을 이야기하지 말게. 알겠나?"
"네, 알았습니다."
버틀러가 대답했다.
호프만은 안으로 들어가서 범행이 일어난 밤에 우산이 세워져 있던 홀 스탠드를 점검하듯 보았다. 그는 생각에 잠겨 있었다.
드럼은 신경질적으로 거의 들리지 않을 만큼 낮게 휘파람을 불었다.
그들은 이층으로 올라 베르타의 시체가 발견된, 잇닿아 있는 방으로 들어갔다. 메이슨이 스위치를 눌러 불을 켜고, 잠깐 동안 벽을 살피고 다녔다.
"자네들도 보아 주게."
그는 말했다.
"무얼 찾고 있는가?"
드럼이 물었다.
"탄흔이야."
메이슨이 말했다.
호프만 부장은 고개를 끄덕였다.
"그 일이라면 시간을 절약할 수 있네. 우리는 각 방에서 한 치의 간격으로 사진도 찍고 견본도 떴으니까. 탄흔이 있었다면 우리가 넘겨 버렸을 리 없고, 여기서는 칠이 조금도 벗겨진 데가 없어."
"알고 있소."
메이슨이 말했다.
"나도 당신들이 오기 전에 같은 것을 찾아서 모조리 조사했는데, 아무것도 찾지 못했소. 나는 틀림없이 믿고 있는 사실이 있는데, 그것을 증명할 수가 없었소."
호프만 부장의 얼굴이 갑자기 의심스러운 표정을 띠면서 물었다.

"이봐, 메이슨! 자네는 그 여자를 무죄로 하려는 셈인가?"
메이슨은 똑바로 부장의 얼굴을 보고 대답했다.
"나는 실제로 무슨 일이 일어났는가를 증명하려고 하는 거요."
호프만은 눈썹을 모으며 다시 재우쳤다.
"그것은 내 질문의 답이 되지 않아. 자네는 그 여자를 석방시키려는 건가?"
"그렇소."
"그렇다면 나는 응할 수가 없네."
호프만이 말했다.
"아니, 그럴 수가 없을 거요."
메이슨은 말했다.
"나는 신문 한 면 가득히 당신 사진이 날 기회를 주려는 거요."
"내가 염려하는 것도 바로 그거야."
호프만이 말했다.
"자네는 기민한 사람이야, 메이슨. 나는 자네에 관해서 잘 조사하고 있어."
"그런가요, 조사했다면 내가 결코 친구를 배반하지 않는다는 것도 알겠군요. 시드니 드럼은 내 친구요. 나는 오늘 이 친구를 데리고 왔소. 만일 내가 경찰을 한방 먹이려 했다면, 내가 알지 못하는 사람을 데리고 왔을 거요."
호프만 부장은 불만스러우면서도 상대방의 주장을 인정했다.
"그런가, 그렇다면 잠깐만 더 여기 있어 보겠네. 그러나 이상한 짓은 말아 주게. 나는 자네가 무엇을 노리고 있는지 알고 싶네."
메이슨은 욕실을 보면서 서 있었다. 바닥에는 조지 베르타의 시체가 발견된 위치를 표시하는 백묵 선이 그어져 있었다.
갑자기 메이슨은 큰소리로 웃기 시작했다.

비로드의 손톱

"하아, 당했군!"
"여보게, 그건 무슨 농담인가?"
드럼이 물었다.
메이슨은 호프만 부장을 향해서 자신있게 말했다.
"좋소, 부장. 이걸로 나도 결심이 섰소. 당신한테 보여 줄 게 있소. 바이티 부인과 딸을 불러 주지 않겠소?"
호프만 부장은 의아해 했다.
"그 모녀를 불러서 어쩔 터인데?"
메이슨이 말했다.
"여기로 불러서 잠시 질문을 하고 싶소."
호프만은 머리를 흔들었다.
"안 돼. 나는 그렇게 할 수 없어. 더 자세히 사정을 설명해 주기 전에는."
"부장, 이건 진지한 이야기요. 당신은 여기 있으면서 그 질문을 들어 주시오. 만약 내가 지킬 바의 분수를 지키고 있지 않다고 생각되면, 언제든지 질문을 중지시키면 되오. 인색하군요, 당신은! 내가 만일 당신한테 속임수를 쓸 작정이라면, 배심 앞에 끌어내어 거기서 내 비수를 내보여 모두 혀를 감게 만들지. 무엇 때문에 일부러 경찰을 불러놓고, 우리 형편을 내보일 필요가 있단 말이오?"
"하긴 이치에 맞는 이야기로군."
호프만 부장은 잠시 생각하고 나서 말하고 시드니 드럼에게 "아래로 내려가서 두 여자를 이곳으로 데려오게" 하자 드럼은 머리를 끄덕이고 나갔다.
폴 드레이크는 의아한 듯 메이슨을 바라보고 있었다. 메이슨의 얼굴에는 아무런 표정도 떠오르지 않았다. 그리고 드럼이 나가고 난 뒤 문 밖에서 두세 사람의 발자국 소리가 들리기까지 한마디도 입을 열지 않았다. 이윽고 문이 열리고 드럼이 두 부인을 방 안으로 데리고 왔다.

바이티 부인은 여전히 음침했다. 빛이 없는 검은 눈은 아무 흥미도 없는 듯 방 안의 남자들을 보고 있었다. 그녀는 전에 본 그 묘한, 허공을 자르는 듯한 딱딱한 걸음걸이로 걸어왔다.

노마 바이티는 몸매가 다 드러나 보이는 꼭 들어맞는 드레스를 입고 있었다. 자신이 남성의 눈을 끄는 매력이 있는 것을 자랑하는 듯한 눈으로 도톰한 입술에 미소를 떠올리면서, 남자들의 얼굴을 둘러보았다.

메이슨이 말했다.

"두 분께 좀 묻고 싶은 게 있습니다."

노마 바이티가 말했다.

"또 말이에요?"

메이슨은 노마의 말을 일부러 무시해 버리고 물었다.

"바이티 부인, 당신은 따님과 칼 글리핀의 약혼에 대해서 얼마만큼 알고 계십니까?"

"약혼한 것은 알고 있습니다."

"어떤 로맨스가 있었던 것은 알고 있습니까?"

"약혼한 사이로 될 때는 누구나 대개 로맨스가 있지요."

어머니는 쉰 소리로 대답했다.

"아니, 그런 이야기를 하고 있는 게 아니오. 내 질문에 대답해 주십시오, 바이티 부인. 따님이 이 집에 오기 전에 두 사람 사이에 어떤 로맨스가 있었던 것을 당신은 알고 있습니까?"

어두운 푹 꺼진 눈이 잠깐 노마를 보고 곧 다시 메이슨에게로 향했다.

"아니오, 여기 오기 전에는 없었습니다. 그 뒤에 두 사람이 알게 된 것입니다."

얼굴 표정은 조금도 바뀌지 않고 눈만 메이슨의 얼굴을 똑바로 바라보았다.

"아니오."

여자는 피로한 듯이 대답했다.

"결혼은 아직 하지 않았습니다."

메이슨은 갑자기 노마 쪽으로 눈길을 돌렸다.

"어떻습니까, 바이티 양? 당신은 결혼한 일이 있으십니까?"

"아니오, 없습니다. 이제 할 예정이에요. 저의 그런 일이 조지 베르타 살해 사건과 어떠한 관계가 있는지 저는 모르겠군요. 당신이 그런 것을 묻는다면 반드시 우리는 대답하지 않으면 안 되겠지만, 어째서 저의 사사로운 일에 개입하시는 건지 모르겠는데요."

"당신이 기혼자라면 어떻게 칼 글리핀과 결혼할 수 있습니까?"

메이슨이 물었다.

"저는 기혼자가 아니에요. 첫째, 이런 무례한 말을 어째서 제가 참아야 되지요?"

"그건 하리 로링의 말과는 다르군요."

메이슨이 말했다.

젊은 여자의 얼굴은 눈썹 하나 까딱하지 않고 표정에 조금도 변화가 없었다.

"로링이라니요?"

담담하게 되물었다.

"그런 남자의 이름은 들은 일도 없어요. 어머니, 로링이라는 이름의 남자를 아세요?"

바이티 부인의 이마에 주름이 잡혔다.

"글쎄, 생각이 나지 않는구나, 노마. 나는 사람 이름을 잘 기억하는 편은 못되지만, 로링이라는 사람은 모르겠다."
"그렇다면 내가 두 분께 기억을 새로이 해 드리지요. 로링은 벨베디아 아파트에 살고 있었습니다. 312호실이지요."
노마 바이티는 급히 머리를 옆으로 저었다.
"분명히 거기엔 무슨 잘못이 있을 거예요."
페리 메이슨은 호주머니에서 이혼 소송의 소환장이며 소장의 사본을 꺼냈다.
"그럼 이 소장을 확인한 사정을 설명해 줄 수는 있겠지요? 여기에는 당신이 하리 로링과 결혼식을 올린 것을 선서하고 증언했는데요."
노마 바이티는 그 서류를 흘끗 보고 나서 곧 어머니에게로 눈길을 돌렸다. 바이티 부인의 얼굴은 전혀 무표정했다.
노마가 빠른 말투로 지껄이기 시작했다.
"그런 것이 당신에게 발견된 것은 화가 납니다만, 발견된 이상은 이야기하겠어요. 나는 그것에 관해 칼에게는 아무것도 알리고 싶지 않았어요. 나는 결혼했지만 남편과의 사이가 재미없어서 헤어졌어요. 그래서 이리로 와서 처녀 때의 이름을 썼지요. 칼과 저는 만나서, 둘 다 첫눈에 사랑에 빠졌어요. 베르타 씨가 화낼 것을 알고 있었기 때문에, 우리는 약혼한 사실을 아무에게도 말하지 않고 있었어요. 그러나 베르타 씨가 돌아가시고 나서는 비밀로 할 필요가 없었어요.

 나는 남편에겐 현재 살아 있는 다른 아내가 있다는 것을 알았어요. 그것이 우리가 헤어진 하나의 이유였어요. 어떤 변호사에게 이야기했더니 결혼은 전적으로 정당한 것이 아니었으니까 파기할 수 있다는 것이었어요. 그래서 저는 몰래 그 수속을 취하기로 한 거예요. 설마 누군가가 이 일을 알아내거나, 로링의 이름과 바이티의 이름이 이어진다는 것은 생각도 해 보지 못했어요."

"그것은 글리핀의 말과는 다르군요."

메이슨이 말했다.

"물론이에요. 칼은 이 일을 전혀 모르니까요."

메이슨은 머리를 흔들었다.

"아니, 글리핀은 이미 자백했습니다. 우리는 그의 자백을 뒷받침해서 과연 당신들이 종범의 죄에 떨어질 책임이 있는지, 아니면 단순히 상황에 희생이 된 것에 불과한지 그것을 좀 알려고 하는 겁니다."

호프만 부장이 나섰다.

"이쯤에서 그만두는 것이 좋다고 생각되는데."

메이슨은 그가 있는 쪽을 돌아보면서 말했다.

"조금 더 들어 주시오. 그래도 중지시키고 싶으시면 막아 주십시오."

노마 바이티는 힐끗힐끗 둘레의 남자들 얼굴을 둘러보았다. 바이티 부인의 얼굴은 지쳐 빠진 체념의 가면이었다.

"사실은 이렇습니다."

메이슨이 말했다.

"베르타 부인은 남편과 싸우고 권총으로 그를 쐈어요. 그리고 곧 사실을 확인하지도 않고 몸을 돌려 뛰었어요. 물론 그녀는 아무래도 여자니까 자기가 남자를 쐈으므로 상대가 맞았다고 생각한 겁니다. 사실은 그 거리에서 그토록 흥분해 가지고 쏜 탄환이 맞는 확률은 극히 드뭅니다.

부인은 계단을 뛰어내려 외투를 들고 빗속으로 달려나갔습니다. 바이티 양, 당신은 총소리를 듣고서 일어나 옷을 입고 무슨 일이 일어났는가 보러 왔습니다. 그러는 동안 칼 글리핀이 차로 돌아와서 집 안으로 들어왔지요. 비가 오고 있었기 때문에 그는 우산걸이에 우산을 세우고, 이층으로 올라가 서재로 들어갔습니다.

당신은 글리핀과 베르타의 목소리가 들렸기 때문에 엿들었습니다. 베르타는 아내가 자기를 쏜 이야기를 글리핀에게 하고 있었소. 그리고 또 그는 아내가 부정을 저지른 증거를 잡은 것도 이야기했소. 상대방 사나이의 이름을 조카에게 말하고, 이것을 어떻게 처리할까 하고 조카에게 의논했습니다.

글리핀은 권총 이야기에 흥미를 느끼고, 베르타에게 아까 베르타 부인이 그를 쐈을 때 서 있었던 장소, 욕실 문 안쪽에 서 보라고 말했습니다. 그 위치에 베르타가 섰을 때, 글리핀은 권총을 들고 베르타의 심장을 꿰뚫었던 것입니다. 그리고 글리핀은 권총을 바닥에 놓고 계단을 뛰어내려가, 현관문으로 나가자 자기 차에 올라타고는 달아나 버렸습니다.

글리핀은 그로부터 위장을 하기 위해 실컷 술을 마시고, 또 집에 돌아오는 시간을 늦추기 위해 타이어의 공기를 빼서, 억지로 운전해 경찰이 도착했을 즈음을 겨냥해서 돌아왔습니다. 그리고는 오후에 나가서 처음으로 돌아온 체했던 것입니다. 그러나 글리핀은 현관에 우산을 놓아 둔 일과 또 자기가 처음에 돌아왔을 때 문이 열렸던 것이며 이층에 올라갈 때 문을 잠갔다는 사실을 잊었습니다.

글리핀이 백부를 쏜 것은 유언에 의해서 자기가 상속인이 된다는 것을 알았기 때문이고, 또 이바 베르타가 자신이 남편을 쏘았다고 생각하고 있는 것을 알았기 때문입니다. 권총의 출처도 그녀에게 불리하고, 모든 증거가 그녀에게 불리한 것을 글리핀은 알고 있었소. 이바 베르타가 사이비 신문에 이름이 나는 것을 막으려는 사나이와 관계가 있다는 것을 알려 주는 부정의 증거는, 남편이 그녀의 핸드백 속에서 발견한 것으로 그 핸드백은 베르타의 책상 속에 있었습니다.
 당신과 당신 어머니는 당신이 목격한 일에 대해서 의논하고, 이거야말로 글리핀으로부터 입막음의 돈을 받아낼 수 있는 아주 좋은 기회라는 결론을 얻었습니다. 여기에서 살인범으로 처벌받든가 아니면 당신에게 유리한 결혼에 동의하든가, 둘 중 하나를 글리핀에게 선택케 하자고 이야기가 매듭지어진 겁니다."
호프만 부장은 머리를 긁적거리면서 어쩔 줄 모르겠는 듯한 얼굴을 지어 보였다.
노마 바이티는 살그머니 어머니 쪽을 훔쳐 보았다.
메이슨이 느릿한 말투로 말을 이었다.
"지금이 당신에게는 솔직하게 사실을 털어놓을 마지막 기회요. 사실 당신들은 두 사람 다 사후 종범이며, 따라서 살인범과 마찬가지로 공판을 받을 입장에 놓여 있습니다. 글리핀은 이미 진술했으니까, 우리는 당신들의 증언을 필요로 하지 않습니다. 만일 더 이상 우물쭈물하려거든 마음대로 하십시오. 그러나 경찰당국과 협력할 마음이 있다면, 지금이 바로 그때입니다."
호프만 부장이 끼어들었다.
"단 한 가지만 내가 질문하겠네. 그럼 이 이야기는 끝이 나는 걸세. 당신들은 메이슨이 말한 대로의 일을, 또는 대체로 메이슨의 말과 근본적으로 같은 일을 했는가, 하지 않았는가?"
노마 바이티가 낮은 목소리로 대답했다.
"했습니다."
이때 비로소 바이티 부인의 눈에 굉장한 분노가 나타나며 딸을 향해 소리질렀다.
 "노마! 닥쳐, 바보 같으니! 저건 떠보는 게 아니냐! 모르겠어?"

호프만 부장은 어머니에게 다가갔다.
"그건 떠본 것인지 모르지만, 바이티 부인, 따님의 대답과 당신의 감상은 훌륭한 자백이오. 자, 이젠 있었던 일을 그대로 이야기하시오. 그밖에 길은 없소. 그렇지 않으면 나는 당신들을 사후 종범으로 생각하겠소."
바이티 부인은 혓바닥으로 입술을 옆으로 핥으면서 격렬한 말투로 쏘아 말했다.
"이런 병신 같은 딸년을 믿은 게 내 잘못이었어! 이 아이는 아무것도 몰라요. 나무토막같이 정신없이 자고 있었으니 말이야. 권총 소리를 듣고 이층으로 올라온 것은 나요. 차라리 내가 그 사나이와 결혼하고 딸년 따위에게는 아무 소리도 하지 않았더라면 좋았을걸. 하지만 딸의 팔자가 좋아질 기회라고 생각했기 때문에 그렇게 했던 거요. 고맙게 생각지도 않고!"
호프만 부장은 페리 메이슨 쪽으로 돌아앉았다.
"큰일났군. 베르타에게 맞지 않은 총알은 어떻게 된 거지?"
메이슨은 웃음을 터뜨렸다.
"부장, 그거요, 내가 처음부터 끝까지 속고 만 것은. 그러나 우산 걸이의 우산과 잠겨진 문이 언제까지나 내 머리를 괴롭혔소. 아무래도 이렇게 된다는 것을 나는 이 머리에 그리고 있었는데, 그럼 어떻게 하면 그렇게 되는가 하는 것이 떠오르지 않았소. 나는 탄흔을 찾아 이 방을 주의깊게 조사했소. 그러자 만일 탄흔이 있었다면 칼 글리핀은 이 흉행을 범할 리가 없다, 그쯤의 머리는 있으리라고 알았소. 따라서 탄환에 대해서는 한 가지 일밖에 일어날 수 없었던 거요. 모르겠소?
  베르타는 욕조에 들어가 있었소. 욕조는 아주 큰 것이어서 물을 넣으면 깊이가 2피트 이상의 양이 되지. 베르타는 아내에 대해서 몹시 화가 나 있었기 때문에 돌아오기를 기다리고 있었소. 집에 돌아오는 소리를 들었을 때는 욕조 안에 있었지요. 그래서 그는 뛰어 일어나 목욕 가운을 몸에 걸치고 올라오라고 소리친 거요.

부부는 싸움을 하다가 아내가 남편을 쏘았소. 남편은 욕실 문 안쪽에 서 있었소. 바로 뒤에 시체가 발견된 부근에 서 있었소. 거기 문 옆에 서서 손 끝으로 탄환이 날아갈 방향을 쫓아가 보시오. 탄환이 빗나갔을 때, 그것은 욕조 속으로 쏟아지고 물이 그 날아가는 힘을 막은 겁니다.

그때 칼 글리핀이 돌아왔기 때문에 베르타는 사건을 이야기했지요. 그것이 뜻하지 않게 자기의 사형 집행 영장에 서명을 한 꼴이 된 거요. 베르타를 바로 전에 총이 쏘아졌을 때 서 있던 자리에 세워 두고, 장갑을 낀 손으로 권총을 주워서 베르타에게 겨냥을 하고 한 발로 심장을 꿰뚫었소. 튀어나온 두 번째의 탄피를 주워서 주머니에 넣고, 권총을 팽개치고는 나가 버린 거요. 그렇게 하면 이렇게 되지요. 참으로 간단한 것이었소."

20

페리 메이슨 사무실의 창으로부터, 아침 햇살이 비쳐들어오고 있었다. 그는 책상 앞에 앉아서 수면 부족으로 충혈된 눈을 들어 폴 드레이크를 바라보고 있었다.

"정보를 듣고 왔네" 하고 폴 드레이크가 말했다.

"말해 주게."

페리 메이슨이 말했다.

"오늘 아침 6시쯤에 마침내 함락된 모양이야. 본부에서는 밤새도록 몰아댔어. 노마 바이티는 남자가 끈질기게 버티는 것을 보자, 자백을 번복하려고 했지. 글리핀을 함락시킨 것은 가정부 쪽이었네. 그 여자는 이상한 여자야. 딸만 입을 열지 않았더라면, 온 세상이 뒤집혀도 버티었을 거야."

"그러면 마지막에 그 여자가 글리핀의 적으로 바뀐 건가?"

"응, 거기가 재미있다니까. 그 여자의 눈에는 딸을 위해서라는 마음밖에 없었던 거지. 딸을 위해 좋은 혼인 자리가 있다고 생각했을 때는 그렇게 했어. 그런데 글리핀이 덫에 걸린 쥐모양 아무리 편을 들어도 아무 이득이 없을 뿐 아니라, 자기가 거짓말을 계속하면 딸은 종범으로 형무소행이 될지도 모른다는 걸 알게 되자, 손바닥을 뒤집어 글리핀에게 불리한 증언을 했다네. 역시 사실을 알고 있었던 것은 그 여자였어."

"이바 베르타는 어떻게 됐나? 나는 그녀를 위해 인신 보호 영장을 얻어 놓았네."

"그럴 것까진 없었어. 7시쯤엔 석방되지 않았을까. 여기 오리라고 생각하나?"

메이슨이 어깨를 으쓱했다.

"나한테 감사하고 있는지 아닌지 모르겠군. 마지막 만났을 때는 저주하고 있었는데."

대기실 문이 열린 듯한 소리가 나더니 다시 조용히 닫히는 소리가 들렸다.

"문엔 쇠가 내려졌다고 생각했는데." 폴 드레이크가 말했다.

"관리인인지도 모르지." 메이슨이 말했다.

드레이크는 일어나 세 발자국으로 선뜻 사무실 문까지 가서 문을 갑자기 열어 밖을 보고는 히죽 웃었다.

"여어, 스트리트 양."

델라 스트리트의 목소리가 대기실로부터 들려 왔다.

"안녕하세요, 드레이크 씨. 메이슨 소장님은 거기 계세요?"

"네, 있어요." 드레이크는 대답하고 문을 닫았다.
그는 손목 시계를 보고 나서 변호사를 쳐다보았다.
"자네 비서는 꽤 일찍 출근하는군."
"지금 몇 시인가?"
"아직 8시도 되지 않았어."
"델라는 9시에 출근하도록 되어 있는데."
메이슨은 말했다.
"나는 걱정을 시키고 싶지 않았어. 이번 사건에서는 꽤 애를 먹었거든. 그래서 인신 보호 영장의 교부 신청도 내 손으로 타이프를 쳤을 정도였네. 꼭 12시에 어느 판사에게 서명을 받아 제출하고 왔지."
"하지만 이미 석방이 됐으니까 영장은 필요가 없게 됐군."
"영장이 필요해도 손에 넣지 못하는 것보다, 필요하지 않아도 얻어 두는 것이 좋아."
메이슨이 말했다.
다시 한 번 대기실의 문이 열렸다가 닫혔다. 건물 안이 조용하기 때문에 그 소리는 안쪽 방에까지 들려 왔다. 남자의 목소리가 나고, 다음에는 메이슨의 책상 전화가 울렸다.
메이슨이 수화기를 들자 델라 스트리트의 목소리가 말했다.
"허리슨 박 씨가 오셔서 만나고 싶다고 하십니다. 중요한 용건이랍니다."
아래의 상점 거리에서는 아직 소란스러운 소리가 들리고 있지 않기 때문에, 이 말은 탐정의 귀에도 들어갔다. 그는 일어났다.
"나는 가 보겠네, 페리. 글리핀이 자백한 것과 자네의 의뢰인이 석방된 것을 자네한테 알리려고 들렀을 뿐이니까."
"고맙네, 폴."

변호사는 말하고 복도로 나가는 문을 가리켰다.
"저리로 나가 주게, 폴."
탐정이 나가자 페리 메이슨은 전화에 대고 말했다.
"들여보내요, 델라. 드레이크는 가는 길이야."
메이슨이 수화기를 놓자마자 문이 열리고 허리슨 박이 들어왔다. 얼굴 가득 웃음을 띠고 있었다.
"굉장한 솜씨였습니다, 메이슨 씨."
그는 말했다.
"정말 굉장했다고밖에는 다른 말이 필요없군요. 신문은 그 기사로 가득합니다. 글리핀은 오늘 정오까지는 자백할 것이라고 예측하고 있습니다."
"오늘 아침 일찍 자백했습니다."
메이슨이 말했다.
"자, 앉으십시오."
허리슨 박은 좀 망설였으나, 의자 있는 데로 가서 앉았다.
"지방검사는 매우 우호적으로 해 주었습니다. 내 이름은 신문에 나지 않는 모양입니다. 사실을 알고 있는 것은 그 사이비 신문뿐입니다."
"그 〈스파이시 비츠〉 말씀입니까?"
메이슨은 물었다.
"네."
"그렇습니까, 그것에 관해서 무엇을?"
"그 신문에 내 이름이 나오지 않도록 당신에게 부탁드리고 싶습니다."
"그것에 관해서라면 이바 베르타를 만나시면 되겠지요. 그 사람이 유산을 관리하고 있으니까요."

"유산에 관한 건은 어떻게 됐습니까?"

"유언은 관계없습니다. 이 주의 법률은 유언에 의하거나 의하지 않거나, 자기 손으로 살해한 사람의 유산을 상속할 수는 없습니다. 이바 베르타는 유산에 대한 요구를 인정받지 못할지도 모릅니다. 그녀는 조지 베르타의 유언에 의해서 상속권에서 제외되어 있습니다. 그러나 글리펀은 상속할 수 없으니까 재산은 고인의 자산으로 남고, 유언에 의해서가 아니라 아내로서, 생존하는 유일한 법정 상속인으로서 이바 베르타가 물려받게 됩니다."

"그렇다면 그녀가 그 신문을 지배하게 되는 것이군요?"

"그렇습니다."

"알았습니다." 허리슨 박은 두 손의 손 끝을 마주 붙이고 물었다. "경찰이 그녀에 대해서 어떤 조치를 취할는지 아시겠습니까? 이제 구류는 풀릴 것이라고 생각됩니다만……."

"한 시간쯤 전에 석방되었습니다."

"실례지만 전화를 써도 될까요?"

메이슨은 전화기를 허리슨 박 앞으로 밀어 주었다.

"비서에게 번호를 대어 드리면 됩니다."

허리슨 박은 끄덕이고 사진을 찍을 때의 포즈처럼 당당하고 침착한 태도로 수화기를 들었다. 델라 스트리트에게 번호를 말하고, 점잖게 기다리고 있었다. 이윽고 수화기 속에서 웅얼거리는 소리가 들렸다. 허리슨 박이 먼저 말했다.

"베르타 부인은 댁에 계십니까?" 하고 말했다.

수화기가 다시 소리를 냈다.

허리슨 박의 목소리에는 흐르는 듯 녹아드는 것 같은, 듣기에 상쾌한 억양이 있었다.

"그럼 돌아오시면 주문하신 구두 일로 문의를 받은 사람인데, 주문하신 치수의 물건은 현재 재고가 있으니까 언제든지 가져가실 수 있다고 전해 주십시오."

그는 부드러운 미소를 함께 수화기에 넣으며 보이지 않는 청중을 앞에 두고 연설이라도 하고 있는 것처럼 한두 번 머리를 숙이고는, 정성스러운 손짓으로 찰칵 수화기를 놓더니 전화기를 메이슨 쪽으로 도로 밀어놓았다.

"고맙습니다. 나도 도저히 말로 다 못할 만큼 깊이 감사하고 있습니다. 나의 정치적 생애는 정말이지 위기에 놓여 있었습니다만, 중대한 지장이 제거된 것은 오로지 당신의 노력 덕분이었다고 감사하고 있습니다."

페리 메이슨은 뭔가 애매한 인사를 입속으로 중얼거리고 있었다.

허리슨 박은 일어나서 조끼의 주름을 곧게 펴고 턱을 내밀고 가슴을 폈다.

"공무를 위해 생애를 바치는 사람에게는……."

그는 잘 울리는 목소리로 말하기 시작했다.

"악랄한 속임수를 써서 목적을 이루고자 하는 정적의 출현을 막을 수 없는 것입니다. 그러한 상황 아래에서는 어떤 사소한 일, 죄가 없는 무분별도 과장되어 선전되며 악의로 곡해되어 신문지상이 떠들썩해지는 것입니다. 저는 오늘날까지 성심성의 공무에 봉사하여……."

페리 메이슨은 느닷없이 일어났다. 너무나 갑작스러웠기 때문에 회전의자가 뒤로 밀리어져 벽에 부딪쳤다.

"그러한 연설은 듣고 싶어하는 사람이 따로 있을 테니 그때까지 보류해 두시는 것이 좋을 겁니다. 내가 관계하는 한에서는 이바 베르타는 나에게 5천 달러의 보수를 지불하도록 되어 있습니다. 나는 그 반액은 당신으로부터 나와야 한다고 그녀에게 권고할 참입니다."
허리슨 박은 변호사의 냉철하고 거친 태도에 부딪쳐 주춤해졌다.
"그러나 그것은…… 그것은 자네…… 당신은 나를 대리한 것은 아니지 않습니까. 살인혐의에 대해서 베르타 부인을 대리한 것이니까 …… 그것은 그녀의 생명에 관계되는 중대한 오해였지요. 나는 그 사건에 우연히 말려든 것뿐이고 친구로서……."
"나는 다만 내 의뢰인에게 이런 조언을 할 참이라고 말하고 있는 것뿐입니다."
페리 메이슨은 말했다.
"게다가 바로 아까 말한 것처럼 그녀는 지금 〈스파이시 비츠〉의 주인입니다. 〈스파이시 비츠〉가 무엇을 공표할 것인가 하지 않을 것인가는 그녀의 생각 하나로 결정되는 것입니다. 그럼 이 이상 당신을 머무르게 할 용무는 없는 것으로 생각됩니다, 허리슨 박 씨."
허리슨 박은 기분나쁜 듯이 숨을 들이마시고 무엇인가 말하려다가 그만두었다. 그리고 다음에는 악수를 하기 위해 오른손을 앞으로 내밀다가, 그것도 페리 메이슨의 번쩍번쩍 빛나는 눈을 보자 몸의 오른쪽 편에 축 늘어뜨리고 말았다.
"네, 그렇습니다, 그럼 실례하지요. 정말 고맙습니다, 메이슨 씨. 나는 잠깐 들러서 감사의 뜻을 전하고 싶었습니다."
"천만에요."
메이슨은 말했다.
"이젠 그런 말을 그만두시고 그쪽 문으로, 복도로 나갈 수 있으니까요."
그는 책상 앞에 선 채, 정치가가 그 문을 지나서 복도로 나가는 뒷모습을 바라보았다. 문이 닫힌 뒤에도 그는 차갑게 반감을 담은 눈으로 그 문을 노려보고 있었다.

대기실 쪽 문이 조용히 열렸다. 델라 스트리트가 문가에 서서 그의 옆얼굴을 지켜보고 있었다. 그리고 자신이 보고 있음을 그가 모르는 것을, 자기가 들어온 것조차 모르고 있는 것을 알자, 가만히 소리를 내지 않고 깔개 위로 그의 곁까지 다가갔다. 두 손으로 그의 어깨를 잡았을 때, 그녀의 눈에는 눈물이 어려 있었다.

"소장님, 미안해요" 하고 그녀는 말했다.

그 소리에 놀라서 돌아보고, 메이슨은 눈물에 젖은 눈을 내려다보았다. 몇 초 동안 두 사람은 말없이 눈과 눈을 마주하고 있었다. 델라는 자기가 잡고 있는 것을 절대 놓치지 않으려는 듯이 격렬하게 힘껏 그의 어깨에 매달려 있었다.

"저의 생각이 모자랐어요, 소장님. 오늘 아침 신문을 읽고 너무 부끄러워져서……"

"괜찮아, 이제 그만둬, 그 말은……"

솜씨없는 말 속에 부드러움을 담아 메이슨은 말했다.

"왜 모두 설명을 해 주시지 않으셨어요?"

델라는 소리를 죽여 울면서 말했다.

"설명하고 말고가 있나."

천천히 말을 골라 했다.

"괴로웠던 것은, 설명을 하지 않으면 알아주지 못한다는 일이었어."

"이젠, 이젠 절대로 목숨이 있는 날까지 두 번 다시 당신을 의심하지 않겠어요."

문가에서 기침을 하는 이가 있었다. 어느 사이에 이바 베르타가 대기실을 지나서 들어와 있었던 것이다.

"실례했어요."

차가운 목소리로 그녀가 말했다.

"방해가 된 것 같군요. 잠깐만이라도 메이슨 선생님을 만나 뵙고 싶어서요."

델라 스트리트는 뺨을 발갛게 물들이며 페리 메이슨으로부터 재빨리 떨어져, 금방 차분했던 애정이 사라지고 노여움으로 불타는 눈으로 이바 베르타를 보았다.

페리 메이슨도 찬찬히 그 여자를 보고 있었다. 그는 조금도 마음의 동요가 없는 것 같이 보였다.

"자, 이리로."

그는 말했다.

"앉으십시오."

"입가의 루즈를 닦는 편이 좋겠군요."

심술궂은 말투로 이바가 말했다.

페리 메이슨은 뚫어지게 여자를 보며 담담히 말했다.

"루즈는 그냥 둬도 지장이 없습니다. 무슨 볼일입니까?"

여자의 눈빛은 부드러워지면서 그에게로 다가왔다.

"저는 제가 당신을 얼마나 오해하고 있었는가, 얼마나 미안스럽게 생각하고 있는가를 말씀드리고 싶어서……."

페리 메이슨은 델라 스트리트를 돌아보며 일렀다.

"델라, 사건의 파일이 들어 있는 서랍을 열어요."

여비서는 의아한 눈으로 그를 보았다.

페리 메이슨은 강철의 파일 정리함을 가리키며 지시했다.

"그 서랍을 두 개만 열어요."

델라는 그 서랍을 열었다. 거기에는 마분지 표지에 쌓인 파일이 차곡차곡 들어 있고, 파일마다에는 다시 갖가지 서류가 빽빽이 차 있었다.

"저것이 보입니까?"

메이슨은 이바 베르타에게 물었다.
이바 베르타는 그를 보고 눈썹을 모으며 끄덕였다.
"보았습니까, 그것이 모두 사건입니다" 하고 메이슨은 말했다.
"그 묶음 하나하나가 모두 사건입니다. 그리고 다른 서랍에도 저것처럼 사건이 가득 쌓여 있습니다. 그것은 모두 내가 다룬 사건의 하나하나를 나타내고 있습니다. 그 대부분은 살인 사건입니다.
 당신의 사건이 모두 정리되면, 당신도 저 속 표지 가운데 하나로 쌓여 비치됩니다. 대개는 다른 묶음과 거의 같은 크기로, 그리고 그 중요성도 대강 다른 것과 비슷한 것이 될 겁니다. 스트리트 양이 당신에게 번호를 매길 겁니다. 다음에 무슨 필요가 있어서 내가 그 사건에서 어떠한 일을 했는지 알고 싶은 생각이 일어나 조사하고 싶어질 때는, 내가 스트리트 양에게 그 번호를 말하면 그녀는 여러 가지 서류가 가득차 있는 묶음을 가져다 줍니다."
이바 베르타는 눈썹을 모았다.
"왜 그러시지요?"
그녀가 말했다.
"기분이라도 나쁘세요? 그걸로 뭘 하실 참이시지요? 무슨 말씀을 하려는 거예요."
델라 스트리트는 파일 케이스로부터 대기실로 통하는 문가로 걸어 갔다. 그녀는 방을 나가 가만히 문을 닫았다. 페리 메이슨은 이바 베르타를 조용히 보면서 말했다.
"나는 다만 당신이 이 사무소에서 어떤 입장에 서 있는가를 이야기하고 있는 겁니다. 당신은 사건이며, 사건 이외의 아무것도 아니오. 저 파일 속에는 몇 백이라는 사건이 있으며, 이제 앞으로 또 몇백이라는 사건이 올 겁니다. 당신은 이미 얼마의 돈을 지불해 줬습니다만, 나머지 또 5천 달러를 지불해 줄 것으로 되어 있습니다.

만일 나의 조언을 받아들여 준다면, 그 가운데 2천 5백 달러는 허리슨 박으로부터 받는 게 좋으시겠지요."

이바 베르타는 입술을 떨었다.

"저는 당신에게 인사를 드리고 싶었어요."

그녀는 말했다.

"제발 믿어 주세요. 이것은 진심에서 나온 감사예요. 전에는 당신에게 연극을 해 보였습니다만, 이번만은 진심이에요. 나는 정말로 깊이 당신에게 감사하는 마음을 갖고 있어요. 어떠한 일이라도 당신을 위해서라면 하고 싶다고 생각해요. 당신이란 분은 정말 굉장하다고밖에 달리 할 말이 없어요. 그것을 이야기하려고 찾아왔더니, 당신은 마치 실험실에 잘못 뛰어든 표본이나 뭔가에게처럼 저에게 말씀하시는군요."

이번에야말로 진짜 눈물이 그녀의 눈에 어리었다. 그리고 그녀는 슬픈 듯이 그를 보았다.

"또 이제부터 할 일이 많습니다."

메이슨은 여자에게 말했다.

"문제의 유언을 무효화하기 위해서는 글리핀이 제1급 살인죄를 선고받도록 할 필요가 있습니다. 이 문제에서는 당신은 배후에 숨어 있지 않으면 안 되는데, 동시에 싸움도 계속해야만 합니다. 글리핀이 쓸 수 있는 돈은 조지 베르타의 금고 속에 있는 돈뿐입니다. 우리는 그 돈을 그 사람이 쓰지 못하도록 할 필요가 있습니다. 지금 말한 것들은 이제부터 할 일의 일부입니다. 당신이 나를 제쳐 놓고 해 나갈 수 있다고 생각한다면, 그 생각은 잘못된 것이라고 이야기하는 겁니다."

"저는 그런 말은 안 해요! 그럴 생각도 없어요. 아니, 그런 것은 생각조차 하지 않았어요."

여자는 빠르게 말했다.
"아무래도 좋습니다. 나는 잠깐 주의를 드린 것뿐입니다."
대기실로 통하는 문을 두드리는 소리가 났다.
"뭔가?"
페리 메이슨이 말했다.
문이 열리고 델라 스트리트가 재빨리 들어섰다.
"오늘 다른 사건을 맡으실 수 있나요?"
메이슨의 충혈된 눈을 보면서 그녀는 걱정스러운 듯 물었다.
메이슨은 머리를 저었다. 머릿속의 안개를 떨어 버리려는 듯이.
"어떤 사건인데?"
그는 물었다.
"모르겠어요."
비서는 대답했다.
"훌륭한 옷차림을 한 잘생긴 젊은 아가씨예요. 좋은 가정의 아가씨인가 봐요. 뭔가 곤란한 일이 있는것 같은데 말을 해 주지 않아요."
"까다로워 보이나?"
"까다로워 보이냐고요? 네, 함정에 빠져 괴로워하고 있는 것 같아요."
"그것은 델라가 어쩐지 그녀에게 호감을 가졌기 때문이겠지."
메이슨은 히죽 웃었다.
"그렇지 않다면 델라는 까다로운 아가씨라고 했을 거야. 예감으로는 어떤가, 델라? 델라는 사건이 어떻게 전개될까에 대해서 언제나 육감이 잘 들어맞으니 말이야. 최근의 의뢰인을 생각해 봐요."
델라 스트리트는 이바 베르타를 보고 급히 얼굴을 돌려 버렸다.
"이번의 아가씨는 마음 속으로 노여워하고 있어요. 안절부절못하고 있는걸요. 그러나 아주 기품있는 좋은 아가씨인데, 그게 좀 지나쳐 보여요. 글쎄요, 저…… 그렇죠, 역시 까다로울 뿐인가요?"
페리 메이슨은 무겁게 한숨을 쉬었다.
그의 눈에서는 거친 빛이 점점 사라지고, 그 뒤를 이어 신중하게 흥미를 느끼는 표정이 떠올랐다. 손등으로 입가를 문질러 루즈 흔적을 지우고는 델라 스트리트에게로 웃는 얼굴을 돌렸다.
"만나 보지."
그는 말했다.
"베르타 부인이 돌아가시면 곧……."
그는 덧붙였다.
"부인은 이제 곧 돌아가실 거니까."

얼 스탠리 가드너

1. 로드러너

워너 브라더스 만화영화에 〈로드러너〉 시리즈가 있다. 배고픈 코요테가 타조 비슷하게 생긴 로드러너라는 새를 잡아먹으려고 눈물겨운 노력을 되풀이하지만 늘 참담한 결과로 끝나는 이야기다. 이 로드러너의 스피드는 흙먼지밖에는 보이지 않을 정도이고, 들리는 소리라곤 삑삑 하는 그 옛날 자동차 경적소리를 닮은 울음뿐이다. 코요테는 스피드에서는 로드러너를 도저히 당해낼 재주가 없으므로 매번 새로운 계획을 짠다. 가령 커다란 바위로 길을 막은 뒤, 터널 그림을 그려놓아 충돌시키려 한다. 하지만 로드러너는 엄청난 스피드로 그림으로 된 터널도 그대로 통과해버리는 게 아닌가? 코요테도 뒤를 쫓아 바위로 뛰어들지만 충격을 못 이기고 완전히 기절해버린다.

개그 만화의 좋은 점은 악당이건 주인공이건 어느 쪽도 결코 죽지 않는다는 것과, 끝없는 시행착오가 용서된다는 점이다. 로드러너의 학명은 '믿을 수 없이 놀라운 가속성 동물'인데, 코요테가 자기를 잡으려고 하는 줄도 모르고 늘 태평스런 표정으로 번번이 그의 함정을 빠져나오는 게 유쾌하고 재미나다.

 진짜 로드러너는 꼬리가 2피트 정도로 긴, 미국의 서부 사막지대에 서식하는 두견과의 새이다. 모습은 꿩과 닮았고 굉장한 스피드로 땅 위를 달린다고 한다.

 E.S. 가드너가 이 로드러너를 자기 심벌로 삼고, 편지지 위에 이 새가 질주하는 모습을 그림으로 넣은 것에서 알 수 있듯이 앞길에 숨어 있는 온갖 어려움을 뛰어넘고 약진하는 가드너에게는 분명 로드러너가 잘 어울린다. 그는 캘리포니아 반도의 기저부에 해당하는 멕시코 영토인 바하칼리포르니아 지방의 탐험을 사랑하고, 〈사막은 그대의 것〉〈사막에서 발견한 고래 뼈〉 등의 많은 논픽션을 저술했으며, 불가능하다고 알려진 코요테를 길들이는 데도 성공했다.

 가난한 철광기사의 아들로 태어나 고생 끝에 변호사가 되었고, 다시 미스터리 작가로 크게 성공한 뒤에도 손수 도시락을 싸들고 다니면서 잘못 판결된 사건을 파헤친 가드너의 일생은 로드러너처럼 미국적인 데가 있다.

 퓰리처상을 수상한 알바 존스턴은, 짧은 평전 《얼 스탠리 가드너의 사건모음집》의 머리 부분에서 '대개의 작가는 부와 명성을 위해 작품을 쓰지만, 가드너는 사냥을 하려고 소설을 썼다'고 적었다. 1920년대 초, 캘리포니아 주 벤츄라의 법정변호사로 나름대로 명성을 얻고 있던 가드너는 사슴과 순록을 사냥하려고 3번이나 알래스카로 떠났지만, 공교롭게도 그때마다 중요한 심리(審理)가 있다는 전보를 받고 돌아와야만 했다. 공동경영자나 재판소의 입장에서 보면 그가 돌아올 때까지 심리를 연기해야 하니 불평이 절로 나왔을 것이다. 그러나 가드너 입장에서도 벼르고 벼른 휴가가 엉망진창이 되었으니 볼멘소리가 터질 판이었다. "나는 돈을 위해서, 그리고 독자들에게 가장 단순한 즐거움을 주려고 소설을 쓴다"고 그는 나중에 고백하지만,

30대말에 빠져들게 된 취미에 너무 열중하다 보니 별로 돈도 안 되고, 마음껏 여가를 누릴 수도 없는 시골 변호사라는 직업에 그는 염증을 느꼈다.

그리하여 가드너는 시간에 얽매이지 않고, 성공만 하면 금전적으로도 여유로워지는 작가가 되기로 결심한다. 가장 손쉬운 방법은 당시 뉴욕의 출판사들이 주축이 되어 발행하던 여러 싸구려 잡지에 단편을 파는 일이었다.

사회의 중·하층민과 젊은이들에게 낙천적인 미국의 꿈을 팔고 있던 펄프 잡지는 1920년~30년대에 걸쳐 급속도로 성장했다. 탐정소설, 스파이소설, 전쟁소설, SF, 연애소설, 서부소설 등 온갖 장르에 걸친 잡지가 새로 선보이거나 사라져갔다. 대중 출판사의 사장 헨리 스팅거는 펄프 소설에 대해 다음과 같이 이야기했다. "펄프는 수백만 미국인들의 중요한 오락 수단이다. 펄프는 화면이 흔들리지 않는 흑백텔레비전이며, 펄프 덕택에 독자는 더 멋진 상상의 날개를 펼칠 수 있게 되었다."

또한 당시 청년이었던 SF작가 찰스 버몬트는 〈피투성이 펄프 잡지〉라는 수필에서 다음과 같이 회고했다.

"펄프 잡지의 교양을 숭배하는 것이 곧 우리들의 의식(儀式)이다."

그렇다면 펄프 잡지란 무엇인가? 그것은 싸구려 인쇄, 거칠기 짝이 없는 삽화, 선정적인 내용으로 중류 계층 이하의 사람들을 대상으로 하던 소설을 한자리에 모아놓은, 종합선물세트같은 잡지를 가리켰다.

〈독 사비지〉〈더 새도우〉〈더 스파이더〉〈더 팬덤〉〈어드벤처〉〈아고시〉와 같은 잡지의 어디가 좋았던 걸까? 물론 좋은 것은 하나도 없었다. 하지만, 근사했다.

불황의 30년대, 미국 신문 잡지 판매장을 요란하게 장식하던 수백 권의 잡지들. 암울한 사춘기 세대들에게 황홀한 도취를 맛보게 하면서 그들을 자연스럽게 감싸주던 잡지. 어디로 튈지 알 수 없는 불안한 청춘들을 감격시키고, 흥분시키며, 최면을 걸었던 그 숱한 잡지들.

그러한 독자들을 열광시켰던 작가들은 뉴욕의 싸구려 호텔이나 하숙집에 살면서 타이프에서 뽑아 올린 즐겁고 쾌활한 이야기를 싸들고 잡지사를 맴돌던 미래의 장편 작가 지망생들이었다. 지방에 사는 작가 지망생들은 우표 값을 버거워하면서도 늘 되돌아오는 원고를 잡지사란 잡지사마다 남김없이 보내곤 했다.

하지만 30대초의 젊은 변호사 가드너가 꿈꾸던 것은 그런 가난한 작가가 아니었다. 돈을 잔뜩 벌고, 여가를 실컷 즐기는 꿈을 이루는 작가여야 했다.

1920년대 초에는 아직 〈독 사비지〉〈더 섀도우〉〈더 스파이더〉〈더 팬텀〉같은 잡지는 나오지 않았지만, 〈브리지 스토리〉〈스냅 스토리〉〈스마트 세트〉〈톱 놋치〉〈선셋〉〈트리플X〉등과 같은 많은 잡지가 있었고, 그 중에서도 캐롤 존 데일리의 하드보일드 탐정인 레이스 윌리엄즈를 간판으로 내건 〈블랙 마스크〉가 가장 그의 흥미를 끌었다.

"액션 미스터리소설은 미국 펄프 매거진에 처음 소개되었다. 여기에 해당되는 작품의 효시가 더실 해미트의 《말타의 매(1930년)》라고 주장하는 사람도 더러 있으나, 사실 그는 이미 탐정소설을 두 권이나 출판하고 있었다. 《피의 수확》과 《딘 집안의 저주》인데 모두 1929년에 간행되었다. 그러나 액션 미스터리소설이 단행본으로 출판되면 이러한 것이 참신하다는 평은 사라지게 되는데, 누가 그 유행을 멈추게 했는가 하는 문제는 쉽게 판단을 내리기가 어렵다.

해미트의 첫 미스터리소설이 잡지에 게재된 것은 1923년 4월쯤이었다. 그리고 1922년쯤에는 캐롤 존 데일리의 《False Burton Combs》가 〈블랙 마스크〉지에 발표되었다. 그것이 레이스 윌리엄즈 탐정물로, 이 주인공이야말로 모든 하드보일드 탐정의 선구자라 불릴 만하다."(《최초의 사건》 E. S. 가드너)

1921년에 가드너는 처녀작 《The Police In The House》를 〈브리지 스토리〉에 팔았다. 이것이 소설인지 뭐였는지는 잘 모른다. E.H. 멘델의 체크리스트에 의하면 같은 해 같은 잡지에 《Nelliès Naughtiy Nightie》를, 이듬해에는 〈스냅 스토리〉에 《Pawn Takes Knight》를, 1923년에는 〈로드〉지에 《Nothing Tolt》를 발표했다고 한다. 알바 존 스턴이 '조크 두 편을 1달러씩 받고, 유머 스케치를 15달러에 팔았다'고 하는데 이것이 어쩌면 그것을 가리키는지도 모르겠다.

가드너가 본격적으로 펄프 매거진에 등장하게 된 것은 〈블랙 마스크〉지 1923년 12월 15일자호에 실린 중편 《The Shrieking Skelton》인데, 필명은 찰스 M. 그린이었다. 편집장은 조지 W. 새튼. 같은 호에 더실 해미트가 피터 콜린슨이라는 이름으로 《The Road Hone》으로 첫 등장하고 있는 것도 눈길을 끈다.

물론 작품이 〈블랙 마스크〉에 그리 쉽게 게재된 것은 아니었다. 《The Shrieking Skelton》의 첫 원고는 바로 가드너에게 반송되었다. 그리고 그 무렵 판매부장이던 필 C. 코디(훗날 편집장, 부사장을 지냄)의 메모가 동봉되어 있었다. "지금까지 읽어본 소설 중에서 가장 재미없는 이야기…… 등장인물이 사전 같은 대화를 나누고 있다"

가드너는 고쳐서 다시 보냈다. 14000단어로 140달러. 말 그대로 단어 하나에 1센트로 계산(1933년 12월에 이 잡지사에 게재되었던 챈들러의 처녀중편 《협박자는 쏘지 않는다》도 18000단어에 180달러를 받았다)였는데, 새튼 편집장은 그의 작품을 잡지의 권두소설로 다루었다. 캘리포니아 주 벤츄라라는 작은 시골마을 변호사의 펄프 매거진 분투기가 서서히 막이 오르는 중이었다.

2. 가드너의 생애

얼 스탠리 가드너(Earl Stanley Gardner)는 1889년 7월 17일 매사추세츠 주 모르덴에서 태어났다. 아버지는 찰스 W. 가드너, 어머니는 그레이스 아델마 워였다. 아버지 찰스는 광산기사로 금 채굴의 전문가로 자유로운 산사람 같은 인물이었다. 덕분에 가드너도 초·중학교를 미시시피 주며 캘리포니아 주를 전전해야만 했다. 19세기 끝무렵 골드 러시로 유명하고, 잭 런던의 소설에도 등장하는 캐나다의 크론다이크까지 아버지를 따라 간 적이 있었다. 1906년의 일이었다. 그 후 캘리포니아 주 오라빌에 있는 고등학교에 입학하나 수업 중에 만화만 그리다가 결국 퇴학당하고 만다.

오라빌에 살 때 가드너는 프로가 되려고 권투를 배운 적도 있었다. 그리고 오라빌 오페라하우스에서 4회전 시합도 했지만 일방적으로 얻어맞기만 했다. 그의 세컨드가 시합 내내 '파이터! 파이터!'라고 독려하는 대신, '웃어! 부디 웃으라고!' 하면서 목청이 터져라 부르짖었기 때문이다. 시합 후 가드너는 세컨드를 담당했던 친구에게 불평을 터뜨렸지만 이미 버스는 떠나간 뒤였다. 그 시절 권투시합은 법률로 금지되어 있어서 입장권을 팔지 못했기에, 고심 끝에 '우아한 미용체조시합'이라고 이름 붙이게 되었고, 여기서 가장 중요한 조건은 항상 의식적으로 웃음을 지어야 한다는 것이었다. 그래서 세컨드는 '제발 웃어라!'고 목을 놓아 부르짖을 수밖에 없었던 것이다.

두 눈은 멍들고, 성한 데 하나 없는 얼굴로 링을 내려온 가드너는 곧장 지방검사 대리에게 불려가 호되게 야단을 맞았다.

가드너는 혼나고 있는 도중에 속으로 법률가가 되어야지 하는 생각을 하게 되었고, 지방검사에게 부탁하여 서기 겸 타이피스트로 고용되었다. 그러나 머지않아 아버지 때문에 또다시 팔로알토 고등학교로 전학가게 된다. 게다가 팔로알토 고등학교의 교장선생님 집에서 하숙까지 하게 되었다. 낮에는 학교에서 공부하고, 돌아와서 숙제를 마치면 법률사무소에서 타이피스트로 일하며 그는 무사히 고등학교를 졸업했다.

고등학교 졸업 후 월급 20달러를 받고 법률사무소에서 일하며 공부하던 가드너는, 마침내 21살에 법률시험에 합격하여 산타아나의 법률사무소에 들어가게 되었다. 소장 E.E. 키티 밑에서 그는 복잡하기 짝이 없는 캘리포니아 관개법(灌漑法)을 주로 익히게 된다. 19세기 전반 평민주의를 표방했던 잭소니언 데모크라시 덕택에 미국에서는 변호사 자격을 얻는 것이 크게 어려운 일은 아니었다. 우선 법률사무소에 들어가 실무를 익힌 뒤 시험을 보면 되는 것이다.

가드너도 링컨도 그렇게 변호사가 된 셈인데, 그래도 그는 잠시나마 인디애나 주 발파라인 대학에서 공부한 적도 있었다. 아마 고등학교를 졸업한 지 얼마 지나지 않았을 때였다. 하루는 기숙사에서 친구와 권투연습을 했더니 아래층에서 불평이 터져 나왔고, 마침내 교수까지 등장하여 '나와라' '못 나간다' 하는 실랑이가 벌어졌다. 그런데도 가드너는 한술 더 떠서 나중에 친구와 교수를 불법주거침입죄로 고소하려고까지 했다.

하지만 결국 설교를 들어야 했고, 학교에서 소동을 피운 주모자로 체포장이 발부되기 일보 직전이라는 사실을 알게 된 가드너는 그곳을 떠났다. 그리고 다시 법률사무소에서 일하게 되었다. 비록 교수가 먼저 때리기 시작했지만 거기에 대고 "나는 본래 권투선수였다"며 한 방 제대로 먹인 뒤, 그 교수를 고소할 생각까지 했다고 하니 가드너도 여간내기는 아니었나 보다. 뒷날 발파라인 대학에서 강연의뢰가

왔을 때, 그에 대한 체포장이 그때까지도 유효하다는 사실을 알고 있던 가드너는 출석을 거부했다.

1912년 가드너는 미시시피 주 출신의 나탈리 탈버트와 결혼하여 딸 하나를 두었다. 그리고 1913년에 정식으로 독립하여, 로스앤젤레스와 산타바르바라 중간쯤에 위치하는 옥스너드라는 마을에서 법률사무소를 열었다. 그러나 손님이라곤 하층계급의 중국인이나 멕시코인들 뿐이었고 도무지 돈이 되지 않았다.

"온갖 유형에 속하는 사람들이 꼬리에 꼬리를 물고 온갖 사건을 의뢰하므로 실무 경력을 쌓는 데는 더할 나위 없는 환경입니다. 그렇지만 상·중류층 의뢰인은 거의 없습니다"라고, 그 무렵 그는 아버지에게 보내는 편지에 써 보냈다.

'중국인들의 법률사무소'라고까지 불릴 정도였으나 가드너로서는 그들이 가난하고 사회적으로 혜택 받지 못한 계층이라고 해서 법률상으로도 불리하게 다뤄지는 것은 납득할 수가 없었다. 알바 존스턴은 이렇게 썼다. "얼은 처음부터 부랑자나 주정뱅이, 좀도둑 같은 사람들을 중대한 범죄나 악행으로 재판받게 된 거물 정치가를 변호하듯 그렇게 한결같이 성의를 다했다." (그러나 가드너는 '존스턴은 나를 돈키호테처럼 썼다'고 쓴웃음을 웃었다. 유명해지면서 상류계급의 의뢰가 많이 늘어났기 때문이었다.)

가드너의 헌신적 변호에 감동한 중국인이 익명으로 그의 은행계좌에 돈을 넣어준 적도 있었다. 이런 경험들이 가드너에게는 중국인에 대한 지적 호기심을 자극하는 계기가 되어, 중국역사를 공부하거나 중국어를 배우게도 되었다. 1931년에 중국으로 여행을 떠날 무렵에는 정중한 대우를 받았다고 하니 그에게 중국의 영향은 컸다고 하겠다. 1937년에 나온 《비장의 살인》 등은 그러한 영향의 소산이다.

1915년 가드너는 벤츄라의 유명한 변호사 프랭크 오와 몇몇 사람이 공동으로 세운 법률사무소에 들어갔다. '법정에서는 전사처럼, 거리에서는 양처럼 행동하던 태도'에는 변함이 없었다. 1916년 대통령

선거 당시 윌슨의 중립주의에 찬성하면서 150달러를 헌금하지만, 미국이 제1차 세계대전에 참전하는 것을 보고 환멸을 느끼게 되어 이후 정치에는 완전히 흥미를 잃게 된다.

1918년 가드너는 한때 친구였던 존 템플튼(팔로알토 고등학교 교장의 아들)으로부터 자동차 부품 판매회사를 만드는 데 사장이 되어 달라는 부탁을 받았다. 이 콘솔리데테트 판매회사의 주력상품은 중고 타이어에 고무를 입혀 더운 날 도로를 달리면 바로 펑크가 나는 상품이었던 모양이다. 150달러나 하는 6단 트랜스미션을 '이것만 있으면 빌딩 꼭대기까지 올라갈 수 있다'는 식으로 선전하면서 퍼포먼스를 벌이기도 했다. 교회의 돌계단을 올라가려할 때 마침 결혼식을 마친 사람들이 문을 열고 나온 위험한 일도 있었고, 바다에 접한 가파른 고개를 오르려 하다 자동차가 꼼짝도 하지 않고 그대로 멈춰버린 적도 있었다.

그는 1921년 벤츄라에 돌아왔다. 세일즈가 생각처럼 그렇게 쉽지 않았던 까닭이다. 오들이 함께 하는 공동 법률사무소에서 다시 출발할 수 있을까 알아보았더니, 오를 비롯한 공동경영자들은 가드너에게 데스크를 맡기는 대신 법정변호사 일을 전담시켰다. 가드너는 옛 둥지로 다시 돌아왔고, 변호사 활동을 재개했다.

"만약 얼이 변호사를 계속했다면 캘리포니아의 다니엘 웹스타라 불리는 개럿 W. 마케너니와 같은 인물이 되었을 것이다"고, 당시의 파트너이자 나중에 벤츄라 지방재판소 판사가 된 루이스 도라포는 평했다.

또한 가드너의 친구이자 유명한 법정변호사인 제리 기슬러도 "미국 제1급의 법정변호사가 되었을 것이다. 얼은 직업을 잘못 선택했다"고 자기의 의견을 밝혔다. 가드너가 반대신문에 뛰어나고, 법정에서 주고받는 공방전에 실로 마술사 같은 실력을 보였던 것을 못내 아까워한 까닭이었다.

3. 매거진 라이터

가드너는 변호사로서의 지역적 명성은 점차 올라갔으나 로드러너처럼 질주하고자 하는 정신적 정열은 펄프 매거진 작가가 되겠다고 결심케 했다.

1920년대 전반에는 아직 펄프 매거진의 수가 그리 많지 않았다. 일반 잡지의 성격을 지닌 것으로는 〈숏 스토리〉〈아고시〉〈블루 북〉〈레드북〉〈맨즈 어드벤처〉…… 전문잡지 펄프는 〈웨스턴 스토리〉〈블랙 마스크〉 등이 있으며, 폭발적으로 그 수가 늘어나게 된 것은 20년대 후반에서 30년대에 걸쳐서다.

세일즈맨으로 뛸 때 가드너는 자신에게 경영분석의 재주가 있음을 알게 되었다. 그리고 법률가로서의 재능은 더 한층 빛을 발했으나 스스로도 작가로서의 재능은 제로에 가깝다고 분석했다. 그래도 가드너는 활기차고 낙관주의적인 성격을 지녔으므로 열심히 노력만하면 훌륭한 작가가 될 수 있을 거라고 굳게 믿었다.

신경을 갉아먹는 법정의 일이 끝나면 몇 시간이고 내일 일정을 의논하고, 비로소 집으로 돌아간다. 계란을 푼 우유를 들고 2층 서재로 올라가면 어느덧 한밤중. 3시간 정도 전동타이프 앞에 앉아 하루 최저 목표량으로 정해둔 4000단어를 치고 나서야 침대로 들어갔다. 6시 기상, 아침은 대충 때우고 사무소로 달려가서 재판을 준비한다. 10시가 되면 배심원 앞에서 당당히 연설을 하고 있다……

펄프 매거진 시대의 작가들은 1년에 약 100만 단어(원고용지로 약 1만장)를 썼다고 알려져 있다. 가드너도 그렇게 했다고 하지만 의외로 중·단편은 그리 많이 남아 있지 않다. 맨델의 《가드너 저작목록》을 보면 한달에 2, 3권이 고작이다. 따라서 없어진 원고도 상당할 것 같다. 그의 회상기에 의하면 '당시 나는 원고를 채용할 수 없다는 통고를 거의 수집하던 상태였을 뿐 아니라, 우리나라 체신제도의 능률성에 대해서도 감탄을 금치 못하고 있었다'고 적고 있기는 하다.

도무지 굽힐 줄 모르는 불굴의 의지를 지녔던 가드너, 타이프를 너무 많이 쳐서 손톱이 빠져나갈 지경이 되도록 소설을 써나갔다.

괴도 레스터 리스 시리즈, 모험혁명가 아르나스 드 로보 시리즈, 괴도 에나멜 구두를 신은 꼬마로 불리는 단 세라 시리즈는 〈디텍티브 픽션 위클리〉지를 중심으로, 인간거미 스피드 대시는 〈톱 놋치〉지…… 그 밖의 탐정 블레인 소위, 윌스파링 선즈, 당구 큐를 무기로 활약하는 은퇴한 마술사 라킨, 어둠 속에서도 잘 볼 수 있는 엘 파이사노, 쌍권총을 들고 다니는 블랙 바…… 하드록 호건, 폰 디, 랩 스칼……

가드너가 창조한 주인공은 일일이 다 들 수가 없을 정도인데, 마침내 그의 노력은 보답을 받았다. 〈블랙 마스크〉지에 환상의 괴도 엘 젠킨즈 시리즈인 《황사(荒事)》를 게재하게 되었는데 편집장 조셉 T. 쇼는 다음과 같이 적었다.

"당연히 우리들은 작가의 작품을 모두 실을 생각 따윈 애초부터 하지 않는다. 우리들은 그들의 가장 우수한 작품만 게재하길 원한다.

가령, 프레드릭 니벨의 작품이 〈선데이 이브닝 포스트〉지에 게재되어 있는 것을 여러분은 보실 수 있을 것이다. 그리고 라올 호이트필드는 파라마운트 영화사와 계약해서 오리지널 영화각본을 쓰고 있는 것도 아는 사람은 알 것이다. 캐롤 존 델리는 몇몇 잡지에 작품을 발표하고 있다. 얼 스탠리 가드너는 이 세계에서 주목받는 사람으로 인정되었고 모든 잡지로부터 원고를 청탁받고 있다.

그러나 《레이스 윌리엄즈 탐정》 시리즈는 우리 잡지에서 밖에 읽을 수가 없다. 캐롤 존 델리가 나오는 이 시리즈는 그의 가장 우수한 시리즈이다.

　우리들은 얼 스탠리 가드너의 첫 탐정소설을 게재했다. 머잖아 그는 놀라운 괴도 에드 젠킨즈를 주인공으로 하는 시리즈를 다시 우리 잡지에 싣게 될 것이다.

　다른 많은 잡지들은 자연히 우리 잡지에 게재된 작가의 작품을 확보하려고 물밑 경쟁을 할 것이다. 우리 잡지의 단골작가라면, 이미 액션 미스터리의 리더라는 것을 그들도 잘 알기 때문이다.

　우리들은 우리 잡지의 단골작가들에 대해서 우리 잡지에만 작품을 달라고 조를 생각은 없지만, 우리 잡지 덕에 유명해진 시리즈는 다른 잡지에는 보내지 말았으면 하는 최소한의 부탁은 하고 싶다."

조 편집장은 다음달에도 에드 젠킨즈 시리즈에 이따금 배경으로 사용되는 중국인 거리가 얼마나 정확하게 묘사되고 있는지를 누누이 강조하고 있다.

"가드너는 10년 이상 중국어, 중국인의 심리, 풍습, 관습에 대해 연구해 왔으며 모든 계층의 중국인과 밀접한 친분이 있다. 작년 (1931년)에 가드너 부부는 친구를 방문차 중국을 다녀왔다. 이들 부부는 백인이 지금까지 한번도 본 적이 없는 초일류 중국 가정에 초대를 받았다."

중국연구가라는 면에 조명을 맞추면서 〈블랙 마스크〉에 게재되고 있는 소설이 얼마나 뛰어난 작품인지 선전하는 것이다. 세인트루이스의 경찰관이었던 프레드릭 니벨이 쓴 맥브라이트 경감 시리즈였으므로 더더욱 경찰활동 묘사에 신용을 했고, 핑커튼 탐정사의 사원이었던 해미트였기에 암흑가를 잘 그릴 수 있었고, 또한 캐롤 존 델리는 모험적 직업군인(모험여행 등에서 고용된 가드맨 같은 성격)으로 많은 경험을 갖고 있기 때문에 윌리엄즈 탐정 시리즈의 세계는 독자들에게 생생하게 다가올 수 있는 것이다, 라고 쇼 편집장은 열변을 토했다.

델리가 과연 모험적 직업군인이었는지 어떤지는 사실 의심스럽다. 극장 안내인 겸 부지배인이었다는 말도 있고, 가드너의 회상기에는 전혀 외출하지 않는 델리가 자기 집을 잊어버려 근처에 사는 여성에게 물어서 찾았다는 일화가 있다고 소개하면서 '델리가 레스 윌리엄즈를 창조한 것은 강한 정신력 덕분이다. 그러나 육체적으로는 더없이 가냘픈 그가 현실생활에서는 이루어질 수 없는 꿈을 무의식적으로 만족시키려고 했던 슬픈 소망이 아니었을까'라고 술회했다.

펄프 매거진 작가로 활약한 가드너의 필명은, 본명 외에도 찰즈 M. 그린, 카일 코닝, 그랜트 홀리데이, 로버트 파, 칼톤 캔드레이크, 찰스 J. 케니, 아서 맨 셀러즈, 레스 틸레이, 딘 글레이, 찰스 M. 스탠턴 등이 있으며, 장편 램&쿨 시리즈로 알려진 A.A. 페어를 더하면 모두 12가지나 된다.

4. 변호사 페리 메이슨 탄생

펄프 매거진에 게재된 장편을 단행본으로 낸 출판사는 1920년대에는 〈블루 리본〉사, 〈가든 시티〉사 등 손가락으로 꼽을 정도였다 (단편집은 아예 꿈도 못 꾸었다). 고작 잡지의 것을 그대로 사다가 하드 커버를 입히고 백화점 같은 곳에서 1달러에 팔던 시절이었다. 1930년대에 들어서서야 펄프 매거진 작가의 장편이 단행본으로 출판되었다.

라울 호이트필드는 1930~32년에 걸쳐 《Death In Bowl》《Green Ice》 등을 출판했고, 프레드릭 니벨도 1933년에 《Sleepers East》를 발표했다. 델리는 1926년에 《White Circle》을, 해미트는 《피의 수확》을 1929년, 《말타의 매》를 1930년에 출판하고 있는데, 이들 두 사람은 인기가 있었기에 단행본으로 나오는 것이 시기적으로 빨랐다고 생각된다.

그러나 가드너는 펄프 매거진계의 총아가 되었고 10년의 경력을 갖고 있으면서도 단행본은 한 권도 없었다. 1932년 그는 막 시작한 《비로드의 손톱》을 단 4일 만에 완성시키고 바로 출판사로 보냈다. 몇몇 출판사에게 거절을 받은 뒤 〈윌리엄 모로〉사의 사장 세어 홉슨이 이 작품을 인정해 주었다.

세어는 매권 새로운 배경이나 등장인물을 만들어내는 탐정소설보다는 시리즈물이 훨씬 좋다고 조언했다. 그리고 가드너는 이 조언을 받아들였다. 당시 그는 벤츄라의 법률사무소에 주 2회 출근하면서 펄프소설을 쓰고 있었는데, 어떤 달에는 22만 4천 단어까지 썼다.

〈블랙 마스크〉지에 발표된 케니스 코닝 변호사와 헬렌 조수의 활약담의 후신인, 페리 메이슨 변호사와 델라 스트리트 이야기는 1933년에 〈모로〉사에서 출판되었다. 43, 4살이 되어서야 가드너는 간신히 장편작가로 출발하게 되었던 것이다.

그는 평생 세어가 자기를 발견하고 키워준 인물이라고 고마워했다. 초판이 모두 〈모로〉사에서 나온 것만 보아도 그의 이런 심정을 잘 알 수 있다. 존스톤은 이런 일화를 쓰고 있다.

〈모로〉사의 첫 출판계약이 끝나갈 무렵 가드너는 미스터리소설계의 황제가 되어 있었다. 세어는 가드너에게 인세를 올려주어야 되겠다고 생각하고 그런 이야기를 하자, 가드너는 당장 속기사를 불렀다. 그리고 처음 계약한대로 재계약을 맺은 것은 물론이고, 페리 메이슨 시리즈의 영화 및 라디오 권 인세까지 첨가해 계약서를 작성했다. "남들이 이 계약서를 보면, 자네가 바보든지 내가 악당이라고 생각할걸세."라고 세어는 말했지만 가드너는 그대로 계약을 이행했다.

1960년대 초 세어가 〈모로〉사를 그만두고 〈세어 홉슨〉사를 차렸을 때 가드너는 판권 일을 모두 세어에게 맡겼다. 세어가 텍사스 농장에서 유유자적한 생활을 보낼 수 있도록 배려한 것이었다.

5. 삼위일체의 모험 소설들

이제까지 가드너의 작품 특징에 대해서 많은 사람들이 분석해왔다. 보와로 나르시잭은 《미스터리소설론》에서 다음과 같이 서술하고 있다.

"그(가드너)는 변호사가 미국 내에서 어떤 특권적 지위를 가지고 있는지 잘 알고 있다. 자유국가에서 사회관계를 절대적으로 지배하는 것은 계약이다. 그러므로 그는 의뢰인의 운명을 검토하고 해석하고 필요한 때에는 변경할 수도 있는 사람이었다. 그러므로 그는 의뢰인의 운명을, 때로는 명예를, 그리고 생명조차도 손안에 넣고 있을 때가 많았다. 가드너가 언제나 비슷비슷한 책만 써내면서 새로운 전환점을 갖지 못한다고 비난할 수도 있을 것이다. 그러나 그는 페리 메이슨이 어떤 굉장한 발견을 해야만 사건이 해결되는 문제만 다룬다. 그리고 그러한 문제 속에는 미국의 풍속이 선연히 투영되어 있다. 설령 익숙할 대로 익숙해진 독자라 해도 신중하고 꼼꼼한 성격이라면 새로운 디테일이나 박진감 넘치는 작중인물의 매력에 또다시 빠질 수밖에 없는 것이다. 더욱이 가드너는 A.A. 페어라는 필명으로 바사 쿨과 그 협력자 도널드 램의 모험을 굉장히 유머러스하게 그려낸 것을 보면, 뛰어난 상상력과 지극히 섬세한 끝일 줄 모르는 재능의 소유자라는 것을 잘 입증하고 있다."

서더랜드 스콧은 《현대 미스터리소설이 걸어온 길》에서 이렇게 논했다.

"그의 이야기는 거의 액션과 대화에 의해 경쾌한 템포로 진행된다. 그가 즐겨 쓰는 수법은 숨 돌릴 틈을 주지 않고 독자들에게 사실과 사건을 현혹적으로 겹쳐 보여주는 것이다. 그래서 독자들은 나무를 보지만 숲을 보지 못한다는 옛말 그대로 되어버린다. 그렇지만 이것이 가드너의 글쓰기가 나쁘다거나, 사실을 불공정하게 제시하는 방법이 교활하다는 말은 아니다. 오히려 이것이야말로 교묘한 그의 글 솜씨라고 평해야 할 것이다."

앤소니 바우처는 서더랜드 스콧처럼 퍼즐 스토리로 평가했다. 즉, 《휠체어에 앉은 여인》을 1961년의 베스트로 뽑으면서 "애거서 크리스티는 제쳐두고라도 독자를 아주 공정한 방법으로 마음대로 조종하는, 놀랄 만큼 악마적인 기법을 쓰고 있다"는 평을 했다.

그럼 여기서 메이슨 변호사 시리즈의 특징에 대해서 잠시 살펴보기로 하자.

첫째, 범죄자의 동기가 금전적인 욕망으로 한정되어 있다.

——미스터리소설에 등장하는 범죄자들은 온갖 동기, 그러니까 연애라든지 금전적 욕망, 또는 명예 등의 문제로 갈등하다 범죄를 자행하는데, 가드너의 작품에서는 오로지 재산을 목적으로 하는 것이 압도적이다. 이 점이 너무도 미국적이며 현대적인 동기라고 하겠다.

둘째, 책머리에 나오는 수수께끼.

——비단 퍼즐 스토리뿐만 아니라 미스터리소설에서는 처음에 제시되는 수수께끼는 독자들의 흥미를 자극하는 중요한 포인트가 된다. 메이슨 시리즈에서는 이것이 참으로 뛰어나다. 《말더듬이 주교》에서는 본래 말을 잘하기 마련인 주교가 말을 더듬으며 젊은 처녀를 구해 달라고 의뢰한다. 《의안(義眼) 살인사건》에서는 예술적인 의안을 가짜와 바꿔치기한 이유를 알고 싶어 하는 의뢰인. 아버지가 살해된 현장에 있던 앵무새의 말투가 갑자기 천해졌다며 이건 다른 새라고 주장하는 의뢰인(《위증하는 앵무새》). 백만장자이면서도 땡전 한 닢 없는 아가씨의 의뢰(《아름다운 걸식》), 부호의 하인이 자기가 사랑하는 고양이를 편애하는 모습(《관리인이 키우는 고양이》)……. 어느 것이나 모두 뒤에 감추어진 음모를 예측하게 하는 수수께끼들이 충분한 효과를 올리고 있다.

책머리에 나오는 수수께끼는 어디까지나 초반의 의문에 지나지 않고, 모든 의뢰인들은 형태가 없는 살인사건의 피해자가 되어 마침내 메이슨이 절망적인 상태에서 이들을 구출한다는 비슷한 패턴을 되풀이하는 것이다.

셋째, 모험소설이다.

——영국 미스터리소설은 퍼즐 스토리여도 어딘가 모르게 모험소설다운 분위기를 풍기는 것이 많은데, 미국 작가들의 모험소설은 마치 스파이소설이나 음모소설을 닮아가는 경향이 있다. 금전적인 계급층이 형성된 미국 사회에서 특권층의 하나라고도 할 수 있는 변호사 메이슨은, 의뢰인을 위해 마지막까지 힘을 쏟는 사색형 투사로 등장하여 스스로 모험가의 역할까지 수행하므로 책상머리에서 사무를 보는 것은 질색을 한다. 그러나 영국 모험소설에서는 젠틀맨 계급에 해당하는 주인공은 신사의 룰을 지키고, 신사의 신조를 관철하기 위해 스스로 목숨을 걸지만, 페리 메이슨의 활약은 복잡한 법률세계로 한정된다. 좀 심하게 얘기하면 모험가는 죽음을 두려워하지 않지만, 메이슨 변호사는 의뢰자의 죽음을 너무도 두려워하는 셈이다. 그리고 한편으로는 젠틀맨과 마찬가지로 법률세계에서 스스로의 명예가 실추되는 것을 두려워한다.

메이슨 변호사의 인기는, 미국에서 변호사의 역할이 일상생활에 밀착해 있음을 나타내는 증거이기도 하다. 경찰소설이 읽히는 것도 그런 이유라고 하겠다. 변호사를 주인공으로 한 미스터리소설에는 D. 카의 《버틀러, 변호하다》, 크레이그 라이스의 《마론의 수난》《우리 왕국은 영구차》, 프랜시스 하트의 《법의 비극》, 안나 캐서린 그린의 《레반워스 사건》 등 결코 그 수가 적지 않다. 그러나 가드너의 작품에서는 메이슨에게 모험가의 이미지를 부여하는 점이 다른 작품과의 가장 큰 차이점이다.

넷째, 법률 전문가.

──알바 존스턴은 《기묘한 신부(1934)》가 지방검사에게 도움이 되었다고 보고하였다. 부부는 서로 불리한 증언을 할 수 없다는 법률을 다룬 작품인데, 1941년 애리조나 주 페닉스의 지방검사가 침대에 누워 《기묘한 신부》를 읽다가, 마침 심의중인 사건을 유리하게 이끌 전술을 떠올렸다. 다렐 파커라고 하는 이 검사는 중국인 살해사건의 용의자 프랭크 패스의 아내의 증언이 필요하던 참이었는데 강제로 시킬 수는 없어 고민하던 중이었다. 그래서 거꾸로 두 사람의 결혼이 무효라고 가정하면 부인을 증언대에 세울 수 있을 것이라고 생각했던 것이다. 애리조나 주에서는 백인과 인디언의 결혼을 금하고 있으므로 부부의 혈통을 조사해 보았다. 아내인 루비는 멕시코인과 인디언의 혼혈이었는데 멕시코인은 백인이라고 보고 있었다. 남편 프랭크는 12.5% 정도 애리조나 지방의 인디언 페이유트 족의 피가 섞여 있는 것을 알게 되었다.

마침내 이 두 사람의 결혼은 무효로 판정되었고, 아내의 증언에 따라 프랭크는 유죄판결을 받았다. 그리고 애리조나 신문은 이 사건을 '기묘한 신부사건'으로 보도했던 것이다.

가드너는 이 법률을 이따금 작품에서 인용하고 있다. 《몽유병자의 조카》에도 이 대목이 나온다. 더글러스 셀비 지방검사의 불구대천의 원수인 악덕한 변호사 A.A. 카도 이 법률을 이용하여 자기에게 불리한 여자 증인과 결혼해버리기도 한다.

노스 웨스턴 대학 법학부장이었던 고(故) 위그모어 박사는 가드너에게 팬레터를 보내 《검사, 타살을 주장하다》의 구성, 등장인물, 이야기적 재미를 칭찬한 뒤, 《도살장의 양》에 나오는 램 탐정의 합법살인은 잘못이라고 지적했다.

어쨌거나 테메큘러의 자택 서재에 법률, 범죄학, 심리학, 법의학

등의 장서를 풍부하게 소장해 놓고 미스터리소설을 계속 쓴 변호사 출신 작가이니만큼, 펜실베니아 주 법률가협회 부회장 존 C. 아놀드가 '법정장면은 진짜'라고 협력기관지에 썼던 것도 당연하다.

다섯 째, 얼굴 없는 주인공.

——페리 메이슨 시리즈 61권 째인 《숨어서 기다리던 늑대》가 출판되자 〈뉴스위크〉지는 1960년 1월 18일 호에 가드너의 얼굴을 표지에 싣고 특집기사로 다루었다. 그 기사 가운데 〈페리 메이슨, 그 얼굴 없는 주인공〉이 있다.

가드너가 메이슨의 얼굴을 묘사하길 신중하게 피해왔던 이유로는, '남성 독자라면 메이슨 변호사에게 자신을 투영해볼 수 있도록, 여성 독자라면 이상의 남성을 상상하며 읽을 수 있도록'하기 위함이라고 설명한 적이 있다. 사실 의뢰자의 얼굴이나 성격 등에 대해서는, 여비서이며 메이슨의 애인이기도 한 데라 스트리트의 입을 빌린다거나 세세하게 주의를 하고 있었으므로 〈뉴스위크〉지의 기자가 수상쩍게 생각하고 다룬 것도 무리가 아니다.

《짖는 개》를 영화화할 때 수염을 기른 워렌 윌리엄즈가 메이슨을 연기했다. 그다지 술을 좋아하지 않는 가드너는 메이슨이 술에 약한 인간으로 그려지는 게 속이 상해 영화계와는 등을 돌렸다. 그러나 사실은, 1934년~37년에 걸쳐 《기묘한 신부》《행운의 다리를 가진 처녀》《관리인이 키우는 고양이》《비로드의 손톱》《말더듬이 주교》 등 7편이 영화화되었다.

메이슨 변호사라고 하면 역시 TV의 레이몬드 바의 얼굴이 제일 먼저 떠오른다. 1957년 무렵부터 1966년 6월까지 1시간 짜리 프로그램으로 292편이 제작되어, CBS 계열에서 방영하였다고 찰즈 모턴은 '얼 스탠리 가드너의 세계'에서 보고하고 있다. 이 프로그램을 위해서 가드너는 파이산 프로덕션을 만들어 첫째가는 주주가 되었으며, 천오

백만 달러를 벌어들였다.

레이몬드 바는 메이슨 역으로 성공해 백만 달러를 벌었으며, 가드너에게 'TV의 페리 메이슨은 그 남자밖에 없다'는 칭찬을 들었다.

여섯 째, 삼위일체.

——가드너가 시리즈로 엮은 작품은 이 밖에도 젊은 더글러스 셀비 검사대리 시리즈와 사립탐정 도널드 램&바사 쿨 콤비가 있다.

페리 메이슨 변호사 시리즈의 경우, 법률은 메이슨에게서는 선용될 수도 있고 악용될 수도 있는 직업상의 무기로 활용되고 있다. 메이슨이 증거 은닉을 꾀하는 일은 자주 있으며, 볼일이 끝난 증거물은 법의 논리에 비추어 다시 검찰측에 반환된다. 약한 의뢰자를 지키기 위해서라면 약점을 잡은 증인을 합법적으로 협박하는 짓도 서슴지 않는다. 멜빌 포스트가 악덕 변호사 랜돌프 메이슨 시리즈를 쓰고 있을 때, 악인에게 법률을 악용하는 지혜를 심어준다고 비난도 받았지만, 그런 점에서 메이슨 변호사는 1900년대의 미국판 권선징악의 영웅적 요소를 충분히 지니고 있다. 내 편이라면 더없이 믿음직하지만 적이라면 껄끄러운 상대가 될 그런 인물은 악한소설의 주요 등장인물인데, 메이슨 변호사의 모험적 행동정신은 서부의 무뢰한과 미국의 특권계급의 특징을 유감없이 발휘하고 있다. 다시 말해 미국적 성공자의 이미지가 너무 강한 면도 있어서, 미국 시민은 물론이고 다른 독자의 정신을 해방하는 절호의 성공담으로 받아들여지고 있다고 말할 수 있을 것이다.

더글러스 셀비 검사의 경우, 법은 존경하고 준수해야만 할 법칙으로 표현된다. 남부 캘리포니아의 가공의 거리를 무대로, 충성심은 별개로 하더라도 실력적으로는 그리 도움이 될 것 같지 않은 소수의 아군(보안판이며 여기자, 때로는 지방 신문사 사장)의 성원에 힘입어 악덕 변호사 카와 대결하게 된다.

여기서 가드너는 완전히 도일의 홈즈 탐정 대 몰리어티 교수의 작은 전투를 흉내내고 있다. 그러나 아무리 생각해봐도 호화로운 조각품에 둘러싸여서 느긋하게 따뜻하게 데운 럼주를 홀짝이는 노변호사는 그리 적당한 인물이 아닌 것 같다. 미국의 지방검사는 정계 출마의 교두보로 검사직을 이용하는 사람이 많아 임기 중에 성적을 의식하는 경우가 많기 때문이다. 직업의식에 불타고 선거민의 생각과 염려를 돌보지 않고 오로지 악과 싸운다는 이 청렴 투사를 미국법의 구현자로 보기에는 어쩐지 미흡하고 그저 다소 정의감이 강한 그런 사람으로 비쳐질 경향이 있다. 1937년 《검사, 타살을 주장하다》 이후 《검사 알을 깨뜨리다》까지 12년간에 9권이라는 숫자가 그것을 증명하고 있다.

'양'이라는 뜻의 '램'이라는 변호사 실격자 탐정과, 로켓포 같은 거대한 육체를 자랑하는 사립탐정이자 여자 경영자인 탐정의 이야기는, 유머러스한 회화의 연속에 본 장르의 빛이 바래기는 하지만 고급 유머라기보다는 그저 말장난 정도의 가벼운 재미가 느껴진다. 여기서 법률은 사립탐정에게는 적과 마찬가지이며, 그런 점은 다른 미국 사립탐정물에서도 비슷한 패턴을 보이는 부분이다. 이야기의 전개는 다소 느린 감이 있지만 유머러스한 미국 탐정소설로서는 아주 이색적인 시리즈라 하겠다.

가드너가 A.A. 페어라는 이름으로 이 시리즈를 써낸 것은 《도살장의 양(1939년)》부터이다. 작풍 전환, 저작 수 증가, 메이슨 시리즈의 판매가 줄어든 데 대한 방어책 등이 그 이유이다. '35권이나 익숙한 등장인물이나 설정을 써보시게. 그러면 크림을 걷어내면 어떻겠느냐고 반드시 누군가 한마디 할 테니'라고 가드너는 말했다.

6. 가드너의 생활

1934, 5년 무렵, 가드너는 변호사업에서 손을 떼고 집필에 전념하게 되었다. 하우스트레일러로 마을에서 멀리 떨어진 서부 사막지대를 돌아다니면서 소설을 썼다. 그러는 동안 아무도 눈여겨보지 않는 토지를 여기저기서 사들여 작은 집을 지었다. 이윽고 그것이 모여, 한 다스나 되는 집들이 가드너의 은신처가 되었다. 사람과 얼굴을 마주 대하지 않고 소설을 쓰고 싶을 때는 그 가운데 한 집을 골라 싫증날 때까지 파묻혔다.

1938년, 가드너는 자기의 본거지가 될 광대한 토지를 사들였다. 로스앤젤레스 동남 100마일쯤 떨어진 테메큘러의 사막지대와 인접한 1000에이커의 토지였다. 란쵸 델 파이사노라고 불리던 이 토지에 10개의 객실과 12개의 차고를 세우고 매일같이 손님을 초대했다. 커다란 떡갈나무 그늘 아래 세워진 아담한 집으로 손님들은 가드너가 있건 말건 쾌적한 휴가를 보낼 수 있었다.

파이사노에서의 일과.——날이 샐 즈음에 기상, 2, 3시간 정도 딕터폰(훗날에는 테이프 리코더)에다 구술한다. 8시 반이나 9시에 본관에서 아침을 먹는데, 항상 대여섯 명은 되는 손님들이나, 가드너를 '얼 아저씨'라고 부르는 20여명 정도의 종업원들과 함께 식사를 한다. 본관에서 좀 떨어진 곳에 비서들이 기거하는 집이 있고 7, 8명이 원고정리 및 통신사무, 그 밖의 작가활동에 뒤따르는 잡무를 해결한다. 존스톤에게 '미스터리소설계의 헨리 포드'라고 불렸고, 스스로도 '소설공장'이라고 칭할 정도로 다작을 하는 편인 가드너의 정력적인 활동이 이토록 많은 사람들을 필요로 하게 만들었던 것이다. 한때 〈애틀랜타 콘스티튜션〉지가 서평에서 유령작가가 있을지도 모른다고 암시했을 때, 〈모로〉사의 세어 홉슨은 "대리 작가에게는 10만 달러를 제공하겠다. 그만한 가치가 있기 때문이다"고 말했다.

비서들의 중심은 아그네스 진 베셀을 필두로 하는 루스 무어 베기 다운즈 3자매로, '델라 스트리트'의 모델이기도 한 진은 항상 가드너와 행동을 같이 했다. 가드너는 1930년대 초에 아내 나탈리와 '우호적'인 별거생활에 들어갔는데 때때로 서로 만나기도 했다. 외동딸은 로스앤젤레스 근교에 살고 있었다. 가드너는 딸과 두 손녀의 얼굴을 보기 위해 예고 없이 깜짝 방문을 하여 선물을 주는 것을 즐겼다.

베셀은 1930년 초부터 비서로 있었는데, 1968년에 부인이 죽고 나서야 간신히 가드너와 결혼할 수 있었다. 영화 《비로드의 손톱(1936)》에서 메이슨과 델라는 결혼했으니 현실의 두 사람은 실로 너무 늦은 결혼이었던 셈이다.

가드너의 오후 일과. ——이른 오후에 잠시 낮잠을 자고 나서 다시 자료를 정리하여 사무실에서 작업을 시작한다. 1960년 경 (이때는 벌써 70세를 넘기고 있었다!)에는 하루 평균 12시간이나 일을 했다고 하니 그저 놀라울 뿐이다.

좋아하는 것은 고고학, 폐광 찾기. 사냥, 사진 등인데 로맨틱한 모험가라고도 할 수 있는 취미였다. "어쩐지 신비적이고…… (중략)…… 신들의 동성애론이 그에게 잘 맞아떨어지는 부분이 있다"고 모든은 썼는데, "이상주의가 궤변과 합치된 보기 드문 예"라고도 덧붙였다. 총으로 하는 사냥은 불공정하다면서 굳이 활로 바꾼 것도 그의 성격을 단적으로 드러내주는 일면이다.

가드너의 이상주의와 인도주의를 잘 나타내주는 행동으로는 《최후의 법정》이 있다. 그는 야외생활을 좋아하여 여가를 바하칼리포르니아 지방의 사막지대에서 보낼 때가 많았다. 모닥불을 바라보면서 가고 싶은 곳은 언제든지 갈 수 있었다. "자유를 즐기면 즐길수록, 독방에 갇혀 있는 죄 없는 억울한 사람들이 눈에 밟힌다"고, 가드너는 〈아고시〉의 편집장 할리 스팅거에게 이야기했다.

할리는 가드너를 중심으로 한 조사위원회를 구성했다. 가드너는 변호사이자 법의학자인 루모인 스나이더, 고명한 사립탐정 레이몬드 신들러 등으로 오심(誤審) 조사를 개시했고, 그 결과를 〈아고시〉지에 보고했다. 1948년부터 거의 15년 동안 이어진 이 조사로 많은 억울한 죄수들이 풀려났고, 재판제도 및 경찰제도, 그리고 범죄학에도 많은 영향을 끼치게 되었다. 존스톤의 말대로 가드너에게서 지적인 돈키호테를 보는 듯한 인상을 받게 된다.

미스터 미스터리, 미스터리의 황제, 미스터리계의 헨리 폰다, 얼아저씨로 사람들에게 사랑을 받던 가드너는 암에 걸려 1969년 10월에서 11월, 그리고 1970년 1월에서 2월 동안 두 차례나 리버사이드 커뮤니티 병원에 입원했다. 그러다 1970년 3월 11일 오전 11시 5분, 그는 결국 영원히 이 세상을 떠났다. 향년 80세. 우리들의 로드러너는 마침내 배고픈 코요테를 협곡 밑으로 차버리고, 천수를 다했던 것이다.

Kagami